JN006638

死にふさわしい罪

藤本ひとみ

講談社

カバー写真　borchee/E+/Getty Images
装丁　坂川事務所

死にふさわしい罪

第一章　平家落人伝説の沼

1

「あんた、そんなんじゃ、いつまで経っても降りれへんで」

声と共に和典の体の前を手が横切り、電車の壁に付いていたボタンを押す。それでようやくドアが開いた。開閉は手動なのだとわかり、微動だにしないドアの前に真顔で立っていた自分に、頰が赤らむ。

ここで降りる客が他にいなかったら、そのまま次の駅まで行ってしまっただろう。遠ざかる須磨駅を見ながら啞然として運ばれていく自分を想像すると、あまりにもマヌケで笑うしかなかった。

ドアを開けてくれた乗客がホームに降り、空気が動いて潮の香りが肺の底まで流れ込んでくる。水に沈むようにその香の中に足を踏み入れた。ホームを歩きながら叔父の言葉を思い返す。

「迎えに行くよ。須磨駅の北口で待っててくれるかな」

ただ一ヵ所しかない改札は幅の広い道路に面し、その向こうは海岸だった。十月半ばを過ぎていたが、太陽にはまだ力があり、砂粒の一つ一つをきらめかせている。その上に突然、大きな影が落ち、突っ切って消えていった。視線を上げれば、高度を下げた旅客機の尾翼が遠ざかっていく。神戸空港に降りるのだろう。

須磨ノ浦と書かれた看板が正面にあり、叔父が指定した北口は反対側だった。近くに専門学校か女子大でもあるらしく、自分より若干、歳上の女子の姿が目に付く。華やかな笑い声が、立て続けにコンコースに響いた。

北口に出て、観光用の案内板の前で叔父の迎えを待つ。何気なくその地図を見ていて、一ノ谷という地名を見つけた。源平時代の激戦地と同名で、注視すれば鵯越という名称も見える。受験知識としてしか知らなかったそれらの古戦場が、実際にここにあるとは思わなかった。では壇ノ浦も近くなのだろうか。

案内板に向き直り、海岸沿いを捜していると、ピアノの音が聞こえてきた。印象的な旋律で、ラ・カンパネッラだとすぐわかる。音が響きすぎているのは調律が悪いからだろうが、技巧が必要なフレーズを淀みなく弾きこなす器用さに耳を奪われた。

どこかにピアノ教室でもあるのだろうか。周りの商業ビルを見回していて、駅ビルに沿ったアーケードが途切れるあたりに、わずかな人だかりができているのに気づく。音は、その間から漏れてきていた。駅ピアノとか、ストリートピアノとか呼ばれる類なのだろう。

弾き手を見てみたいと思い、足を向ける。ところが、そばまで行かないうちに突然、にわか雨にあった。一気に激しさを増す白い飛沫の中で、演奏は中断、人々は散り散りになっていく。残念に思いながら案内板の前まで戻った。

振り返ると、黒い椅子から立ち上がった女性が、ピアノに向かって丁寧に一礼している。まるで人間を相手にしているかのような気まじめさだった。蓋を閉め、椅子を片付けてからこちらに歩いてくる。

年の頃は三十代初めか半ば、ショートカットにした黒髪から出ている耳と、細い首筋がまぶしいほど白かった。丁子色のワンピースに臙脂の短いジャケットを羽織り、肩に革のサイドバッグをかけている。ヒールの太いショートブーツが一歩ごとにカツカツと硬い音を立て、足取りの確かさを誇っているかのようだった。あれで踏まれたら随分と痛いだろう。

近づくにつれて顔がはっきりと見えてくる。凜々しいといってもいいような眉と、毅然とした光をたたえた大きな目、くっきりとした顎の線、それらだけなら性別は全く不明で、ふっくらとした唇も合わせてようやく女性と認められるような顔立ちだった。化粧気はなく、スコットランドやアイルランドのような北の国の街角においても馴染みそうな雰囲気を漂わせている。通りすぎていくその姿を目で追っていると、突然、立ち止まった。

「あ」

小さく声を漏らし、片手をアーケードから出して雨が止んでいる事を確認する。いったん空を仰いでからクルッと向きを変えた。太陽を背にしてたたずみ、そのまま静止する。怪訝に思いながら視線の方向を追うと、空に虹がかかっていた。端から端までくっきりと見える。見事なアーチに思わずつぶやいた。

「すげ」

女性がこちらを向き、唇を綻ばせる。硬い感じのする顔に、人なつっこい優しさが広がった。

「完全形ね、端から端まで七色が全部見えてる」

再び虹に向けられた目には、憧れとも慈しみともつかない不思議な輝きがあった。恋人か、自分の子供でも見ているようなその眼差しに見入る。やがて女性が気づき、決まりの悪そうな笑みを浮かべた。

「自然って偉大ね。つい見とれて、時間が過ぎるのを忘れてしまう。急に降った雨が上がった時には、太陽と反対側に虹が見える事が多いのよ。もし今度、通り雨にあったら試してみてね。それじゃ」

歩き出そうとするところを呼び止めた。

「さっき、ラ・カンパネッラ弾いてましたよね」

女性は一瞬、顔を明るくする。

「あ、わかったの。じゃ、ミスにも気が付いたでしょ」

あわてて首を横に振ったが、女性は納得しなかった。

「いいのよ、自分でわかってる」

恥ずかしそうに両手を持ち上げ、太陽にかざしてながめ回す。

「ちょっとモタついちゃった」

細い指先に光が当たり、血管が透けて見えた。ほんのりと赤い。

「けど、まぁまぁだったかな」

同意を強いるような強い視線を向けられ、笑いながら頷いた。

「リストが好きなんですか」

女性は軽く首を横に振る。

「夫が好きだったの」

過去形だった。つまり今は、違うのだ。

「今は、何がお好きなんですか、ショパンとか」

女性は、ふうっと表情を遠のかせた。

「夫は、もういないの」

マズいところに踏み込んだらしい。後悔しながら目を伏せた。

「すみません」

短いクラクションが遠慮がちに響き、振り返るとアーケードの反対端に叔父の愛車が停まっていた。白い軽自動車で、和典が小学校の頃からずっと同じだった。

「お迎えがいらしたみたいね」

女性は、柔らかな笑みを浮かべる。

「どうぞ楽しいご旅行を。これから秋が深まると、日に日に気温が下がっていきます。一日のうちで大気の温度が一番低くなるのは、真夜中じゃなくて陽が上る直前なのよ。気を付けてね」

一風変わった挨拶（あいさつ）だった。どういう女性なのだろうと思いながらバス停の方に歩き出したその後ろ姿を見ていると、急に足が止まる。こちらを振り返り、微笑（ほほえ）んだ。

「陽が上る直前というのは、太陽が水平線の上に現れる三十六分前の事です」

思わず微笑み返す。数字で表現するのが好きな和典の心に、しっくりとなじむ説明だった。

2

女性を見送り、急いで叔父の車に向かう。その途中、ポケットでヒツジが鳴き出した。最近、スマートフォンの着信音をヒツジの声に替えている。学校や塾の連絡網などで頻繁にメールがきても、機械的な音と違って気にならなかった。

待ち受け画面には電話のアイコンが浮かび、ｆｒｏｍ黒木（くろき）とある。電話をかけてくるのは珍しく、緊急事態でも起きたのかと訝（いぶか）りながら出ると、いきなり言われた。

「彼女にフラれたって噂（うわさ）だけど」

足が止まる。声は、からかうような笑いを含んでいた。

「ほんとか」

花火が開くように、脳裏で彩（あや）の顔が微笑む。飛び散る火の粉が、チリチリと胸を焼いた。

「原因は、何」

いきなりの喪失を思い出すと、今も痛みを感じる。

「不明だ。こっちが聞きたい」

不意打ちに等しかった。

付き合う約束をしたのは今年の夏で、お互いにこれから受験生活に突入する時期だから大学に入るまではＬＩＮＥの交換をメインにしようとの合意に達していた。

それから二ヵ月と経たず、いきなり約束の白紙化を持ち出された時には、頭の中に落雷したかの感があった。その声の細かな抑揚まで、はっきりと覚えている。

「考えたんだけど、あの約束、なかった事にしてほしいと思ってるんだ。いったん距離を置いてみたいから。いいかな」

頭上から爪先まで自分が一気に照らし出され、青紫に輝き渡るのを他人事のように見つめていた。なぜ距離を置きたくなったのか、その理由を聞くだけの余裕もなく、また同時に、それを知っても彼女の結論が変わりはしないだろうから無意味だとも考えながら、スマートフォンを持つ指に力を入れた。

「そっちがそうしたいんだったら、それでいいよ」

約束は、二人の取り決めで成り立つ。片方でも気持ちが変われば、そこで終わるのが自然だろうと思ったし、自分の動揺を知られるのも嫌だった。耳元で黒木の声が真剣味をおびる。

「不明って、マジかよ。聞いてないの。これから聞く予定は」

あれこれと問い質し、追いすがっているような印象を与えたくなかった。

「ない。今回、改めて思ったよ、女は謎だって」

これだからと言わんばかりの溜（た）め息が聞こえる。

「上杉（うえすぎ）先生は数学デキスギ君だから、彼女もふくめて皆が、どんな事でも理路整然とやってのける完璧（かんぺき）キャラだって思ってんだよ。けど生活面じゃ、相当ボケだろ」

否定はしない。先ほども開かないドアの前に突っ立っていたばかりだった。

「初動時点で彼女に間違った思い込みがあって、それが増幅していって感情的にもつれたんじゃないの」

落ち着きを取り戻してから様々に頭をめぐらせてみた。だがいまだに、はっきりとした原因は思い当たらない。強いて言えば、自分が数学に入れ込み過ぎ、それが生活の中心になっていたせいだろうか。

だが昔からそうだったのだ。彩と付き合うために数学から離れる事はできないし、自分を変えてまで付き合うのは邪道だろう。それは堕落だ。そこまで無分別になりたくない。

「もしかしてさ」

黒木の言葉に、再び笑いがにじむ。

「鎌（かま）かけられたとか」

意味がわからず、戸惑った。黙っていると、黒木は踏み込むような口調になる。

「彼女、フリーになったんなら、俺がもらうぜ」

背筋に力が入った。足元で砂粒がジャリッと音を立て、冷やかすような声が聞こえてくる。

「今のが、鎌ってヤツだよ」

緊張が一気に解けた。口の中でつぶやく、バカ野郎。

「別れるって言えば、あせって積極的になってくれると思ったのかも知れない。上杉先生、冷たいからな。そもそも恋愛体質じゃないだろ」

消化できない言葉が頭の中を回る。取りあえず尋ねておこうか。

「何だ、恋愛体質って」

かすかな笑いが広がった。

「いつも誰かと一緒にいないと寂しくってたまらないって体質。だから恋愛にのめり込む」

それはおまえの事かと突っ込みたくなったが、次第に湿っていくような口振りが気になり、やめておいた。

「ま、それも才能の一つだ。恋愛はリスキーだし、コスパもよくない。それでも突き進もうって気になるんだから、特殊能力というよりないね。経験値は上がるけどさ」

皮肉な言葉を最後に、押し黙る。モテ男と言われる黒木にも、悩みはあるらしかった。まぁお互い、自分の事に専念するしかない。

「俺、当分、一人で自己観察する事にしたよ」

彩を失っても数学は残る。数学こそ長年の友人だった。数学と付き合っていれば楽しいし、あらゆる柵(しがらみ)から解放され、目の前が開けていくような喜びも味わえる。

「やめとけ」

嘆くような声が耳に触れた。

「頭が冷えすぎる。クリアカット度、上がり過ぎだろ。そういう感覚を身に付けちまうと、相手を探す段になって、自分のヴィジョンに合うかどうかって基準で選ぶようになる。それはもう恋愛じゃないから」

同級生の中で、特定の女子と付き合っているのは一割前後だった。進学校であり、最大の関心事は受験と自分のヴィジョン、そして現在の成績だったが、恋愛への興味は皆が持っている。同調圧力もあった。

「恋愛なんか、しなくても別にいいし」

しばらくして答が返ってくる。

「上杉先生が好きなコンピュータは、0と1だけの世界だろ。白か黒かだ。キッパリしてる。でも人間は、その二つの間に無限のグラデーションを感知する、そうせざるを得ない生物なんだ。その感性を開発し、鍛(きた)えるのが恋愛。数学オタクの上杉先生が人間の範囲にとどまるためには必需品だ」

どうやら心配してくれているらしいと、ようやくわかった。

「彼女との関係を温め直すか、もしくは新しい出会いがあるように祈ってるよ。ロミオだって派手にフラれて、自棄(やけ)で出かけた舞踏会でジュリエットに出会ったんだからな」

苦笑しながら、ニーチェの言葉を思い出す。友への気持ちは、硬い殻の下に潜んでいるのがいい。味わおうとして噛(か)めば歯が折れるほどに。そのくらいで微妙な甘みが出てくるだろう。

黒木の解釈によれば、彩は、別れたかったのではなく和典の態度に不満があったという事になる。不満に関しては責任を感じたし、別れたいというのが本心でなければうれしかった。

はっきり聞いてみるべきだろうか。いや黒木が、彩の気持ちを言い当てているとは限らない。外れていた場合、「本当は別れたくないんだろ」的な物言いをすれば、大笑いされるだろう。

そのシーンを想像しただけで寒気がした。それほどの危険を冒すくらいなら、このまま一人で傷を抱えている方がましだ。電話を切りながら叔父の車に駆け寄る。

「お待たせして、すみません」

車外に出ていた叔父はこちらを向き、笑顔になった。

「構わないよ」

目が合うと、いつもニコッと笑うこの叔父が好きだった。

「じゃ行こうか。乗って」

乗り込めば、車内は足を充分に伸ばせないほど狭い。ずいぶん前に乗ったきりだったが、こんなに狭かっただろうか。もっとも小さな頃の記憶は、場所にしても物にしても、今とはサイズが違う事が多い。

「これで東京から来たんですか」

この状態での長時間運転は、拷問に近いだろう。

「ん、一週間前だったかな」

気にする気配も見せず、叔父はエンジンをかける。

「もう古いから、高速でエンストしやしないかと思って、それだけが心配だったよ。無事に着けてよかった。途中で何度もアオられたけどさ」

車内にドライブレコーダーは見当たらない。あおり運転は最近、取り締まりが厳しくなっているはずだが、証拠の映像が無ければ、取り上げてもらえないだろう。

「軽なんかが高速道路でノロノロしてると、皆イラッとするんだろうなぁ。いちお法定速度内で走ってたんだけどさ、追い越しざまに窓開けて、チンタラしてんじゃねーよとか、下走れとか、ひどい言われようだったな。クラクションの長押しとか、ライトの点滅もあったし」

閉口したような口調だったが腹を立てている様子はない。むしろ面白がっている感じだった。

「しかたがないから、追い越してくださいって手でサイン出してペコペコしてたんだ。俺としては、こいつをエンストさせないようにするので精一杯、速く走るどころじゃなかったんだよ。勘弁してくれよって感じだったな」

屈託なく笑いながら車をバックさせ、切り返して駅前の通りに入り込む。

「高一の春の連休以来かな。最近、調子はどうだい」

アバウトすぎる質問には、同じアバウトさで答えるしかなかった。

「まぁまぁです。叔父さんは、どうですか」

叔父は、フロントグラスの向こうを見つめたまま笑顔になる。

「俺は、いつだって最高だ。歯さえ痛くなけりゃな。ピーナッツが生き甲斐(がい)なんだ」

ポケットに殻ごと入れていた事を思い出す。幼(おさな)い頃は、会うたびにもらって食べ、印象はピーナッツ叔父さんだった。

「和典君は、ヴァイオリン習ってたんだよな。今もまだやってんの」

習っていたというより、習わされていたという方が近い。

「もう受験勉強に専念する時期なんで、やめてます」

ヴァイオリン自体は嫌いではなかったが、母からの強制が不快で、受験はいい口実だった。

「そうかい。数学は、相変わらずトップなんだろ。あの中高一貫校でトップなら、全国でもそうだろうな。中学で、高校の数学までマスターしたって聞いてるけど、高校じゃ何やってんの」

どこから話せばいいのかを考えながら、叔父の知っている高一の春まで頭を戻す。

「やる事がなくってすごく退屈して、サッカーに打ち込んでました。中学の時にちょっとカジってたんで。自主トレとか早朝トレとかして、ランニングや筋肉作りに時間をつぎ込んでたんです。でも、いく度もケガをして、これはきっとセンスがないからだろうと悟って、数学に戻りました」

その先を話そうか、あるいは止めようか、迷う。今はミレニアム問題と呼ばれているリーマン予想を証明しようとしていた。その方法として最初に思い付いたのは非可換幾何学で、数学的にはいささかマニアックなその切り口から入ったものの、行き詰まり、現代数学の理論装置を使いこなせるようになろうと方向を転換、今はその修業中だった。時間がある時には、数学愛好者のサロン「数理間トポス」に通い、顧問の大学教授からヴェイユ予想を学んでいる。

だがリーマン予想も非可換幾何学もヴェイユ予想も、叔父の興味を引かないだろう。叔父だけでなく世の人の多くが数学に関心を示さないし、苦手意識を持っている場合も少なくなかった。

彩も、その類の話になると、かなり無理をして聞いてくれていたのだった。その気配を察知してからは話題にしないようにしたが、そうなると今度は何を話していいのかわからない。数学の他にはサッカーの話しかできず、それで幻滅されたのかも知れなかった。

「今はまぁ、色々やっています」

車は駅前の道路から北東に向かい、須磨区役所と書かれた標識の前を通り過ぎる。

「今夜ゆっくり聞くよ。泊まってくんだろ」

明日は、数理間トポスで顧問の教授に会う事になっていた。教授は、大学でいくつもの授業を持っている。多忙な中で質問の時間を取ってくれるのだから、あわただしく駆けつけたくなかった。質問内容も再度、検討しておきたい。

「日帰りです」

叔父は、残念そうな表情を見せた。

「じゃ次の機会だな」

そう言いながら右にハンドルを切る。

「須磨駅より、鵯越駅の方が近いんだけどさ、新幹線の新神戸(しんこうべ)からだと三宮(さんのみや)まで行って、もう一回乗り換えがあるし、有馬(ありま)線はこの時間、一時間に四本しか通ってないんだ。須磨から車の方が早いと思ってさ」

話を聞きながら、先ほど見た案内版を思い出した。

「このあたりは、源平の古戦場なんですね」

叔父は笑いをもらす。

「伝説がたくさん残ってるらしいよ。植木屋から聞いたんだけど、毎年二月七日の明け方には、赤旗の谷あたりで馬の嘶きや勝鬨が響くとか、負けた平氏が落ち延びる前に、再興を期して財宝を隠していったとか」

いかにも合戦が行われた場所に相応しい伝承だった。源平の戦いは確か十二世紀。かなり昔の事だから正確な記録が少なく、言い伝えが幅を利かせるのだろう。

「一番有名なのは、鵯越の崖を馬で駆け降りた義経が、一ノ谷に陣を張っていた平氏軍を攻撃したって話だ」

スマートフォンを出し、検索してみる。鵯越というのは昔の街道の名前で、神戸港から北西に延び、六甲山系を越えて三木市方向に通じている道路だった。今は旧有料道路やハイキングコースで分断され、草刈りや伐採もされず放置状態で、通行できるのは一部分だけらしい。

ついでに義経の鵯越伝説を調べてみる。史料として残っているのは、『平家物語』『吾妻鏡』『玉葉』の三点だった。崖を駆け下りたのは、義経ではなかったという記述もある。場所も、一ノ谷に近い鉄拐山か鉢伏山という説があり、やはり正確な事はわかっていないようだった。

「これから、その鵯越駅に向かうから」

車は川を渡り、ＪＲ兵庫駅を過ぎた所を左に折れて山道に入る。上り坂だが、舗装されていて凹凸はなかった。しばらく走ると、片側に竹林や灌木におおわれた崖が現れる。源氏の兵は、このあたりを駆け下りたのだろうか。角度が急な部分もあるものの距離的には短く、なだらかな斜面もあり、場所を選べば何とか下りられそうだった。

「ほら、鵯越駅」

叔父が顎で指している方向に目を向ける。入り口に車止めがあるだけの簡素な駅で、売店も見えず駅員の姿もなかった。その前を通り過ぎ、さらに坂道を上った所で路肩に車を停める。

「このあたりが一番、展望がいいんだ」

叔父に続いて車を降りた。崖の縁まで歩み寄れば、眼下には街が広がり、海に続いている。

「あれが神戸港」

指を差しながら叔父は、頭の上を通りすぎていく飛行機を仰いだ。

「俺が和典君ぐらいの時は、パイロットや外航船員に憧れてたなぁ」

結局、海を選び、大学の海洋学部に入ったと聞いている。だが卒業しなかった。練習船で六ヵ月の乗船実習中に、教官からリンチに近い指導を受け、脊椎(せきつい)を損傷したのだった。被害者は叔父一人ではなく、社会問題になって責任者が処分されたが、それで叔父の体が元に戻る訳ではなかった。

「この海や空をドンドン進んでいけば、今いる所とは違う場所にたどり着けるんだと思うと、心が自由になっていくような気がしたんだ。今も海や空を見ていると、その頃の気持ちが戻ってくる。胸にある子供の部分が膨(ふく)らんでくるんだなぁ」

現状から離れてどこかに行きたいという願いは、おそらく誰もが持つのだろう。和典も、空を見上げて解放感を味わう事がある。

叔父は、和典の母も含め、恐ろしいほど自己主張が強い兄姉の一番下に生まれ育った。閉塞感は大きかったに違いなく、解き放たれたいという欲求も強かっただろう。

「ここに都を創ろうと考えていた清盛も、違う世界に通じている海に憧れていたのかも知れないな」

清盛の時代、神戸港は大輪田泊と呼ばれていたと授業で習った。清盛は中国との貿易を考え、大型船の入港を可能にするために人口島を造営、ここに新しい都、福原京を建てようとしたのだった。だがその途中で平氏は没落し、遷都の夢は潰えてしまった。

「普通の人間は、義経とかが好きなんだろうけど、俺は断然、清盛びいきだ。皆から嫌われてるのが可哀想でさ」

クレーンが起立している港から、山の方へと視線を移し、清盛が夢みた都大路を想像する。長岡京や平安京に似た碁盤の目のような町筋だったのだろうか。それとも全く違う画期的なものだったのか。街路樹や雑木林の間に広がる今の住宅地に、当時を思わせるものは何もなかった。

「清盛と同じで、俺の夢も叶わなかったけどな」

叔父は静かに微笑み、こちらに目を向ける。

「和典君は、どんな夢を持ってるんだい」

とっさに答えられなかった。自分の夢は何だろう。リーマン予想を証明する事か、あるいは大学に入って彩と付き合い、楽しいキャンパスライフを送る事か。どちらも叔父と同様、叶わない夢になるのかも知れない。

「まだ、きちんと考えた事がないんです」

あいまいな答だったが叔父は追及せず、坂の上の方を振り仰ぐ。

「兄貴が言うには、バブル期の最後の頃、この上にゴルフ場ができて、あたり一帯が別荘地として売り出されたらしいよ。それを買った別荘族が今、転売したり、貸したりしていて、兄貴が今回買ったのも、そのうちの一軒だって。超豪華だから、今年のクリスマスに皆が来たらびっくりするだろうってさ」

母の一族は毎年、クリスマスに集合する。和典が幼い頃は、母方の祖父母の家に集まっていた。祖父母が高齢になると、場所はホテルに替わり、最近ではほとんど母の長兄の別荘を使っている。管理人がいるのだが、その時期は彼らも休暇を取ってしまうため、何もかも自分たちでやらねばならず、各家族が交代で当番をしていた。

「今年はうちの番なのよ。和典、今、秋休みなんだから暇でしょう。ちょっと行って見てきてよ。新しい別荘で、いったいどんな状態なのか全然わからないんだもの。今、弟を滞在させて、植木屋なんかの対応に当たらせてるみたいだから、様子を見るにはちょうどいいわ。来年になってから、去年は準備がイマイチでガタガタしたとか、楽しめなかったとか言われたくないのよ。皆、要求が多くて不満屋だからね」

一番不満屋なのは母だろうと思ったが、口に出せば倍も言い返されるため、止めておいた。高二の秋休みは、大学受験の準備を本格化させる時期であり、決して暇ではない。だが別荘内を見て、叔父と話をするくらいなら日帰りで充分だろう。久しぶりに叔父の顔も見たいと思い、電話で日時を打ち合わせた。

「兄さんの話じゃ、最高に豪華だって事だけど、あの人は昔からオーバーなんだから信用できやしないわ。弟と足して二で割って、やっと普通レベルね」

母の兄弟は、兄が二人、弟が一人だった。長兄は商社勤めで世界を飛び回り、今は管理職でデスクワークについている。同時に、昔のコネを利用して不動産会社を経営するパラレルワーカーだった。鋭敏で、目から鼻に抜けるような所がある。次兄は弁護士で、渉外弁護士事務所に勤めた後に独立し、フランクフルトで仕事をしていた。性格は冷静沈着を絵に描いたようで、利にさとい。和典が一番似ていると言われているのも、この伯父だった。医師の母を含め、全員が社会の第一線で活躍している。末弟だけが恵まれていなかった。

教官による暴行の後遺症で外航船員の道が閉ざされ、学部を変更して大学を卒業、最初に就職したのは老舗(しにせ)の製紙会社だった。だが創業家のお家騒動で倒産に至る。結婚もしたが、十年前後で妻と子供を交通事故で亡くし、中年に差しかかってから脊椎の不調が再発、今は短期的で軽い肉体労働やバイトで生活を支えているらしい。母に言わせれば、《一族のオチコボレ》で、人手が必要になった時だけ、あの人は暇だからと便利に使っていた。同じ事を末弟の前でも平気で口にしたが、本人は、ひどいなぁ姉貴は、と笑うだけだった。

母の兄弟の中で一番心優しいのは叔父だと、和典は思っている。自分の気持ちをうまくまとめられなかった幼稚園の頃、二人の伯父は苛立(いらだ)って急(せ)かし、母に至っては話を打ち切りさえしたが、叔父だけは、和典が言葉を選び終わるまでじっと待っていてくれた。

そんな叔父がオチコボレ扱いされているのは哀(かな)しい。そうなったのは本人のせいではなく、努力や能力だけではどうにもならない運命に翻弄(ほんろう)されたからだろう。誰しも、もちろん和典自身もいつそういう不幸に見舞われるか知れたものではなかった。自分の未来が不安になってくる。

「じゃ行こうか。すぐ上だ」

再び車に戻り、坂を上る。途中で叔父が窓の外を指した。

「この向こうに、さっき言ってた平家落人伝説の沼があるんだ」

道路脇(わき)には、笹(ささ)や灌木が繁(しげ)っており、沼は見えない。

「地元じゃ、宝沼(たからぬま)と呼んでる。源平の戦いの折、鵯越の守備に当たった平盛俊(たいらのもりとし)が負け、平氏の大将軍だった知盛(とももり)の指示で、敗走前に財宝を沈めたって話だ」

別荘は、そこから五分ほどだった。突き出した崖の上に建ち、背後には山が迫っている。建物自体は、中央に玄関を構えた左右対称のオーソドックスな造りで、深緑のスレート屋根に、黄鉛(おうえん)のレンガを貼(は)った壁、二階中央には四室続きのバルコニーがあり、一番右端の部屋だけが独立して出窓になっていた。一階部分は高い生垣で半ば隠れているが、どの窓も屋根と同色の窓枠で囲まれており、壁色によく映えて美しい。

「さぁ、入ってくれ」

生垣が切れた所に薔薇(ばら)のパーゴラがあり、正面玄関に続いていた。車を停めた叔父が先に降り、キーの先で玄関脇を指す。

「一昨日、港に着いたんだ」

サイズのそろった薪が、こちらに年輪を見せて積み上がっていた。

「オリーブの薪だって。下の兄貴がフィレンツェから取り寄せたんだ。あの人のやる事は、いつもスケールが違うよ。さすがに世界で活躍する弁護士だ」

感心したような笑みを浮かべる顔は、かなり陽に焼けている。夏の間、戸外労働でもしていたのだろう。

「そろそろ昼だ。飯、食ってないだろ。俺もだ。何か作ろう」

ファミレスに行こうとか、コンビニで何か買ってこよう、などと言い出さないところがカッコよかった。おそらく叔父には、力があるのだ。メニュウを決めたり料理を作ったりする事を、楽しむ力を持っている。

「駅の近くのスーパーで、色んな食材を買ってあるからさ」

狩猟の絵を飾った玄関ホールを入り、ダイニングに向かう叔父の後に続く。踏み込むと、天井はドーム型、床は寄木張りで、二十畳ほどの広さがあった。

「上の兄貴は、ここが気に入って買うことにしたらしいよ。ここだけで、俺のアパートの部屋全部より広い」

叔父の視線を追い、内部に目を配る。四方の壁には棚が作り付けになっており、その下に鍋釜をかける取手がズラッと並んでいた。数えると、五十近くある。暖炉も、豚の丸焼きが作れそうなほど大きかった。大人数のパーティができるように造られているのだろう。

甘く爽やかな匂いが鼻を突く。あたりを見回し、窓のそばに置いてある木箱を見つけた。「信州高地リンゴ」と書かれている。歩み寄ってみると、封が開いていた。

「ああ、それ、姉貴がお気に入りのリンゴだって」

自分の家のダイニングにも、同じ箱があったと思い出す。

「クリスマスに皆で食べるように送ってきたみたいだ。味見していいわよって言ってたから、食ったけど、結構うまかったよ。昼飯の後で剝こう。それにしても家を買うって、色々と面倒なもんだよな。壁のクロスや床材なんかを決めたり、家具やカーテンを買いそろえたり、植木屋と造園について相談したり、不動産の登記なんかもしなけりゃならないだろ。薪の受け取りとクリスマスツリーの立ち会いを頼むって電話をもらって来たんだけど、植木屋とツリーの話をするだけでもずいぶん時間がかかったよ」

話しながら冷蔵庫の前にかがみ、中をのぞき込む。

「キャベツとニンジン、ショウガ、それにメンがある。よし焼きソバを作ろう。できたら呼ぶから、家の中でも見てきたらどう。すげぇよ」

叔父の目には、憧れるような光があった。うらやましいのだろうか。別荘を買ったり、オリーブの薪を手配したり、ブランドリンゴを取り寄せる事のできる兄姉と同じ家庭に育ちながら、今は遠く離れてしまっている自分を、恨めしく思っているのだろうか。そうだとしたら気の毒だった。心配しながら様子をうかがう。叔父は壁にかけられていたビブエプロンを取り、身に着けながら和典の視線に気づいた。

「あ、これか」

エプロンの中央に印刷されているワーナー・ブラザーズの黄色いヒヨコを見下ろす。四十を超えた叔父のいかつい顔には、かなりのミスマッチだった。

「コンビニで、今一緒に働いてるシングルマザーがくれたんだ。子供とテーマパークに行きたいって言うから、シフト代わったら、御礼だって。結構かわいいだろ」

うれしそうな表情に、運命を嘆いている様子は感じられない。ほっとしながら二階に通じるシースルーの螺旋階段を上った。

自分は、彼女一人を失っただけでも痛手を受けている。それ以上の喪失に見舞われた叔父がどれほど傷ついたかは想像に余りあった。いったい何を頼りに、それらを乗り越えてきたのだろう。聞いてみたかったが、叔父の人生がからんでいるだけに、踏み込みにくかった。

踊り場まで行かないうちに、階下で銃声が響く。思わず足を止め、錬鉄の手すりから身を乗り出した。叔父が電話に出る気配が伝わってくる。どうやら銃声は、スマートフォンの呼び出し音らしかった。苦笑しながら止めていた息を吐き出す。

二階は、南側に広々とした四室が並び、どれも同じ造りだった。ツインベッドと家具が置かれ、バストイレ、洗面所がある。ゲストルームなのだろう。壁紙とカーテン、ベッドカバーが同色で、部屋によってカラシ色、藤色、コケ色、それにナデシコ色だった。ヨーロッパなら、それぞれの部屋に色の名前を付けて呼ぶだろう。カラシの間、藤の間、コケの間、ナデシコの間。

廊下をはさんで北側に八室。こちらはやや狭く、中に置かれているのはシングルベッドと机のみで、部屋の並びにウォークインクロゼットとシャワーブース、トイレがあった。壁紙や絨毯にはデフォルメされた動物が飛んでおり、キッズ部屋らしい。母の一族が集まると、大人だけで総勢二十人前後、子供の数はそれ以上で、これでも足りないかもしれなかった。

廊下の突き当たりに、両開きの扉がある。位置的に考えて、先ほど見かけた出窓の部屋だろう。ドアの枚数が一枚多いだけで重厚に見え、あたりを睥睨するような威厳を放っていた。気圧されながら、そっとノブを回す。中は書斎だった。深緑のブロケードでおおわれた壁の二方に、大型の書架が置かれている。その片隅にペーパーバックスが五冊ほど並んでいた。イギリスのミステリー小説や、ダーク・ボガード、チャーチルなどの伝記で、ＡＢＣストアの価格シールが貼られている。年代物の初版本や骨董品級の年鑑などが似合いそうな立派な書架の中で、いかにも肩身が狭いというようにお互いを支え合っていた。

床に蓋の開いた段ボール箱があり、中にはまだ本が数冊残っている。表に貼られた送付票には二番目の伯父の名前があった。クリスマスに読もうと送ってきたものを、叔父が開封、ここに並べている途中らしい。

窓を背にして大きな両袖机、隣にアップライトのピアノ、暖炉が穿たれた壁の前にはソファと、チッペンデールの脚の付いた低いテーブル、絨毯やカーテン、留め具から下がっているタッセルまで、どこをとっても落ち着いた雰囲気で、いかにも主人の書斎という趣だった。

革張りの椅子に腰を下ろす。室内を見回しながら背もたれに体を預けた。穏やかに流れる時間に身を浸す。鼓動がゆるやかになっていくのを感じながら、いい部屋だと思った。自分一人で味わい、満足するだけではとても足りない。誰かを招き入れ、共感してほしかった。

その誰かは、彩なのだろうか。部屋の中に、彩の姿を置いてみる。そばに自分を想像した。二ヵ月前ならありえたかも知れない光景、今はもう現実にはならないだろうバーチャルの世界だった。

「和典君、どこにいる」

叔父に呼ばれ、急いで廊下に出る。階段を見下ろせる所まで行くと、叔父が錬鉄の手すりに片手をかけ、こちらを仰いでいた。

「今、店長から電話があって、急に辞めるヤツが出てきてシフトが回らなくて困ってるって言うんだ。気の毒だから行ってやりたいんだけど、明日は、午前中に植木屋がツリーを持ってくる。立ち会わなけりゃならないんだ。和典君、日帰りのつもりで来てるのに悪いんだけど、それ、やってもらえないかな。なに、ただ見てりゃいいだけだよ。向こうはプロだから、きちんとやる。逆に口を出さない方がいいくらいだ。時間もそんなにかからないだろうしさ」

数理間トポスで顧問と会うのは、夕方だった。急いで帰れば、間に合うだろう。

「いいですよ」

叔父は、ホッとしたような息をつく。

「悪いな。兄貴からは、二階の部屋を自由に使っていいって言われてるからね。鍵は、帰る時にポストに放り込んでおいてくれれば大丈夫。あ、そうだ、今年のクリスマスは、何を弾くの」

イヴの夜は皆でテーブルを囲み、食事をしながら代わる代わる演奏を披露する。子供たちはリコーダーかシロホン、ピアノを習っていればそれでクリスマスソングを奏で、大人はたいていクラシックだった。その後、一番近い教会に出かけ、ミサに参列する。キリスト教徒は一人もいなかったが、神道でなくても神社に初詣に行くのと同じ感覚だった。

「まだ決めてません。シューベルトの『サンクトゥス』か、ベートーベンの『ミサ・ソレムニス』あたりにしようかと思ってるんですけど」

叔父は片目をつぶる。

「俺は、いつも通りハーモニカで『ホワイト・クリスマス』だ」

和典も、その曲が好きだった。どことなく哀愁を帯びたハーモニカの音色によく合い、家族を思う温かさや愛情がしみじみと伝わってくる。叔父がそれを吹き始めると、食べていても話していてもメロディに気を奪われ、口ずさむことが多かった。

「じゃあな、クリスマスに会おう」

手すりから離れていくところを呼び止める。

「明日、植木屋さんは何時に来るんですか」

叔父は、思ってもみなかったという表情になった。

「さぁ何時だろう。午前中としか聞いてないけど」

マジかと突っ込みたくなる。時間が決まっていなければ、朝から昼の十二時までずっと待っていなければならなかった。

「じゃ僕が電話してみます。名前と番号を教えてください」

叔父は眉を上げる。

「それも聞いてないなぁ。兄貴は言ってなかったよ」

母の言葉を思い出した。「あの人はルーズで無計画、何につけてもいい加減だから、影響を受けたり巻き込まれたりしないように注意すること。オチコボレたのも、半分は、あの性格のせいなんだからね」

叔父は、気楽な笑みを浮かべている。

「待ってれば、そのうち来るだろうさ。よろしくな。それじゃ」

さっさと出て行こうとするのを、再び呼び止めた。叔父の気持ちを知るには、今この機会しかないだろう。クリスマスでは人が多すぎるし、騒がしすぎる。

「人生の後輩として、叔父さんに聞きたい事があるんですが」

叔父はこちらに向き直った。

「おう」

軽く肩を回して姿勢を正す。改まった顔付きになり、その目に真摯(しんし)な光を浮かべた。

「何だい」

真剣に向き合おうとしている様子が伝わってきて、和典も思わず背筋を伸ばす。

「叔父さんには、座右の銘ってありますか」

それを聞けば、これまでどうやって生きてきたのかわかるだろう。

「大切にしている言葉でもいいです、教えてください」

叔父は口を閉ざす。考え込んでいる様子だった。どんな答が返ってくるのか想像もつかない。

それを待っていると、やがてはにかむような笑みと共に唇を動かした。

「置かれた場所で咲く、かな」

その静かな佇まいを、どこかで見た気がした。思い出そうと頭をめぐらせていて、気が付く。素数に似ているのだった。全ての数の原点である1と、自分自身でしか割り切れない整数。仲間を作らず唯一人で立ち、凛として存在する孤独な数。

「姉貴がいつも言ってるだろ、俺はオチコボレだって。兄姉から見れば、確かになぁ。けど健康の喜びを噛みしめていた時もあったし、海洋学部や会社勤めを楽しんでいた時も、家庭の幸せを感じていた時もあった。それらが続かなかったのは残念だったけどな。そんでも、続かなかったからといって無かった訳じゃない。俺は確かにそれらを経験したんだよ。それは俺の心を豊かにしてくれてる。夢は叶わなかったけれど、素晴らしい人生だったと思ってるよ。そして、これからも素晴らしい予定だ」

そこでいったん言葉を切り、片頬を持ち上げるようにして笑った。

「歯さえ痛くならなけりゃな」

その強さに胸を打たれた。どれほど多くの喪失を経験しても、心の中まで拭い去られる事はないのだ。自分が覚えている限り、それは永遠に存在する。失われたものを嘆くより、それがあった時に自分の内に芽生え、蓄えられた力を信じていればいい。そう考えると、喪失や未来を恐れる気持ちが薄らぐような気がした。

「ありがとうございました」

3

叔父の車のエンジン音が遠のくと、静けさが体を包んだ。長兄と次兄、それに続く母も、恐ろしいほど向上心が強い。一刻もじっとしていないような、苛烈（かれつ）なほどの忙（せわ）しなさを持っていた。常に周りと自分を比較し、足りないものを数え、飽く事なく求め、上へ上へと駆り立てられている。母のその性格のせいで和典は、いつも追い立てられ、ゆっくりと過ごした事がなかった。

そういう激しさがあってこそ、三人とも今の地位まで上っていったのだろうが、その陰（かげ）で失ったものも多いに違いない。そんな兄姉を見ていた末弟の叔父は、そこから自分の生き方を学び取ったのかも知れなかった。

二階に移動し、一番端のゲストルームに入る。泊まる予定でなかったため、肩にかけたスリングバッグが唯一の荷物だった。それをソファに放り投げ、ズボンの後ろポケットからスマートフォンを出してテーブルに置く。一瞬、彩に連絡してみようかと考えた。

ＬＩＮＥを開きかけ、手を止める。何を話すのだろう。約束を反故（ほご）にする気になった理由を聞くのか。それとも付き合いを続けたいと言うのか。どちらも、もう遅すぎる気がした。意思表示なら、話があった時にすべきだった。いったん白紙化を承知しておいて、今さら蒸（む）し返してどうする。向こうだって当惑するだろう。もう新しい道に踏み出し、幸せにしているかも知れないのに。

心を揺らしながらスマートフォンの黒い画面に彩の笑顔を重ね、しばし自問自答していたが、結局テーブルに置いた。彩との付き合いは始まろうとした矢先に終わってしまい、叔父のように心に蓄えられているものは、ほとんどない。失ったというより、手に入れられなかったという方が近かった。その二つは、どちらが痛手が小さいのだろう。失ってつらい気持ちを抱えるのは、失う前はそれなりに幸せだったとも言える。それを知っている分だけ、経験しないよりましなのだろうか。

大きな息をつき、とたんに空腹に気付く。叔父が焼きソバを作っていたはずだった。

ダイニングに降りてみれば、作りかけで放置されている。まな板の上で短いニンジンが二本、彫刻されたトーテムポールのように立っていた。断面は、片方が蝶、片方が花。ただの輪切りでも味は同じだろうに、妙な所で芸が細かかった。料理を楽しんでいたのだろうか、それとも久しぶりに会う甥を喜ばせようとしたのか。両方かも知れなかった。やはり叔父が好きだ。

壁の取手にかかっているエプロンを取り上げ、刺繍されているトゥイーティに挨拶しながらその紐を首にかけた。あわてて出て行ったにしても、プレゼントを忘れるのはまずい。後で連絡して送ってやろう。ふと考える。そのシングルマザーと叔父は、いい関係なのだろうか。叔父の人生を今後も素晴らしくしてくれるような相手である事を祈る。

ニンジンを薄切りにし、焼きソバをほぐし、切ってあった玉ネギ、キャベツ、ショウガと一緒に炒め、ソースをかける。味はともかく、一応でき上がった。ダイニングの隣の食器室から皿を二枚出してきて盛りつけ、片方は食卓に置き、もう片方は夕食用として冷蔵庫にしまう。

イタリアの炭酸水が入っているのを見つけ、ワイングラスホルダーから下がるグラスに注いで皿のそばに置いた。二階に戻り、スリングバッグからタブレットとタッチペンを出してダイニングに持ち込む。新幹線の中でしていた作業の続きに取りかかった。まずヴェイユ予想を呼び出し、焼きソバを掻き込みながらざっと復習う。

ヴェイユ予想は、代数多様体を定義する定義式と、それをガロア体上の代数多様体としたものとの関係を定義した予想だった。三人の数学者によって、すでに証明されている。そこに使われている現代数学の理論装置の一つ一つを自由に使いこなせるようになりたい。それがリーマン予想の証明に近づく道だと考えていた。

武器を選び、その扱い方を学ぶ戦士のように、数式を一つずつピックアップし、吟味し、理解し、脳裏に染み込ませ、展開できるように訓練する。リーマン予想の証明には、約一億円の賞金がかかっており、世界中の多くの数学者やマニアが夢中で研究していた。まさに戦場状態で、勝利するためにはより強い武器を身に付けなければならない。

気持ちが数式に入り込むにつれて、焼きソバも、強い刺激のある炭酸水も次第にどうでもよくなった。数学という沼に埋もれるのは、いつも快い。

ひと区切りがつき、顔を上げると、ダイニングの中で一番明るいのは、自分が見ているタブレットの画面だった。先ほど取り分けた二皿目を食べる時間になっている。だが東京から長距離の移動をしてきたのだから、夕食の前に風呂だろう。

皿やフライパンを片付け、簡単に床を掃除してから一階を見て歩いた。玄関ホールの向こう側に居間と二つの寝室、ウォークインクロゼットがあり、二階の出窓のある部屋の下は、ベンゼン角のような六角形のスモーキングルームだった。廊下の突き当たりには風呂場とシャワーブース、サウナが並んでいる。

　いつもならシャワーだけで済ませるのだが、温泉が引いてあるらしく広い湯船から湯があふれ、流れ続けている豪快な光景が気に入った。脱衣室の床から洗い場を通り湯船の底まで、細かなファイアンス陶器を使ってひと続きに描かれている海洋生物にも興味を惹かれ、浴槽に入る事にする。

　二つある湯船はどちらも床に埋め込まれており、片方は一度に二十人ほど入れそうな円形、内側にヒノキが張ってあった。もう片方はジャグジーで、湯気の立ち込める空間には流れる湯の音が満ちている。

　天井の照明は、スタジオのようなスポットライト型だった。湯船の縁に取り付けられた陶器のライオンの口の中に調光器があり、明るさや方向を調節できるようになっている。大きなガラス窓の向こうは、炎を模したＬＥＤに照らされている庭で、おそらく内側からだけ見える特殊ガラスがはめられているのだろう。

　シャワーブースで汗を落とし、湯船に飛び込んで照明を全部消す。体を沈め、二ノ腕を湯船の縁にかけた。闇に染まった庭を照らすＬＥＤの炎の揺らぎを見ながら、先ほどの続きを考える。

　頭の中にあふれ出す合同ゼータ関数の数式を、変数変換してみた。神経を集中し、しばし考えていたものの動きが取れず、今度はグロタンディーク・トレース式を引き出す。確認しつつ、慎重に先に進もうとした瞬間、庭の方で物音がした。思わず身を起こす。

流れる湯を止め、耳をそばだてれば、庭木をこするような音が聞こえた。赤い炎が、茂みの中でうごめいている黒い影を照らす。別荘が留守とみて、不審者が入ってきたのかも知れなかった。

静かに湯船から上がり、腰にバスタオルを巻き付けながら、どうしたものかと考える。どこかに掃除用のモップがあるだろうから、それで武装するか。いや侵入者にとって一番嫌なのは、警察に通報される事だろう。モップよりスマートフォンを構えた方が、脅しとしては強い。そのまま逃げてくれれば、手間がかからなくて助かるし、飛びかかってくるようなら、サッカーで鍛えた脚の出番だろう。頭を狙(ねら)って石でも蹴(け)り飛ばすか、あるいはダイレクトに蹴りを入れるか。

廊下を回り、ポーチへの出口を見つけて庭に出る。黒い影は、まだ茂みの間に佇んでいた。片手でスマートフォンを握り、もう一方の手を壁にある照明スイッチに伸ばす。掌(てのひら)を広げ、いくつかあるそれらを全部とらえると、一気にONにした。

光が走り、庭全体が瞬時に照らし出される。まぶしいほど明るくなったその中に、驚いたように突っ立っていたのは、あのラ・カンパネッラの女性だった。

直後、女性が大きな悲鳴を上げる。思ってもみなかった事態で、和典の方が狼狽(うろた)えた。勝手に人の家に忍びこんでおいて被害者であるかのような悲鳴を上げるとは、開いた口がふさがらない。

「今日は午後から風が出て、雲を払いました。よく晴れたので、夜は気温が下がります」

呆気に取られる和典の前で、女性は硬い表情のまま、解説でもするように言った。

「気温が下がると、着込まなければ体温をキープできません。体温が一度下がると、免疫力は四十パーセントの低下です。こんな夜の全裸は、やめた方がいいと思います」

足元に落ちているバスタオルに気づいたのは、その時だった。とっさにどうしていいのかわからないほど動転したが、泡を食って逃げ出すのは今以上にみっともなく思え、見苦しくない方法を必死で考えた。

「これからお茶をご馳走します。ので、今あなたが遭遇している事態は、なかったことにしてもらえますか」

4

「早咲きの梅の花を捜して山を歩き回る事を、探梅っていうけれど、私の場合は、探キンモクセイね。キンモクセイ・パトロールって言った方がいいかも」

女性は目を伏せて微笑む。

「もう時期的に最後だから、今年の分布図を描いておこうと思って」

立ち上る紅茶の湯気が高い鼻梁にまつわり、反り返ったまつ毛をふわりと揺するのを見ながら、妙な趣味だと思った。あるいはそれが仕事なのだろうか、植物学の関係者とか。

「キンモクセイってね、お隣の明石市の樹なのよ。私の母の実家の方では、九里香って呼ばれてる。九里って三十六キロよね。遠くまで香るって意味」

考えてみれば、駅での会話からして普通ではなかった。仕事でないとしたら、気分屋の物好きか、あるいは植物・気象オタクとか。

「匂いを頼りに山を歩いていたら、いつの間にかここの庭に入ってしまって。でもこのあたりには、キンモクセイはなかったはずなのよ。ヒイラギの花も同じような匂いがするけれど、時期的に早すぎるし。いったい何が匂っているのか、どうしても確かめたくなって」

よく見れば、髪の中にキンモクセイのオレンジ色の小花がいくつか沈んでいる。髪飾りのようできれいだった。

「ごめんなさいね、でもキンモクセイ、やっぱり見つけた」

こちらに向けられた大きな瞳(ひとみ)に、忍び笑いが浮かぶ。

「おまけに全裸の美少年も」

先ほどの失態を思い出し、頬が赤らむ思いだったが、素知らぬ顔で話題をキンモクセイに戻した。

「たぶんごく最近、植えたんだと思います。叔父が造園の立ち会いに来たと言っていましたから」

女性は頷きながら、手元の紅茶カップを持ち上げた。ツタの蔓(つる)をかたどった取っ手にからむ細い指先に、山鳩(やまばと)色のマニキュアが塗られている。まるでオリーブの実が五粒、並んでいるかのようだった。

「素敵ね、このお茶碗。紅茶の色が鮮やかに見える。緑茶を入れたら、きっと深味が出るでしょうね」

食器室には紅茶器セットがいく種かあり、ほとんどがリモージュ製だった。透明感のある白い生地に繊細な模様が描かれ、輪郭に沿って金線や銀線が引かれたものが多い。伯父がそろえたのだろう。その中に一セットだけ、古伊万里の源右衛門窯があり、小花を散らした柄が気に入った。

「独特のこの香りは、マルコポーロね。女性好みだけど、あなたもこういう趣味なの」

紅茶には詳しくない。食品倉庫で茶葉の缶を探すと、いくつかあり、どれがいいのかわからずに一番端のものを持ち出した。スマートフォンで入れ方を検索、生まれて初めての作業に挑戦したのだった。

「適当に選んだだけです」

話にならないと思ったのか、女性は室内に目を転じる。

「このお部屋も、とても素敵」

あちらこちらを見回し、夢見るように微笑んだ。

「外からはよく見てたけど、中に入るのは初めてよ。優雅で魅力的」

和典も、別荘の中でここが一番気に入っている。共感してくれる人間が現れた事に満足した。その気持ちが呼気に混じり出て、女性が放っている静かな喜びと溶け合い、部屋の空気を柔らかくする。いっそう静謐さを増し、安らぎを深めていく書斎内は、まるで発酵する液体で満たされた深い壺のようだった。もし完璧な書斎というものがあるとしたら、刻々とそれに近づいていくかに思える。家具調度と同様に人間も、その部屋を完成させる素材の一つなのかも知れない。

ここに彩がいたら、何と言うだろうか。問いは浮き上がり、答は出ない。それを想像できるほど、彩を知らなかった。

「私の家、実は、お隣なのよ。かなり離れているけれど、その間に一軒もないんだから、お隣でいいよね」

部屋の内部を見回していた視線を、こちらに向ける。

「この素敵な部屋で、あなたは、どんなふうに過ごしてるの」

しかも全裸で、とつけ加えそうな雰囲気があった。その言葉が放たれる前に急いで答える。

「さっきまでは数学をしていました」

女性は、すっとまじめな顔になった。

「私も、数学って嫌いじゃない」

滅多に出会えない同好の士との遭遇に、思わず身を乗り出しかける。

「夫の影響」

あわてて自分を引き戻した。訳ありげな夫がからんだ話は、スルーするのが賢明だろう。でないと、駅で会った時と同じ穴に落ちる。ラ・カンパネッラとピアノ、そして数学、夫関係の用語は禁忌だ、触れるまい。

「大学時代はワンゲル部で、よく山に行っていたって話だったけど、それをやめてからは数学だけ。特に素数が好きだったみたい」

　このまま身を引いていられるだろうかと不安になる。すべての数学愛好者にとって素数は、確実に心臓に命中する銃弾だった。和典も例外ではない。リーマン予想に首を突っ込んだのも、素数好きが高じての事なのだ。これ以上の追撃がこないように祈るしかなかった。閉ざされたこの空間で気まずい事になるのは避けたい。

「ブログも書いてたの。『素数の美』ってページよ。ハンドルネームはＳＯＵ。颯って名前だから、まんま」

　ページ名とハンドルネームが脳裏を走り回った。二つがショートするかのように繋がり、分別を焼き切る。

「それ、見てました」

　喜々として穴に落ちていく自分を感じる。落ちていくというより自ら飛び込んでいく、飛び込まずにいられないというのが正直なところだった。

「ファンなんです。毎週、更新されるのを楽しみにしていました」

　コメントもせず、《いいね》も押さなかったが、支持していた。センスがよく数学力を感じさせる構成で、こういう人間ならリーマン予想に興味を持っているはずだと確信していた。新しいページが追加されるたびに胸を躍らせ、いつか接触してみたいとすら思っていたのだった。

　ところが去年の秋頃、突然、更新が途絶えた。今後の展開が楽しみになっていた矢先で、自分なりの予想を立てつつ毎日ブログを訪ね、そのたびに気を落とし、焦れていた。ほぼ一年が経った今でも、時々ページを開いてみる。凍(こお)り付いたかのようにそのまま放置されていた。

　素数についてこれだけ書いているという事は、書きたいのだろうし、もっと言えば書かずにいられないのだ。重要ポイントに差しかかっている所で、いきなり放り出せるとは思えない。何かあったのだろうか。

　一年間抱いていたその疑問の答が、思わぬ形で出てきていた。駅前で女性から、夫はもういないと聞いた時には、離婚したか死亡したのだろうと思っていた。だがそこにブログの中断を重ね合わせれば、死んだか、死んだに等しい状況にある事は疑いがない。植物状態なのかも知れなかった。

　前後の事情や状況がわからないだけに、信じられない気がする。まるで花が散るようなあっけなさだった。

「そうなの、ありがとう」

　女性の顔は、青ざめてきていた。本人に会ったこともない和典でさえ動揺するような事態なのだから、近親者としてはどれほど痛手を受けた事だろう。傷ついたその心が、叔父のような心境にたどり着くまでには、多くの時間が必要になるに違いなかった。

「夫が聞いたら喜びます」

　苦しげな様子は、次第に度を強める。

「私、大好きだったのよ、夫が」

　言葉には、切実で深刻な思いが影のようにまつわっていた。傷跡からあふれ出す血を見ている気分になる。事情を聞きたいと思いながら、痛々しくて口を挟めなかった。無言でただ見つめ、もし自分が死んだらこんなふうに嘆いてくれる誰かがいるだろうかと考える。

その時ようやく気が付いた、長年友人扱いしてきた数学が、決してそうではない事に。数学は常に一定、不変だった。そこが気に入っているのだが、関わっていた人間の生命が絶たれた時、何の反応も示さないものを友人と呼ぶだろうか。今までの自分は、鏡に映る自分自身と友情を育もうとしていたのではなかったか。

寒い夜、外気の中に一人で立っているような気分になる。駅で女性が言ったように、陽が上る三十六分前の闇の中に、無防備な全裸で。

「ああ、すっかり」

女性は溜め息をつき、悲嘆の中から身を起こした。

「長居してしまって」

残っていた紅茶を飲み干し、カップを置くと両手を膝の上にそろえて一礼する。

「ごちそう様でした」

駅でピアノに向かって頭を下げていた時と同じように丁寧だった。どこかコミカルな感じがしないでもないが、本人が真顔なので、笑う訳にもいかない。

「今度は、私の家にもいらして」

どうやら、ここに引っ越してきたと思われているらしかった。

「いや、僕は明日には帰ります。手伝いに来ているだけなんで」

そう言ってから、今年のクリスマスから年末をここで過ごす事を思い出す。近所となれば、偶然に出会うかも知れなかった。誘いを断って関係を悪くするのはまずいだろう。

「でも年末には、また来ます。その時、ご都合をうかがってからお邪魔してもいいですか」

顔をつないでおくだけのつもりだった。一族が集合すると、従兄弟たちにまとわりつかれる事も多いし、手が空けばリーマン予想の証明を進めたい。訪問する時間は取りにくいだろう。

「じゃ私の家への道を描いておきます。メモ紙あるかしら」

机に歩み寄り、置かれていたレターセットから便箋を引き抜く。革のペーパーホルダーやボールペンと一緒に女性に渡した。

「この家からは、一本道なのよ」

女性は膝の上にペーパーホルダーを置き、便箋にボールペンを走らせる。

「迷う事はないと思うけれど、注意してほしいのは、途中にある沼。道からは少し離れているけれど、危ないから近寄らないでね。宝沼っていうの」

叔父から聞いた平家落人伝説の沼だった。

「鵯越で総崩れになった平氏が、落ちのびる時に財宝を隠していったっていう伝説の沼よ。怨霊がそれを守っているから、近づくと呪われるの」

真剣な口調で言われ、ちょっとからかってみたくなる。

「危ないって、そういう危なさですか。いったい誰の怨霊なんです」

おもしろがっているのが顔に表れたらしく、女性は若干、気色ばんだ。

「清盛の孫で、まだ十六歳だった平知章よ。父の知盛を逃がすために囮になり、満身創痍で奮闘して凄絶な戦死を遂げたの。その時、天に向かって平氏の再興を誓ったと言われてるのよ」

十六歳といえば、和典より年下だった。そんな若さで死に突っ込んでいかなければならなくなったのは、哀れというよりない。今の感覚で昔の人間の心情に思いをはせても、価値観や常識が違いすぎて的外れになるのはわかっていたが、争いに勝ちたい気持ちや家族に寄せる愛情などは、さほど違っていないだろう。

「底なし沼なのよ。はまったら最後、出てこられないし、遺体も上がらないって話。この近くの人は皆、避けて通るし、近寄りません。投げ込まれたのは財宝だけじゃないの。戦いの後、源氏側が、山積みにされていた平氏の死体を投げ込んだんです。あの沼全体が平家の墓地なのよ」

沼が墓地というのは、凄みのある表現だった。多くの死体を呑んでいる沼の様子を想像すると、さすがに気持ちがよくない。だが、それから八百年以上が経っており、源氏一族も滅亡し、政権も北条、徳川、さらに明治政府と移り変わり、平氏の再興もまったく望めなくなっている。怨霊もあきらめ、姿を消しているのではないか。

「第二次大戦後、沼の宝探しを考えた人がいたみたいだけど、集まった見物人の前で沼に入っていって、それっきり出てこなかったとか」

女性は和典の方に正面を向け、まじめな顔で居住まいを正す。

「警察が沼を浚った時には、まだ三日しか経っていなかったのに遺体はおろか骨も見つからず、怨霊の仕業と噂されたのよ。あなた、同じ道をたどりたいの」

身を入れた話し方は、保育士か、低学年の担任をしている教諭のようだった。ガキ扱いされていると感じたが、不思議と不快ではない。一心に説得しようとする様子はどことなくかわいらしく、もし自分に姉がいたら、こんな風なのかも知れないと思えた。

「あなた、まじめに聞いてないでしょ」

バレたらしい。

「絶対に近づかないで、ね」

念を押すように言い、便箋の地図に視線を配って点検した後、こちらに差し出した。

「では、私、これで失礼します。いらっしゃる時には、お電話ちょうだい。番号も書いておきました」

便箋に視線を落とす。家の地図の脇に電話番号が書かれ、その下に月瀬芽衣(つきせめい)とあった。ではあのブロガーは、月瀬颯なのだ。いなくなって初めて名前がわかるとは、皮肉だった。

「夫が作っていたファイルがあるから、ご興味があればお見せします。ブログの下書きよ」

いきなり心臓が跳びはねる。

「これからアップする予定だった部分もあると思うな」

気になってたまらなかったあの続きが残っているのだ。喜びが胸を走り回り、思わず両手に力が入った。今すぐ見たい。クリスマスまで、とても待てない。叫ぶような声が出た。

「明日の朝、出発前にうかがいます」

月瀬芽衣は、ふっと微笑む。

「では、モーニングティをご馳走します。あ、全裸で来るのはやめてね」

5

何に付けても全裸を持ち出され、不満に思いながら眠ったせいか、妙な夢をいくつも見た。ちきしょう、頭が上がらん。しきりにつぶやく自分の声で目がさめたとたん、体の底を突き上げるようなけたたましい音が響き渡った。泡を食って飛び起きる。

「オーライ、オーライ。あ、ちょい上」

窓辺に寄りカーテンを引っ張れば、クレーンに吊り上げられたモミの木が塀を越えて持ち込まれているところだった。クレーンの首には、加藤造園と書かれている。モミの枝ぶりに見とれていると、塀の向こうからいくつもの脚立が放り込まれ、地響きを立てて地面に積み重なった。

朝食が済んだら母に電話をかけ、植木屋の名前と電話番号を聞こうと思っていたのだが、その手間は省けたらしい。部屋の時計を振り返れば、まだ七時前だった。ついさっきベッドに入ったばかりで、あまり寝ていない。

舌打ちしながら両手で髪を掻き上げていると、塀の上にひょいと顔が現れ、目が合った。狭い額にねじり鉢巻きをし、コーヒー色といってもいいほど日に焼けている。

「坊や、うちの人はおるかい」

子供扱いされ、いっそう不機嫌にならずにいられなかった。

「上杉と言います。クリスマスツリーの件でしたら、僕が立ち会うように言われていますので、今、そちらに行きます。少々お待ちください」

礼儀正しい言葉遣いで子供ではないところをアピールし、急いで着替えて部屋を出た。庭に回ると、一人の男性がシャベルで土を掘り返しており、剪定バサミを握った二人が、横たわるモミの木を跨いでいる。そばで先ほどの顔が声を上げていた。

「そっちのトビ、はさみな。こっちのも」

小柄で、干し上げたかのように痩せた老人だった。人間というより猿に似ているが、指示を出しているのだから親方なのだろう。加藤造園の社長だろうか。

「元からはさむなよ。そこの車も、はさんどけ」

剪定用語らしく、全く意味がわからない。

「胴吹いとるのは、どうしはりますか」

会話を聞いていると、違う宇宙に放り込まれたような心許ない気分になった。よく彩が途方に暮れたような顔をして、数学用語の意味を聞いてくる事があったが、こんな気持ちだったのだろうとようやくわかる。

「細かいとこは、立ててからでいいからな。粗方やっときな」

指示を出し終わり、こちらに歩み寄ってくる。

「上杉さん、立てるのは、あすこでいいかい」

穴を掘っている所を指さしたが、すでに作業を始めているのだから、いいも悪いもなかった。

あの場所に立てると決めているのだろう。

「家の中から見えて、ベランダからも近い方がいいだろう。あの樹の枝ぶりと屋根の傾斜を考えると、あすこしかねーんだよ」

職人として、こだわりがあるらしい。

「お任せします」

叔父も言っていた通り、プロの仕事に口をはさめば機嫌を損（そこ）ねるだろう。代案を出せるほどの知識もなかった。

「僕には、よくわかりませんから」

そう言った後で、子供だからと思われたくなくて付け加える。

「素人なので」

老人は何ら気に留める風もなく、弟子たちの方に歩いていき、新しい指示を出したり、塀の向こうにいるクレーンの運転手に声をかけたりしながら、三十分ほどでモミの木を据え付けた。

「この上の山から掘り出してきたんだが、どうだい、いいツリーになりそうじゃないか」

自分の仕事に満足しているらしく、見惚（みほ）れている。地面には、切り落とされた枝葉が散らばり、中には立派な枝もあった。一部が枯れている訳でも、虫食いの跡がある訳でもなく、見栄えをよくするために切ったとしか思えない。

「ツリーの形を整えるのに、枝を落としたんですか」

老人は鼻白んだ様子だった。当たり前すぎて、くだらないと思ったのだろう。それでも自分をなだめるようにして説明してくれた。

「まぁそうだ。来年もツリーとして使うんだろうから、普通の剪定と同じにしといたぜ。忌(い)み枝ちゅって極端に長く伸びてるヤツや、同じ所の周りに三本以上出てるヤツ、幹から直接出てくる細かいヤツなんかを落としたんだ。形がよくないって事もあるが、そういうヤツは養分や陽射しを独占しちまうんで、若い枝が伸びられんくなるからな。若枝が伸びんと、その樹全体が生き生きせん。会社と同じだ」

なかなか含蓄のある話だった。聞き入っていると、老人はこちらに向き直る。

「というのは先代からの受け売りだ。俺は元々、坂東太郎(ばんどうたろう)で産湯(うぶゆ)をつかった千葉っ子で、中学ん時に、加藤に養子に来たんだ。誰より親方の教えを守っとる。ま、何かあったら電話してくんな。スマホ教えとくからよ。鴨越の山々は、加藤造園の庭みたいなもんだ。このあたり一帯が売りに出された時も全部、うちが造った。今日は、これから月瀬のバァさんとこに行ってっからよ」

芽衣の顔が思い出された。

「月瀬さんなら、昨日会いました。まだバァさんって年齢じゃないでしょう」

老人は目を見開く。狭い額に何本も横ジワが入り、ますます猿に似て見えた。

「今年で七十三、四の女がババァじゃないんなら、いったいババァってのは何歳からなんだ」

どうも話が噛み合わない。変だと思っていると、脚立を担いで通りかかった弟子の一人が足を止めた。

「親父さん、この坊ちゃんが言ってるのは、芽衣ちゃんの事じゃないすか」

老人にそう言い、笑みを浮かべた目をこちらに向ける。

「親父さんは、芽衣ちゃんの伯母さんの話をしてるんすよ。芽衣ちゃんは、そこに同居してるんで。水野理咲子っていう少女マンガ家で、昔は売れっ子だったたって話っす。今はもう描いてないとか」

ようやく事情がわかった。マンガはあまり見た事がなく、ましてや少女マンガとなると異世界の物に思える。それを創作しているのが少女を遠く離れた七十代の老婆と聞けば、不思議を通り越して奇っ怪とすら感じた。

「芽衣ちゃんは二年前まで、神戸テレビに出てたお天気お姉さんっす」

瞬間、それまで胸に漂っていた点のような不可解さが一気に寄り集まり、月瀬芽衣の姿を形作った。虹の出るタイミングや冷え込みの時間、キンモクセイの生育場所など、多岐にわたって関心を寄せたり、情報を把握したりする気質は、いかにも気象予報士という仕事を選ぶ人間に相応しかった。

「結婚するとかで番組を降りちまったんで。芽衣ロスって言ってるヤツ、多かったっすよ」

同僚の方を振り向き、同意を求める。

「おまえも、だよな」

剪定バサミの刃こぼれをチェックしていた金髪の男が、唇をへの字に曲げた。

「ショックやった。ああ痛み出してもうたわ、あん時の心の傷」

そばにいた男が、その頭を小突く。

「図太いくせして、心の傷が聞いてあきれるわ」

「そやそや、女なら誰でもええと思うとるやろが」

囃されて、金髪の男はまじめな顔で空中を見つめる。

「二人そろってそない言われると、何やほんまにそんな気になってくるわ。ん、そうかもしれへん」

「おまえなぁ、ボケか、それとも真性のアホか」

「それ、どっちか選べるんか。どっちが得やろ」

「こりゃ真性アホに決まりやな」

たわいない無駄口や冗談を実に楽しげに交わしながら、まぶしさを増していく朝の光の中で、のんびりと片付けを続ける。横になった脚立の上で陽射しが七色に分かれ、きらめき立って、移り変わる三人の表情を彩っていた。将来は植木屋か庭師になり、こんなふうに仕事をするのも悪くないと思えてくる。雨の日は休みだろうから数学をしよう。

数理間トポスでは時々、数学と職業をどう結びつけるかという話題が持ち出された。数学で生涯食っていくのは、相当な実力と幸運に恵まれないと難しいというのが皆の一致するところで、趣味に止めるのが安全、同時に気楽、かつ数学を嫌いにならずにすむ方法でもあると言われていた。

「それにしても、あのバァさんの姪っ子も」

少し離れた庭石の上に腰を下ろしていた老人が、タバコを片手に溜め息をつく。

「あんな事になっちまっちゃ、気の毒になぁ」

事情を知っているらしかった。昨日、本人には聞けなかったが、これから訪問するのだから、何があったのか把握しておきたい。

「ご主人は亡くなったんですよね。本人がそれっぽい言い方をしてましたけど」

歩み寄ると、老人は忌まわしい事にでも触れるかのように声を低め、鼻に皺を寄せた。

「それがそうじゃねーんだよ。昔よく言われた『蒸発』ってやつだ。今風に言やぁ、失踪だな。一年くらい前、突然、姿を消して、今もそのまんまだ」

それが、夫はもういないという言葉の真実なのだった。そう言った時、いきなり人形にでもなったかのように表情を失った芽衣を思い出す。完全に止まっている感じの無表情だった。急に口を開けた一年前の傷の中に吸い込まれ、現実から遊離してしまったのだろう。

「俺も、庭木の手入れに行った時に、何度か話した事がある。なかなか感じのいい好青年だったがなぁ。夫婦仲もよく見えたが、いったい何が気に入らんくて、何もかも投げうって姿をくらませちまったのか。まぁ人間ちゅうんは、わからんもんだなぁ」

結婚で退社したのなら芽衣は専業主婦だったはずで、突然に夫に失踪されては、生活にも困っただろう。

「そりゃ途方にくれますね。暮らしてけないじゃないですか」

老人は、頭の上で大きく手を振った。

「その心配はねぇねぇ。月瀬のバァさんは、どえらい金を持っとるからな。マンガの印税ちゅうヤツだ。あの家に行ってみりゃわかるが、金がうなっとるで」

大金持ちの少女マンガ家、姿を消した同居の姪の夫、二つの要素が胸でぶつかり、薄暗い渦を作り出す。そこから響き上がってくる得体の知れない旋律が聞こえたような気がした。

6

引き上げていく植木屋に挨拶し、叔父にツリーの設置が完了した旨のメールを打っておいて、シャワーを浴び、着替えをした。

「これから伺います」

芽衣に電話をかけ、了解を得てから家を出る。スマートフォンに取り込んだ芽衣の地図を頼りに歩いた。途中で、宝沼の脇を通る。芽衣からは近寄るなと言われていたが、その理由に納得できなかったし、近寄らないと約束した訳でもない。そもそも危ない事、禁じられた事があれば喜々として飛び込んでいくのが思春期男子だろう。

笹や灌木の間に細々と続く小道に踏み込む。次第に爪先上がりの坂になった。人の気配は全くない。上り切ると、うっそうと茂る樹々(きぎ)の向こうに薄暗い沼があり、わずかに光をはね返していた。

あたりは静まり返り、空気はどんよりと淀んでいる。近づいていくと、沼の縁に多くの人々が集まって肩を並べ、こぞって沼面を見下ろしていた。草木を揺する風の間から、そのざわめきが伝わってくる。思わず足を止めた。芽衣の声がよみがえる。

「あの沼全体が平家の墓地なのよ」

一瞬、身震いしつつ目を凝らせば、人と見えたのは、沼辺に沿って生えている背の高いヨシやガマだった。風の音の中にも、もう声は聞き取れない。

おじけた自分に腹が立った。負けてたまるかと思ったり、負けるっていったい誰と勝負してるんだと突っ込みを入れたりしながら水際に降りる。

藻や浮草が繁茂し、底の方はぼんやりとかすんでいた。どことなく赤く、まるで血が広がっているかのように見える。

大きく息を吸い込み、自分を励ました。とにかく沼という名称なのだから、水深は五メートルもないだろう。スマートフォンを手にし、このあたりの地図を呼び出す。

表示された宝沼には、北の山々から細流が入り込んでいた。南に向かって流れ出ており、おそらく海に注いでいるのだろう。ここから海までは遠くない。沼は、満潮時に海水が侵入する汽水域になっているのかも知れなかった。

宝沼自体を調べてみる。いくつかサイトが立っていたが、書かれているのは平家落人伝説ばかりで、科学的調査の記述はなかった。小学校時代からの友人で自然科学オタクの小塚の知識を借りようと思いつく。

「やぁ上杉、久しぶりだね」

穏やかな声は、日なたで目を細めているカピバラを連想させた。

「どうかしたの」

のんびりした性格で、中学時代はいじめられる事もあったが、大学受験がはっきりと視野に入り、皆が余裕を失ってきている今では、常に変わらないその鷹揚さが歓迎されるようになり、癒やしスポット的な扱いを受けていた。

「聞きたい事があるんだけど、今、大丈夫か。何してたの」

保護した小動物に餌をやっていたか、育てている植物を観察していたか、どちらかだろうと思いながら返事を待つ。

「昨日から培養してる大腸菌に感動してたとこ。シャーレの中で、すっごくきれいな群落を作ってるんだ。まるで冬の空の星座みたいに美しいよ」

耳からぬくもりが流れ込んできて、胸を温めた。その時になってようやく、小塚に電話したのはこの声に触れたかったからかも知れないと気が付く。痛ましい伝説を持つ沼辺で風に身をさらしていると、物寂しさが肌から染み込んできて心を包んだ。そんな気配は感じまいと意識をそらしていたが、知らず知らずの内に生きる力を擦りつぶされ、この世ではない所に誘われていくような気がしたのだろう。

「兵庫県の宝沼が、汽水域になってるかどうか知りたかったんだけど」

小塚は、キーボードの音を響かせた。

「その名前、聞いた事はあるけど、実態はよく知らないな。ネットには、大した事出てないね。

神戸大学が近いから、おそらく誰かの研究室で調査した事があるんじゃないかな。話題にならないのは、これといって特徴がなかったからだと思うよ。汽水域なら水位が変化してるはずだから、生える植物が違ってくる。沼の縁で、現状の水面とその下を比べてみれば、すぐわかるよ。場所によって様々だけれど、数センチから数十センチくらいの上下があるはずだ」

　目を凝らし、沼の縁から視線を下げていく。底の方の藻の間にうっすらと広がっていた赤いものが、ゆっくりと動いているかに見えた。

　身を乗り出したとたん、足元がぬるっと崩れる。水面から手が出て足首をつかみ、そのまま沼に引きずりこもうとしたかのようだった。靴の半ばまで水につかったところで何とか踏み留まる。冷や汗がにじむのを感じながら息をついた。はまったら最後、出てこられないと言っていた芽衣の言葉が脳裏をよぎる。

「あ、沼の縁って、地面がぬめってるから気を付けて」

　致命的に遅ぇー。そうは思ったものの、小塚に速さを期待するのは、カタツムリに短距離走を競わせるようなものだった。

「それにすり鉢形になっていると、水深が浅くても、一度落ちたら滑(すべ)ってしまって出てこられないからね」

　礼を言って電話を切り、宝沼を後にする。遠ざかりながら振り返ると、樹々の間に垣間見(かいまみ)える水面が一瞬、光をはね返した。沼辺に茂るヨシやガマは、またも人影に見え始める。確かに気持ちのよくない場所で、地元の人間が近寄らないというのももっともだと思えた。

財宝に惹かれて沼に入ったという男は、ある意味、勇敢だったんだろうな。これが入試の選択問題なら、正解は、勇敢ではなく蛮勇か。足早に坂を下っていくと、下から誰かが上ってくる気配がした。樹々の間からチラチラと白い服がのぞく。曲がり角まで来ると視界が開け、その全貌(ぜんぼう)がはっきりと見えた。

「案の定ね」

立ち止まった月瀬芽衣が、こちらを見上げていた。

「どうも遅いから、もしかしてと思って来てみたんだけど」

現場を押さえられた犯罪者は、きっとこんな気持ちだろう。

「悪い子ね。沼にはまったら、どうするつもり」

濡(ぬ)れた靴から冷たさが染み込んでくる。引け目を感じている人間が、正論を押し立てる相手に対してできるのは、居直る事だけだった。

「僕は、そんなマヌケじゃありません」

芽衣の脇を通り抜けると、嘆くような溜め息が背中に触れた。

「まぁ男の子は、人の言う事なんか聞かないのかもね。弟もそうだったけど」

またも過去形だった。ヤンチャな時があったというだけの意味かも知れなかったが、昨日の事もある。踏み込まない方が無難だろうと判断し、黙ったまま坂を下った。芽衣が追いかけてくる。

「秋になると、空が高く見えるのは、なーぜだ」

それは気温が下がり、大気中の水蒸気の濃度が低くなるために光が拡散しにくくなり、空の透明度が上がるからだ、受験生をなめるな。そう思いながら足を進める。背中で溜め息の気配がした。

「家の主を無視して先に行くなんて、無礼な客ね」

隣に並び、笑みを浮かべてこちらをのぞき見る。

「何年生まれなのかな」

さすがに黙っていられなくなり、歳を口にした。

「やっぱり弟と同年」

目を細め、染み入るような眼差でながめ回す。

「生きてれば、もうこんなに背が高いんだ」

踏み込まなくて正解だったと胸をなで下ろしつつ、これまでに家族から二人も不幸な人間を出したらしい芽衣が気の毒になった。自分の家を思う。老衰や高齢での病死を除けば死んだ人間は一人もおらず、もちろん行方不明者もいなかった。

「もう十五年も経つけど、毎年毎年、誕生日が来るたびに、今年は何歳になるって数えてしまうの。不幸がすぐそばに迫っていても、気づかない事って多いのよ。だからあなたに忠告したわけ」

弟を失った痛みの中から気を配っていたのだとわかり、胸を突かれる。靴から伝わってくる湿り気が耐えがたいほど強くなった。忠告を破ったと打ち明け、謝ろうか。迷っているうちに、昨日、嘆く芽衣を見ていて抱いた疑問が大きくなり、心からあふれ出した。

「もし僕が沼にはまって死んだら、泣いてくれますか」

芽衣は驚いたような顔になる。身の上を打ち明けていた親しげな表情は、その後ろに隠れ、遠ざかっていった。出会って一日しか経っていない人間に相応しい隔(へだ)たりの向こうに佇む。

「私に、泣いてほしいの」

急に恥ずかしくなり、目をそらした。どうしてそんな言葉を口にしたのか、自分でも不思議だった。死んだ後に誰が泣こうとわかりはしないし、これまでそんな願いを持った事もない。だが本当は、誰かに泣いてほしいと思っていたのだろうか。それとも心配してくれた芽衣に、ちょっと甘えてみたくなっただけか。

「まぁ、たぶん」

芽衣はからかうように笑う。

「泣いたりしないでしょうね。忠告を聞かなかった高校生のバカさ加減に腹を立てるくらいが関の山よ」

謝るのはやめておこうと心を決め、足を速めた。芽衣は笑い声を上げ、速度をそろえて肩を並べる。

「父母の歳も数えてるのよ。三人一緒に亡くなったから」

数の多さにギョッとした。芽衣の周りに死者の行列ができているかのようだった。

「家族を三人も亡くされたんですか。事故とか」

芽衣は、軽く首を横に振る。

「秋雨前線が活発化した年で、川が氾濫したり、裏山が崩れたりしたの。私だけが修学旅行に出てて、帰ってきたら何もなかった。家も家族も」

その衝撃を想像し、言葉を失う。芽衣はなだめるように微笑んだ。

「で、伯母に引き取られたの。ほら、あそこの家がそう」

緑の中から洋風の屋根が見えていた。濃い灰色で重みがあり、ドーマーが二つ並んでいる。

「鉄平石の屋根よ。雨に濡れると色が変わるの。山の紅葉も映えるし。ああ紅葉は、最低気温が八度を下回る頃に始まるから、もうすぐね。山頂が染まり出したら、三、四日もあれば麓まで届く。竜田姫が駆け下りていくのよ」

竜田姫というのは誰だろう。初出はどこだ、万葉集か古今和歌集か。あわてて記憶のページをめくっているのを見抜かれたらしく、正解を探し出す前に答が返ってきた。

「竜田姫は、秋の女神。ちなみに春の女神は佐保姫。覚えときなさいね、試験に出るかもよ」

笑みを含んだ横顔に陽が当たり、細い首を輝かせる。しなやかで、ほんのりと桜色だった。

「伯母に、あなたについて話したの。大笑いして、こう言ってた。拙宅への訪問の際も、全裸で結構よって」

冗談だとわかっていたが、あの失態がこれほど長く冷やかされるとは思ってもみず、不本意だった。最大限の嫌味を込めて対抗する。

「それほど喜んでもらえるとは意外でした。好きなんですか、男の全裸」

芽衣は軽く眉を上げただけで、表情も変えない。

「そこはお互い様なんじゃない。あなただって好きでしょ、女性の全裸。NOとは言わせない。だって十七歳男子ですものね」

鋭い返球に、内心たじろぐ。何と答えても墓穴を掘りそうで、黙り込むしかなかった。

「ま、傷つけ合うのは止めましょう」

いたずらっぽい輝きを浮かべた大きな瞳で、こちらをにらむ。

「子供みたいに不貞腐(ふてくさ)れないで」

伸びてきた人指し指が顳顬(こめかみ)を小突いた。

「機嫌を直してね。イケメンが台無しよ」

先手先手と打たれ、勝てそうもない。笑って終わりにするのが正解なのだろう。その機をうかがっていると、芽衣が話を変えた。

「伯母は、少女マンガ家なのよ」

すかさず頷く。こんな、じゃれるような会話を彩とも交わしてみたかった。関係が切れてしまった今では、それは夢に似ている。

「ペンネームは、水野理咲子。我がままで変わっているけれど、あなたには優しいはず。若い男の子が大好きなのよ。今頃、念入りにお化粧しているんじゃないかな」

植木屋の話によれば七十三、四歳だった。職業から考えて、少女趣味なのかも知れない。ツインテールや縦ロールの髪に花を飾った老婆が脳裏に浮かぶ。本当にそんな姿で現れたら、気の毒すぎて笑うに笑えないだろう。対応に困るに違いなく、気が重くなった。

「僕は、ご主人のブログを見せてもらいたいだけです」

何とか対面を回避しようと図る。

「お昼前には新幹線に乗らなければならないので、早々に失礼するつもりですし」

芽衣は、憂鬱そうな溜め息をついた。

「もちろん夫の部屋にご案内します。でも伯母は、絶対顔を出すと思うの。とにかく若い男の子に目がないから」

秘かに突っ込みを入れる、いったいどーゆーバァさんなんだ。

「歳と共にひどくなっていく感じ。自分から失われていくものを本能的に求めてるのかもね。あら、まだあなたの名前を聞いてなかった。紹介しなくちゃならないから教えておいて」

それを口にした瞬間、大きな叫びが耳を打った。芽衣と顔を見合わせていると、怒声に変わる。厚い布でも裂いているかのような、濁ったしゃがれ声だった。

「伯母よ」

第二章　ドーナツの穴

1

「どうしたのかしら」

走り出した芽衣の後を追い、開いていた門から中に駆け込む。広がる庭の向こうに、ドーム型の屋根を上げた建物があった。同じ景観を、どこかで見たような気がする。リアルか、それともネットの中でか。はっきりしないまま、芽衣に続いて玄関から飛び込んだ。

そこは楕円(だえん)形のホールで、いくつもの大窓とシースルードアにぐるりと囲まれており、それぞれの上部は天窓だった。差し込む光が、壁や床に張った大理石にはね返り、痛いほどきらめいている。そのまぶしさを見回しながら、確かにここに来た事があると確信した。

おぼろな記憶をたどる。壁に穿(うが)たれた大窓とドアの数を数えた。どちらも同じ形に作られており、同種の物が並んでいると数えたくなるのは、小さな頃からの癖(くせ)だった。

「理咲子さん、どこですか」

芽衣の声が響く。うめくような返事があった。

「寝室よ。早く来て、早く」

芽衣はドアの一つに走り寄り、開け放つ。その向こうに折り返しの階段が見えた。二階まで駆け上り、すぐそばにあったドアを開ける。薄暗い部屋の隅(すみ)から、顔を引きつらせた女性がこちらを振り返った。

髪は長かったが、ツインテールや縦ロールではなく、ごく普通に後頭部でまとめている。ひとまず胸をなで下ろした。痩せて小柄ながら芽衣によく似た大きな目に力があり、七十代という高齢には見えない。

「白髪太夫(だゆう)よ、あそこ」

指さした窓辺に、体長十五、六センチほどの白い蛾(が)が飛び回っていた。しきりに窓ガラスを打つ羽の独特の模様から、クスサンだろうと見当をつける。そうだとすれば白は珍しかった。堂々とした姿もたいそう立派で、小塚が見たら感動するに違いない。画像を送ってやろうとスマートフォンを取り出した。

「早く追い出して。鱗粉(りんぷん)が空中に飛び散って汚らしくてたまらないわ。息がつまりそう。ベルベットの起毛の間に入り込んだら、全部クリーニングよ。冗談じゃないわ」

蛾は活路を求めて窓辺を離れ、急降下して理咲子の顔をかすめる。鼓膜に突き刺さるような悲鳴が部屋の空気を震わせた。突然に奇声を発する人間と蛾、どちらと同室するかと聞かれたら、迷わず蛾を選ぶだろう。

「しっ来るな、あっち行け。芽衣ちゃん、早く退治して」

芽衣は窓辺に寄り、ハンドルを動かして回転式の天窓を開けると、机に載っていた新聞をつかみ、丸めながらベッドの上に飛び乗った。それを使って蛾を追い出そうとする。眦を決しているところを見れば、必死なのだろう。理咲子同様、蛾が苦手らしかった。

「叩かないでよ、よけい飛び散るから。ああ潰さないで。体液が出ると気味が悪いわ。私のそばに落とさないでね」

戦きながらも注文だけはうるさい。腰が引けている芽衣は、手こずっていた。

「今よ今、さぁやって。ああ逃した。あ、そっちに行った」

理咲子は手で指示をしながら采配を振る。本人は必死なのだろうが、蛾一匹に翻弄され、夢中になっている様子はどこかおかしく、笑いが込み上げてきた。だがこの雰囲気の中で、一人で笑っている訳にもいかない。手伝おうとして芽衣のそばに寄ったとたん、蛾はひらりと天窓の向こうに滑り出ていった。

「やった、行ったわ」

部屋中の空気が一気にゆるむ。理咲子は大きく息をつき、天蓋の付いたベッドにへたり込んだ。

「心臓に悪いったら。きっと血圧がマックスよ。これでクモ膜下なんて事になったら大変。落ち着かなくっちゃ。芽衣ちゃん、カーテン開けて」

音とともに光が射し込む。部屋を横切り、深呼吸を繰り返す理咲子の顔を照らした。派手に崩れた化粧に、言葉を失う。

両目の周りは真っ黒、上下左右ににじみ出た真紅の口紅が血のように唇を彩っており、額や頬の皺に落ち込んだ顔料は亀裂(きれつ)の入った地面さながらだった。目が慣れてくるにつれて笑い出したくなる。こらえていると、理咲子と視線が合った。大きな悲鳴が上がり、わめき声が続く。

「なんて事なの、信じられない。私の寝室に、見知らぬ男の子がっ。芽衣ちゃん、追い出して。すぐよ、すぐ」

あせって退出した。さっきの理咲子と同じ言葉をつぶやく。ああ心臓に悪い。

「ごめんなさい」

芽衣が廊下に姿を見せ、後ろ手でドアを閉める。

「私があなたに、廊下で待つように言えばよかったのに」

そういう選択もあった事に初めて気が付いた。何気なく芽衣に続いて飛び込んでしまった自分の非を認める気になる。

「僕こそ、すみません」

芽衣は軽く笑い、首を横に振って先に立った。

「伯母はね、あらゆる男性から、素敵な女性だって言われたいし、それが当然だと思っているの。自分にはそれだけの魅力があるって。でも完璧主義だから、ベストの自分しか見せたくないのよ。まだ髪も整えてなかったし、お化粧も途中だったみたいだし」

疑問を抱く。それらが完了すると、果たして素敵な女性になるのだろうか。

「男子にはわからない心理かもね。髪型や化粧は、祈りのようなものなのよ。効果はともかく、実行する事が大事なの」

いくら祈りを重ねても、高齢というファクターは男子が異性として意識するのにかなり邪魔なものだと思うのは、自分だけか。

「美少年と出会った瞬間、一目ボレされるというのが、昔から伯母が夢みている理想なの」

反応をうかがうような目を向けられ、突然、舞台に呼び出された気分になる。戸惑っていると、芽衣は悪戯っぽい笑みを浮かべ、視線をそらした。

「熱烈な愛を捧げられたいみたい。まぁ見果てぬ夢、といったところね」

客観的になっていく話に、ほっとする。

「でも本人は真剣なのよ。唯美派だから美少年でなくっちゃダメだし、自分に価値があると思っているから、愛されるのは当然なの」

昔の理想をいつまでも堅持せず、恋愛対象から美と若さをはずして普通の男性にまで広げれば、少しは可能性が高くなるかも知れなかった。だがそれより、植木屋が言っていた、うなっているという蓄財を生かして社会貢献でもする方が賢明ではないだろうか。NPO法人を創って奨学金制度を立ち上げれば、十代男子との接点もできるし、尊敬もされるだろう。

「仕事柄、人と関わる機会があまりなくて、昔の精神状態のまま現在に至ってるのよ。素晴しい男性と出会ったり、結婚でもしてれば、成長もできたはずなんだけどね。でも、いい所もあるのよ。吝嗇じゃないし、金銭的にはとても寛大なの。ああこっちよ」

先ほど上ってきた階段の最上段を横切り、吹き抜けになっている楕円形のホールを見下ろしながらその円周に沿って進む。やがて部屋のドアに突き当たった。それを開け、室内を通過して次の部屋に向かう。廊下がなく部屋と部屋が隣合って続いているのは、昔の設計だからだろう。長崎にある祖父の家がそうだった。

二つ目の部屋を通り抜けながら、またも既視感を覚える。先を行く芽衣の背中に疑問を投げた。

「さっきから初めて来たような感じがしないんです。なんでかな」

芽衣は振り返り、笑みを浮かべる。

「パリの南東のマンシーって街に、ヴェルサイユ宮殿の原型と言われてる城館があるの。伯母はそれが気に入っていて、自分のマンガの舞台に使ったのよ。作品は脚光を浴びて、その後アニメ化や舞台化され、コミックスも世界中で売れてね、莫大(ばくだい)な印税が入った。それを投入して、同じ設計でここを建てたの」

スマートフォンで検索してみる。マンシーの街の城館は、ル・ヴィコントという名称で十七世紀に建てられ、持ち主は財務卿(きょう)のフーケだった。そこまでわかってようやく、幼稚園の頃に行った事を思い出す。確か夏で、見学に退屈し、庭で口笛を吹いてスズメを集めている老人の方ばかり見ていた。

「ここが夫の部屋」

芽衣はドアの前で立ち止まり、しみじみと眺(なが)め回す。失踪した夫に思いをはせ、訳もわからないまま突然、置き去りにされた哀しみを噛みしめているかに見えた。

つらい記憶を新たにさせるような事を頼んでしまって悪かったと考えながら、ふと割り切れない気持ちになる。昨日、夫の話を持ち出したのは芽衣の方からだった。考えてみれば駅で会った時も、夫という言葉を先に口にしたのは芽衣だ。話をそらしたり、そこに触れないようにする事は、いくらでもできただろうに。なぜだ。

心の傷が深く、何かにつけて触れずにいられないのかも知れない。傷をなぞる事でそれに慣れ、修復しようとしているのだとすれば、まるで同じ所で回っているコマのようで痛ましかった。

「お掃除はハウスキーパーさんがしてくれてるから清潔よ。どうぞ」

先に踏み込んだ芽衣が、カーテンと窓を開ける。ひっそりとした空間の中に、壁をおおう白い羽目板や絨毯、机や長椅子（ながいす）、本棚が浮かび上がった。全体が明るい色調でまとめられ、窓からは庭が見える。気持ちの良い（い）部屋だった。植木屋の言葉が胸をよぎる。いったい何が気に入らんくて、何もかも投げうって姿をくらませちまったのか。

芽衣は、夫の失踪の理由を知っているのだろうか。それを受け入れ、納得しなければ心の傷は埋まらないし、立ち直る事もできないに決まっていた。一年経ってもとらわれ続けている現状から考えれば、わかっていないのかも知れない。

「パソコンは、スマホと同じで聖域だから、お互いに中を見ないって約束してたの。それが縛りになってしまって、今もそのままなんだ。時々出して、机に置いてみるんだけれど、なんだかそこに、颯の心がポツンと置かれているみたいな感じがする。すごく中を見たくなったり、そんなことしたら信頼を裏切るって思ったり、今のところ決心がつかないのよね。でも『素数の美』は、パソコンで作って専用のUSBメモリに保存してたから、それをお見せするのは約束違反じゃないはず」

袖机の引き出しを開け、動きを止める。

「あら」

視線は、引き出しの中を彷徨(さまよ)っていた。

「USBが一つもない。パソコンまで」

あちらこちらを開け閉めし、ワードローブやカップボードの戸の中をのぞく。やがて思い当たったようで、こちらを振り返った。

「捜してくるから、ここで待っていて」

どうやら心当たりがあるらしい。二つの目に確信めいた光を浮かべ、出ていきかけたところを呼び止めた。

「ご主人は、行方不明になっていたんですね」

芽衣の顔に、当惑と混沌(こんとん)が広がる。それが薄い幕のように表情をおおい、感情を隠していった。芽衣の返事を聞けば、状況が少しははっきりするかと思っていたのだが、湿地に投げた石が音もなくズブズブと沈んでいくかのような反応だった。しかたなくさらに踏み込む。

「お気の毒です。早く見つかるといいんですが。何か手がかりなどは」

芽衣は軽く首を横に振り、目をそむけるようにして出て行った。夫について話す事には抵抗がないが、失踪には触れたくないという事か。考えてみれば、芽衣は一度も失踪という言葉を使っていなかった。

おそらくそこが傷の核心なのだ。自殺者を出した家族や知人が自分の言動を責めるように、芽衣も夫が失踪してから様々な出来事を思い返し、自分の責任を模索しているのだろう。

一人になり、主のいない部屋を見回す。壁に山の写真が飾られており、ワンダーフォーゲル部と刺繍された旗の前で大学生らしい数人がピースサインを出していた。誰もが日焼けし、唇からこぼれている歯がひときわ白く見える。端の方に年月日と颯のサインが入っていた。ゆったりとした感じの字体で、それにふさわしく太マジックが使われている。

写真の中に颯を探してみた。岩の上で腕組みをし、悠然と構えている赤いヤッケを着た人物だろうか。後で芽衣に聞いてみようと思いながら目を転じる。

本棚にあったのは、多くが数学と建築関係の本だった。最近の趣味は数学だけと聞いているから、建築系の本はおそらく仕事で購入したのだろう。フリーで設計をしているとか、図面を引いているのならば製図板があるはずだったが見当たらず、机の引き出しを開けても、作図に必要な各種定規や製図用のシャープペンシルなどはなかった。たぶん建設会社か、その関連企業で働いていたのだろう。

スマートフォンを出し、神戸、事件、一年前失踪、本人の名前などのワードを打ち込む。検索すると、すぐに出てきた。地方新聞の小さな記事で、夕刻、一人で自宅を出たまま戻らず、翌日、家族から行方不明者届が出されたとある。少し前から鬱状態で、軽い鬱病の薬を処方されており、何かを思いつめての失踪ではないかとの談が載っていた。警察は事件性を認めなかったようで、捜査についての記述はない。出版社のアーカイブも探してみたが、週刊誌などにも記事は出ていなかった。

行方不明者届は、年間かなりの数が出され、事件性がないとされれば警察の対応はそれほど親切ではないと聞いている。新聞にも載らない事が多いだろう。この記事の力点も、有名マンガ家の家族という部分に置かれていた。颯に限らず芽衣もおそらく、常日頃からそういう圧の中で生活してきているのだろう。

思いつめていたというのは、その事か。あるいは他に、何らかの問題を抱えていたのか。明るい部屋の中を見回し、窓辺に寄る。眼下の庭はよく手入れされており、その向こうには谷が見え、はるかに海も望めて景観としては申し分なかった。こんな良好な環境に住み、妻からも愛されていたとなると、問題は職場か。仕事内容、もしくは人間関係かも知れなかった。

庭の隅で影が動く。目をやれば、理咲子が花壇の前を横切っていくところだった。片手に園芸用の小さなシャベルを持っている。窓枠の外に消えていくその姿を見ていて、自分に問い直した。颯にとってここは、本当に良好な環境だったのだろうか。

この家の持ち主は理咲子で、同居している。芽衣を中学時代から育てており、颯にとっては姑（しゅうとめ）的な立場だった。かなり個性が強く面倒そうなあの老女と颯は、果たしてうまくいっていたのか。

花壇の前を、再び理咲子が通りかかる。先ほど持っていたシャベルの上に、土と根の付いたひと株の花を載せていた。鮮やかな紫色の花弁に目を奪われる。通り過ぎる前に急いで写真を何枚か撮った。小塚に送り、メールを添える。

「これって、トリカブトじゃないか」

暇だったらしく、すぐに返事があった。

「写真が小さくてはっきりした事は言えないけど、葉の形状、花の色形と付き方、根の状態からして、たぶんそうだと思うよ。高山に生えるアコニツム・ブラキポドムじゃないかな。ヤマトリカブトやカラトリカブトだと、花の付き方が違うからね」

トリカブト類には、強い毒性を持つものがある。理由不明の失踪者を出した家の中で、有毒植物が栽培されていると考えると、急に落ち着かない気分になった。颯の失踪には、本当に事件性がないのだろうか。いやそもそも失踪自体、事実なのか。

先ほどの記事を読み返す。夕刻、一人で自宅を出たまま戻らず、とあったが、それを証言したのは家族だろう。つまり芽衣か理咲子だ。何とでも言える。

「理咲子さん」

眼下で芽衣の声が上がり、小走りに近づいてくる姿が見えた。

「颯さんの部屋から、パソコンを持ち出したでしょう」

表情は硬く、声にはとがめるような響きがある。理咲子は、軽い笑い声を立てた。

「まぁ恐(こわ)い。すぐカッとするのは、やめたらどう。あなたも、もう若くないんだし」

いかにも年長者らしいはぐらかし方だった。芽衣は、憤慨の息をもらす。

「今、仕事部屋に行ってみたんですけど、どこにも置いてなかったから、もしかして隠してるんじゃないかと思って」

疑念が膨れ上がる。颯のパソコンには、理咲子が隠さなければならないような何かが入っていたのだろうか。深い淵の上に立ち、得体の知れない景色を見下ろしているような気分になった。

手首でスマートウォッチが鳴り出す。別荘に戻り、駅に向かわなければならない時間だった。失踪についてかじりかけ同然のこの状態で帰るのは、いかにもくやしい。心だけ置いていくようなもので、帰路の途中も家に着いてからも気になってたまらないに決まっていた。真実を明らかにし、はっきりと決着を付けたい。できるなら芽衣の気持ちも、楽にしてやりたかった。

つかんでいたスマートフォンを左手に持ち替える。数理間トポスのチューターにあててメールを打った。

「今日の顧問面接ですが、今から日時の変更は可能でしょうか。僕の方からお願いしておいて申し訳ないのですが、教授に伺ってもらえますか」

送信アイコンに指をかけ、押そうとした瞬間、メールが入ってきた。

「教授に不祝儀ができたそうで、今日の予定は延期してほしいとの連絡がきています」

窓から急に風が入り込む。飾られていた山の写真をなで、隅にあったサインがゆっくりと揺れた。姿を消した颯が、解決を催促しているかのようだった。

2

「あきれて、ものが言えない」

ドアの開く音とともに芽衣が姿を見せ、その場に突っ立った。

「なんて人なの、いい歳をして無分別すぎる」

そのまま絶句していて、やがて気分を変えようとしてか大きな息をついた。

「ああ、お茶を差し上げる約束だったっけ。食堂に行きましょう。そこで話すから」

案内されたのは、同じ二階にある北側の部屋だった。中央に白いクロスをかけたテーブルが置かれている。椅子は二つで、奥の方を手で示された。壁は、料理や食材が描かれた羽目板でおおわれ、暖炉の上には金銀の装飾のある大皿が飾られている。窓からは、門から玄関に通じる道が見下ろせた。

「問い詰めたら白状したの、自分が隠したって」

緊張しながら耳を傾ける。颯の失踪に関係する何かを隠そうとしたのだろうか。もしそうならば、簡単には明かさないだろう。適当に言い繕うに決まっていた。

「その理由、何だったと思う。あなたよ」

いきなり矢面に立たされ、唖然とする。今後の展開が読めず、ただ聞いているしかなかった。

「高校生のイケメンなら、一回こっきりでなく何度も足を運んでほしいから、その興味の対象になっているパソコンとＵＳＢメモリを人質にとったんですって。昨日、私があなたの事を話したんだけど、その日のうちに隠したみたい」

マジか、と突っ込みたくなるような言い訳だったが、先ほど芽衣から聞いた理咲子独特の考え方にはマッチしている。本気で言い繕うつもりなら、もっとまともな口実を考えるだろう。パソコン隠しは、失踪とは無縁なのかも知れない。

「それで、どうしても隠し場所を教えないの。あなたが充分に話し相手をしてくれたら、その時は見せてもいいって言ってるのよ」

思いがけず、歓迎すべき状況になってきていた。理咲子を通して颯の失踪当時の様子を探れるだろうし、二人の関係にも踏み込めるだろう。

「しかも言うに事欠いて、上杉君だって私と話ができるのはうれしいはずだ、ですって。非常識度が半端じゃないのは前からだけど、私だけならともかくあなたまで巻き込むなんて信じられない。見境がないも、いいとこよ。あなたには予定があるって何度も言ったんだけど、頑として聞かなくって」

息巻く芽衣は、けたたましくさえずる小鳥のようだった。怒っているのだが、どことなくかわいらしい。

「いいですよ。ちょうど用事が無くなったので、お相手できます」

いそいそとした感じが表に出たのか、芽衣は意外そうな顔付きになった。あわてて言い添える。

「どうしても颯さんのブログを見たいので」

それでようやく腑(ふ)に落ちたらしく、申し訳なさそうに目を伏せた。

「ごめんなさい。できるだけ早く伯母を説得しますから」

まるで自分の落ち度のように悄然(しょうぜん)としている。生(き)一本なのだろう。そういう人間が理咲子のような個性的すぎる人物と同居していれば、ストレスも大きいのではないか。だが結婚してもなお一緒に暮しているところを見ると、こちらが想像するほどではないという事か。

あれこれと考えをめぐらしながら、颯の部屋で推察していた事を確かめておく気になる。

「あの部屋、山の写真が飾ってありましたよね。岩の上にいるのが、颯さんですか」

芽衣は、気分が上向かないようで憂鬱そうだった。

「そうよ、いつも赤いヤッケを着てたみたい。遭難した時に一番目立ちやすいからって言ってたけど、ほんとは別の色を考えるのが面倒だっただけよ、たぶんね」

顔に、かすかな喜色が広がる。颯について話すのが、うれしいのだろう。さらに元気を出してもらいたくて続けた。

「お勤めは、建設関係の会社ですね」

瞬時に水を吸い上げる植物のように、芽衣は活気を取り戻す。両手を打ち合わせ、はしゃいだ声を上げた。

「すごい、当たってる。須磨区内の萩原(はぎはら)建設って会社に勤めてたの」

硬かった表情が、ようやく柔らかくなった。

「大学は工学部だったんだけど、一年から二年の間、山登りばかりしていたから成績が振るわなくって、希望のコースに進級できなかったみたい。建築に行くしかなかったんですって。建築って工学部のオチコボレ先らしい。あら、これは言うなって言われてたんだ」

肩をすくめて笑う様子は、悪戯好きな少女のようだった。

「でも颯がそこを卒業して建設会社に入ったから、私たち、出会えたのよ。建設の仕事って、天候に左右されるでしょ。天気図が読めた方が便利なんだけど、颯は大学の途中でワンゲル部をやめて以降、触れる機会がなかったみたい。ああワンゲル部って、天気図の作成もするのよ。高校のインターハイ登山の種目の一つになってるくらい。もう一度学習しておきたいって、夜、気象の専門学校に通ってたの。私もそこに行っててね。ファーストコンタクトは、天気図を習った時。等圧線を結ぶのに苦労してたら、そこは上手下手が一番はっきりする作業なんだって笑われたの」

話しながら、次第に颯の思い出に沈んでいく。

「ワンゲル部時代は、短波ラジオで通知予報を聞いて天気図を作成する係だったんですって。先輩から、部員全員の命がおまえのペン先にかかってるって言われて、いつも緊張してたみたいよ」

のめりこむように颯の話を続ける。芽衣自身の話も聞きたくなり、方向を変えるタイミングを見計らって切り出した。

「あなたは、なんで気象予報士になろうと思ったんですか」

芽衣は、はにかんだ笑みを浮かべる。

「災害で家族を失った時にね、天気予報がもっと細かな情報を出してくれていれば避難できて助かったのにって思ったの。うちは山間部で、山の中を小さな川が流れているだけだったし、天気予報は大きな河川の氾濫と避難情報しか伝えていなかった。でも、その小さな川が氾濫したのよ。山の中を流れていたから、両岸に生えている樹々をなぎ倒して呑み込み、横倒しになって流されていくその樹々が周りの土地を削りながらものすごい勢いで山を下って、別の川と合流する地点でまた氾濫して、うちだけじゃなくてたくさんの人が亡くなった。それで将来は気象予報士になろうと決めたの。危険度を察知して細かな情報を出し、人の命を救ったり守ったりする仕事に人生を捧げたかったんだ。でも彼と結婚して辞めてしまったけれど」

その顔に影が落ちるのを見て、不可解な気持ちになった。今は結婚しても仕事を続ける女性の方が多い。生涯の職業と決めていたのならなおさらだった。なぜ辞めたのだろう。

「フリーランスの予報士だったから続ける事はできたんだけどね、彼のそばにいたかったの。一緒の時間をたくさん持ちたくって」

颯は、それほど好かれたのだった。付き合いを断られた自分とは雲泥の差があり、いったいどんな男だったのか知りたくなる。

「颯さんのどこが、そんなに好きだったんですか」

芽衣は、視線を空中に投げた。

「何もかも全部。知るたびに惹かれていって、それが積み重なったの。もう忘れてしまったような細かな事もいっぱいある気がする。でも最初に心が動いた瞬間は、よく覚えてるんだ。彼がビジネス雑誌を持っててね、表紙にカリスマ経営者ってタイトルがあって、有名な経済人の名前が並んでたの。それを目指しているのかと思って、聞いてみたんだ。やっぱりトップになりたいものですかって。そしたら指先でその表紙をポンと叩いて、日本の会社を動かしてるのは、こういうエリートやトップの人間じゃないよって言ったの。会社の機動力になってるのは、ごく普通で目立たないビジネスパーソン一人一人なんだって。謙虚に、真剣に仕事に向き合い、そこに誇りや生きる意義を見出せる人間が会社を支え、動かしている、自分がカッコいいと思うのはそういう地道な努力をする人間だから、目指してるのはそこかもなって」

いかにも山男が言いそうなセリフだった。

「すっごくステキだと思ったなぁ」

就労者だけでなく和典たち十代の学生も、多くがトップを目指して競争に身をやつしている。学校と塾で日常的に行われるテストと結果発表により、否応なくそのレースを走らされるのだった。そこから離れて生きる事を選択した男には、確固とした魅力がある。

「他の山々から離れて自分だけで立っている独峰みたいだった」

芽衣の言葉に頷きつつ、山と数学は似ているかも知れないと思った。自分が持つ力だけを頼りに難関に挑み、目の前の一つ一つを克服しながら設定した目標の達成を目指す。山登りで鍛えられた精神は、数学という畑でも大いに力を発揮するはずで、その成果があのブログ「素数の美」なのだった。

もし颯が山登りを続けていたら、数学に打ち込む時間は当然少なくなり、あのブログは存在しなかった可能性がある。数学に移行してくれたのは幸いだったが、なぜだろう。

「颯さんは、どうして山に行かなくなったんですか」

芽衣は、わずかに笑う。

「大学のワンゲル部では毎年、冬山に行く前に富士山で訓練していたらしいの。颯たちのパーティが白山岳の山頂付近まで行った時、急に風が強くなってきたんで尾根を歩くのをあきらめて沢に入り、そこを横切ろうとしたら、突然旋風が起こってあおられ、颯だけが四百メートルくらい滑落して、そのまま一日、雪に埋もれてたんですって。仲間が下山して連絡、救出されたんだけど粉砕骨折してて、両脚切断かってとこだったみたいよ。今でも片脚は引きずってるし、バランスもすごく悪いの。ちょっと押しただけでグラッとするもの。お母さんが、二度と山に行かないでちょうだいって泣きついて、それでしかたなく断念したって話」

山で挫折すると命の危険があるのだった。数学で挫折すれば、自己評価や自分の存在意義が崩壊する危険にさらされる。生命と精神、危険度としてはどちらが上だろう。

「でも私、颯の脚の障害なんて、ちっとも気にならなかった。それ以上に、ステキだなぁって思う事が何度もあったから。本当に何度もね。そのたびに好きになっていったんだ」

そんな夫に失踪されては、ショックも大きいだろう。失踪の原因には、本当に心当たりがないのだろうか。もう一度確かめたかったが、芽衣の今までの反応を考えると、スムーズに回答が得られるとは思えなかった。別の角度から探りを入れた方がいいかも知れない。

「理咲子さんも、颯さんを気に入っていたんですか」

芽衣は、思い返すような溜め息をついた。

「ええ。お互いにいい関係を作ろうとしてたし。よく一緒に出かけたりもしたから、近所の人から、どっちが奥さんかわからないわねって言われたくらいよ」

関係が悪くなかったとなれば、颯が思いつめていたのは、やはり仕事か、職場の人間関係か。

「二人はデキてるんじゃないかって噂が立ったこともあった」

さらりとした口振りに、いささか驚く。

「そんな噂が耳に入ってきて、気にならなかったんですか」

芽衣は、しかたなさそうに眉を上げた。

「伯母がそういう雰囲気を出してるだけよ。昔から、男にとって自分は高嶺(たかね)の花、憧れの存在で、あらゆる男は自分の気を惹きたがってると思い込んでるの。そこから卒業できないのよ。今更どうしようもない感じね。男性に甘い言葉を投げたり、気があるように見せたりするのは、本人にとってはサービスのつもりなのよ。それがたとえ姪の夫でもね」

やはり、かなり面倒そうな人物だった。ただの話し相手なら適当に相槌(あいづち)を打って聞き流していればいいのだろうが、颯について探り出そうと思えば、機嫌をよくさせ、口が回るような状態にしなければならない。それには本人が主張する高嶺の花という虚飾を認知する必要がありそうだった。そのためにどのくらい自分の良識を犠牲にせねばならないのだろうか。そもそも、できるのだろうか。

「あ」

芽衣が、不意に背筋を伸ばす。

「気圧配置が換わった」

戸惑っていると、窓の方に視線を流した。

「今、カーテンが揺れたでしょ」

見れば、かすかな風が通り過ぎていったらしく、その名残をはらんだレースが窓の桟を撫でている。

「ここのカーテンは、いつもは揺れないのよ。揺れるのは、気圧が変動する時だけ。昨日からの配置だと、これから前線に暖かく湿った空気が流れ込んで線状降水帯ができるかも知れない」

落ち着かない様子で、ドアの方を振り返る。

「急いで、十五時間後の雨雲の予想図を見てみないと」

気象予報士の仕事を離れても、その気持ちは残っているのだろう。家族の死から発したものだけに、根強いのに違いなかった。

「ああ、ここで私があせっても、なんの役にも立たないんだった」

自嘲しながら思い出したようにつぶやく。

「私ね、聴いてた歌の中に、窓に大好きと書いたって歌詞が出てきた時、窓が曇っている、結露だ、つまりこの歌の時期は十月後半から十一月ねって言って、颯に笑われた事がある。愛の歌聞いて、そっちかって言われちゃった」

芽衣にとっては失敗談なのだろうが、そんな彼女を颯がどう思っていたかは想像に難くない。可愛いらしくてたまらなかっただろう。そっちかと言いながら笑ったという話から、颯の気持ちが痛いほど伝わってきた。

失踪前、芽衣の周辺はそんなエピソードに満ち、その個性も今よりずっと輝いていたのだろう。そこに戻してやりたかった。二の足を踏んでいる自分を叱咤し、真相を突き止める決意を固める。

新聞記事には、颯が思いつめていたとあった。同居の伯母との関係は悪くなく、妻とも愛情で結ばれていたとなれば、考えられる原因は仕事関係以外にない。萩原建設を調べてみようか。

「あら、お茶をいれるのをすっかり忘れてしまって」

腰を上げかけたとたん電話が鳴り出し、芽衣はうんざりするというような表情になった。下唇を突き出してこちらを見る。

「伯母よ」

友だち同士で教師の悪口を言っている学生のようだった。苦笑しながら見れば、電話機には三つのボタンしかない。内線用なのだろう。

「今度は何かしら。パソコンやUSBメモリを手放す気になってくれたのならうれしいけど、いったん言い出したら引かないから、そんな事ありそうにないかも」

ぼやきながら電話に近寄っていく。短いやり取りをかわし、こちらを振り返った。

「もうすぐ身支度ができるから、客間に移ってもらってちょうだい、ですって。お茶は、そっちに持っていくから移動してて。そのドアから出ると大きな部屋があるから、それを横切って左側のドアを入った所よ。方角からいうと、この家の南側の一番東端」

3

言われた通りに歩き、客間に入る。東と南の二つの庭に面して出窓になっている部分を除き、天井から壁まで金銀で縁取りした装飾羽目板でおおわれていた。見ていると息苦しくなってくるほど絢爛豪華な部屋で、客に財力を自慢しているような感じがないでもない。ル・ヴィコントの城館と同じ造りと言っていたから、向こうの城主の趣味なのだろう。持ち主のフーケを調べてみる。公金横領の罪で逮捕され、失脚していた。十七世紀後半の事件で、フーケの財力に嫉妬した国王ルイ十四世がその資産を没収するために仕組んだ冤罪という説もある。今では資産家が買い取り、観光用に公開していた。

窓の外で、かすかな物音が上がる。出窓に寄ってみると、隣の部屋の窓の外に脚立が立っていた。最上段にあの金髪の植木屋が上っていて、身を乗り出すようにして部屋の中を見ている。時おり脚立が揺れ、一階の飾り庇を擦って音を立てていた。

やめさせたかったが、急に声をかければバランスを失い、落下しかねない。どうしたものかと思っていると、男は脚立からバルコニーに飛び移った。部屋のそばまで歩き、ガラス窓に顔を押し付けてさらに熱心にのぞき込み始める。転落の心配がなくなり、安心して声をかけた。

「部屋の中に、植木なんかありませんよ」

男は、反射的にこちらを振り返る。二つの目の中で、瞳が飛び出してきそうなほど震えていた。声も出ないらしい。親方に報告され、解雇されるのを恐れているのだろう。戦慄(せんりつ)する目は、自分の人生の破綻(はたん)を見つめているのかも知れなかった。

なんだか気の毒になりながら、芽衣のファンだと言っていた事を思い出す。もし以前にものぞいていたとしたら、この家の事を色々と知っているのではないか。

「大丈夫です、誰にも言いません。親方にも、この家の人にも、もちろん芽衣さんにも」

まずは、男の戦(おのの)きを止める。

「その代わり、ちょっと聞きたいんですけど、いいですか。簡単な事なんですけど」

男は、夢中で首を縦に振った。相変わらず声は出ない。

「今、そっちに行きます」

隣の部屋に移動し、窓のスペイン錠を開けて男を引き入れた。

「ほんとに黙っててくれるんやな」

少しは落ち着いたらしく、疑うような眼差をこちらに向ける。

「俺は、別に何か盗(と)ろうとかしてた訳じゃありゃせんで。ただ芽衣ちゃんがおるかと思って、気になって、我慢できんかっただけや」

自分の純粋さを強調するその顔に、やましさの影はなかった。我慢できなかったというその部分が犯罪に相当する事を理解できないか、もしくは、したくないらしい。

「以前から、のぞいてたんですか」

男はしかたなさそうに横を向いた。

「そやな、まぁ時々は、しとった」

不貞腐れているようにも見える。

「で、何が聞きたいんや」

口調は、横柄になってきていた。早いうちに聞き出さないと、居直るかもしれない。

「この家に住んでいた月瀬颯さん、芽衣さんのご主人ですが、失踪したと言われてますよね。それについて何か知ってますか」

男は鼻で笑った。

「失踪なんて、お笑いや。そんなもん、してりゃへんで」

思いがけない答だった。自分の目が底から光り出すような気がする。

「姿でも見かけたんですか、どこで」

こちらが動転しているのを感じ取ったらしく、男は勝ち誇ったような顔になった。

「どこでって、ここでや。家ん中に隠れとるねん」

にわかに信じがたいものの、そうだとすれば芽衣と理咲子が口裏を合わせ、警察や新聞記者など関係者全員をだましたという事になる。あるいはたくらんだのは片方で、もう片方は知らされていないのか。

「この家のどこですか」

突っ込むと、男はわずかに身を引いた。値踏みでもするかのような目付きになり、瞳をこらしてこちらを見る。

「おっと、ただじゃしゃべれへんなぁ」

自分が脅迫されている立場だという事を忘れたらしい。今朝ほど仲間たちから揶揄され、そのまま話に乗っているのを見た時には、ふざけているのだろうと思ったが、その場の成り行き次第で簡単に考えを変えていくタイプなのかも知れなかった。

「思い出してほしいんですが」

スマートフォンを出して見せる。

「のぞいている画像を撮ってあります」

はったりだったが、最初に男が浮かべた恐怖の大きさから、それで充分、脅せるだろうと踏んだ。

「ネットに晒されるのと、警察に持ち込まれるのと、どっちがいいですか」

瞬間、男の手が伸びた。引ったくろうとしたその指先をかわす。とたん、もう一方の拳が飛んできた。それをかいくぐりながら重心を移動し、反対側に動くと見せかけて次の一打をよける。こんな所でサッカー技が使えるとは思わなかった。

マシューズは得意ではないが、相手次第では何とかなる。だが体力には自信がなかった。相手は、背は低いものの恰幅がいい。いずれ力負けするだろう。早めに決着をつけなければ。

スマートフォンを持った手を大きく上げる。男は奪い取ろうとして伸び上がり、足元が不安定になった。その脚の前に片膝を突っ込み、動きを封じてから、もう一方の足の甲で思い切り蹴り飛ばす。

骨が折れたかと思えるほど重い音が上がり、男は転倒した。気分的には馬乗りになりたいところだったが、引っくり返される危険を考え、自重する。折れているとすれば面倒な事になるかも知れず、やり過ぎを後悔しながら歩み寄った。

「颯さんを、家のどこで見かけたんですか」

男は脛(すね)を抱え、恨めしそうにこちらを見上げる。

「敷地の奥の、古い家の方や」

この建物以外に、別棟があるらしかった。

「そこの庭の手入れしとる時に、家ん中が見えるんや。いつも縁側で、バァさんがしきりに話しかけとるわ」

では理咲子が噛んでいる事は間違いない。芽衣は知っているのだろうか。

「庭を歩いとるとこを見た事もあるしな。もうええやろ。行かんと親父に怒られる」

立ち上がると、足を引きずって歩き始めた。どうやら骨折はしていないらしい。痛そうなのは気の毒だったが、先に手を出したのだから、まぁ自己責任と思ってもらおう。

「須磨駅前の萩原建設って、どういう会社かご存じですか」

男はいまいましげに振り返った。

「どうって普通の土建屋や。あそこの庭にはうちが入っとるから、親父に聞いてみ。俺は渡りや。この土地の事はよう知らへん」

廊下に出ていくのを見送り、芽衣に指定された客間に戻る。窓辺に寄れば、南側は庭園以外に何も見えなかった。東側の出窓の向こうには雑木林があり、その間から黒い瓦の屋根がのぞいている。

颯は、あそこに潜んでいるのだろうか。思いつめていたという話だから、自ら閉じこもったのかも知れなかった。それで理咲子が、世間体や会社の反応を気にして失踪を装ったとか。そうだとすれば当然、芽衣も事情を聞き、心得ているはずだった。

夫を失って悲しんでいるように見えたのは、演技だったのだろうか。夫について自分から話し出しながら失踪に関して口をつぐんでいるのは、傷が深いからだろうと思っていたが、疑われないように嘆いてみせ、かつそれが事実でないために詳しく話せなかったという解釈もできない訳ではない。そうは思いたくなかったが、断言できるほど芽衣を知らなかった。

「お待たせしてごめんなさい」

ノックの音と共に、銀のトレーを持った芽衣が姿を見せる。三人分の茶器が載っていた。

「カップを選ぶのに時間がかかってしまって。お宅では源右衛門でいれていただいたから、うちはアウガルテンかヘレンドかなぁと思って、迷ってたの。アウガルテンは透明感のあるピュアホワイト、ヘレンドはわずかにクリームがかった白で、どちらも紅茶の色が映えていいのよね。でも結局、柄で選んじゃった。手描きのかわいい薔薇のついたのがあったから。新婚旅行に行った時、ウィーンで買ったの」

窓のそばに立ったまま振り返り、芽衣の様子をうかがう。

「敷地内に、和風の家が見えますね」

芽衣はテーブルにトレーを置き、近寄ってきた。肩を並べ、隣に立つ。フルーティな香りが鼻に触れた。華奢なその体から漂い出て、あたりの空気を優しくしていく。いかにもたおやかだった。山男の颯はこんな所にも惹かれたのだろう。

「もう半ば廃屋なんだけどね、昔、伯母が住んでいた借家なの。あそこで祖父母や両親と暮らしていたみたい。中学を卒業してからマンガ家を目指して東京に出て、成功した後、あの家を買い取り、近隣の畑や空き地も買収して、こっちの家を建てたって聞いてる。それで引っ越してきたの」

功成り、名を遂げての凱旋の図だった。

「表から見ると、そこそこ普通の家の外観を保っているけれど、裏側なんかはツタや草におおわれて、近くの森と一体化してる感じよ。今に埋もれてしまうでしょうね。植物は偉大よ」

軽く笑った芽衣の表情を注視しながら尋ねた。

「家の中は、どうなってるんですか」

芽衣は、風に揺れるコスモスのように首を傾げる。

「さぁ、どうなのかしら。私、一度も入った事がないの。伯母が嫌がるから。お掃除は自分でするって言い張って、ハウスキーパーさんも入れないのよ。屋根もかなり傷んでて雨漏りする場所もあるらしいから、直せばって勧めても、昔の雰囲気が壊れるし、業者を入れたくないって言うの」

颯が身を隠す事は、充分できそうだった。芽衣からは、それに関わっているような気配は感じられない。いく分ほっとしながら、そのために問題がいっそう深刻になっていると気がついた。芽衣が知らないとなると、失踪を計画したのは、颯と理咲子の二人か、あるいは理咲子一人という事になる。二人だとすれば、彼らは芽衣を抜きにして重大な話を決められる関係にあるのだ。近所に広がったという噂が頭を駆けめぐる。二人はデキている、のか。

理咲子一人で考え、実行したのなら颯の意志が無視されており、それは閉じこもりではなく監禁、もしくは軟禁というべきだろう。理咲子はトリカブトを持っている。大の男の颯でも、薬物には勝てないに決まっていた。二つのケースのいずれにせよ穏やかではない。芽衣は、何か感づいているのだろうか。

「どうして理咲子さんは、あの家に入られるのを嫌がるんですか」

芽衣はテーブルに戻り、三人分の茶器をセットした。

「あそこには、思い出が住んでいるから」

芽衣らしい表現だった。理咲子の態度に不審を抱いている様子はない。

「他人に踏み込まれたくないんだと思うな。毎日、夕食の後は、あそこで過ごすの。そうね、一時間ほど」

ポットを傾け、茶こしをかぶせたカップにゆっくりと注いでいく。

「お茶をいれている時間って、すごく好き。豊かな気分になれるの」

ゆるやかなカーブを描いて湯気が立ち上り、わずかに笑みをたたえた横顔にまつわった。手元を見つめて目を伏せている様子はどことなく儚(はかな)げで、力を貸してやりたくなる。頭の中に散らばる疑問に、優先順位を付けた。

まずは、失踪したとされている颯の存在を確かめ、事実を明るみに出す事か。そのためには、あの家に入る口実を見つけなければならなかった。うまくやらないと、隣の別荘を買っている伯父に迷惑をかける。ここはご近所であり、月瀬家は先住者なのだ。伯父が余波をかぶらないようにしなければ。

部屋の電話が鳴り始める。芽衣は途中で手を止めたくなかったようで、不本意そうな息をついた。

「もうっ、今度は何なのかしら」

勢いよく電話に歩み寄っていき、受話器を取り上げる。いきなり言い放った。

「今、お茶をいれてるんですけど」

苛立っているらしい。紅茶をいれるのを中断されたくらいでムキになっている様子がかわいらしく、思わず笑いがもれた。

「あ、そうですか。でも私には、そんな失礼なことは言えません。ご自分でおっしゃってください」

受話器の送話口をふさぎながら、怒りの光る目をこちらに向ける。

「リップラインが、どうしてもうまく描けない、唇が完璧じゃないから今日は会えない。また明日来てもらってくれって言っているの」

あっけにとられながら理咲子の唇を思い浮かべた。完璧なリップラインを描いたとしたら、あの顔は果たして、きれいになるのだろうか。

「出てちょうだい」

受話器を突き出され、歩み寄る。

「代わりました」

咳払いが聞こえ、不機嫌な声がした。

「ちょっと体調が悪いの。明日にしてもらえるかしら」

承知するしかないだろう。印象を悪くしたくなかった。

「もちろんです。明日伺います」

今度は、芽衣が咳く。顔には、皮肉な笑みが浮かんでいた。相手の機嫌をうかがい、要領よく立ち回っているとでも思ったのだろう。くやしかったが、せっかく理咲子と話せているのだから、ここは堪え、あの家に入る術を捜すしかなかった。まずは理咲子の不機嫌を何とかしよう。

「素晴らしいご自宅ですね。芽衣さんから聞きました、描かれた作品の舞台になった城館と同じ設計とか。ル・ヴィコントには、僕も行きましたよ」

笑い出す芽衣が忌々しい。にらんでいると、驚いたような吐息が耳を打った。

「まぁぁそうなの。あそこって古いし一部が未完成で、ヴェルサイユやフォンテーヌブローに比べて地味なのよね。旅行会社のツアーにも組み込まれてないし、日本人はまず行かないわ。まぁ、あなたは行ったの、そうなの。あの美しさがわかるのねぇ。うれしいわ」

すっかり感心している。気分も変わった様子だった。内心、ガッツポーズを作る。

「ところで、あそこを舞台にした私の作品、読んだ事おありかしら」

もちろん大ファンです。そう言えば喜ぶのだろうが、バレた時のリスクを考えると、踏み切れなかった。

「いえ、マンガはあまり読まないんです」

危ぶみつつ耳を澄ます。もしまたも機嫌が斜めになるようなら、どこかで違う方向に舵を切らなければならなかった。

「まぁなんて事でしょ。大作なのに、読まないなんて信じられない。もったいないわよ」

嘆く言葉の中に、怒りは感じられない。取りあえず黙って聞いていると、次第に言い聞かせるような口振りになった。

「鉄仮面を題材にした歴史マンガなのよ。鉄仮面って伝説のように言われてるけど、実在したの。十七世紀フランスの牢獄を転々とし、最後はバスティーユで死んだのよ。古文書によれば、伝説のような鉄の仮面じゃなくて、ビロードの布で顔を隠していたみたい。正体はいまだに不明で、死んだ後は、彼が使っていたすべての物が焼却され、牢獄の壁まで壊されて新しい石材と取り換えられたの。徹底的に正体を隠蔽しようとする底知れない力を感じるわ。何か大きな秘密があったのよ。それによって彼は、生きている間は牢獄につながれ、死んでからは歴史の謎の中に閉じ込められた。ゾクゾクする話でしょ」

声には、喜びがこもっている。しゃべりたくてたまらない様子で、この話に乗れば、理咲子との距離を縮められそうだった。

「鉄仮面の謎を究明したかったんですか」

静かな笑いがもれる。

「いいえ、権力によって一生を抹殺された人間に、光を当ててやりたかったのよ。無念を晴らしてやりたかった」

そういう人間なら、日本史の中にも多いだろう。ましてやここは、平家落人伝説のある土地だった。

「日本史でなくフランス史を選んだ理由は、何ですか」

理咲子は、よくぞ聞いてくれたと言わんばかりに勢いづく。

「マンガ家の水野英子先生を尊敬してたからよ。自分のペンネームを付ける時に、水野先生の苗字をいただいたくらい。水野先生は、少女マンガで初めて歴史を描いた方なの。ロシア革命を題材にした『白いトロイカ』っていう作品でね、私、夢中になって読んだわ。革命が迫る中、主人公は、白髪の貴族と、黒髪の幼馴染みの間で揺れ動くの。私もこんなすごい作品が描きたいって強く思ったものよ」

理咲子の許可を取り、検索してみる。一九三九年の生まれで、手塚治虫や赤塚不二夫たちが売れない時代を過ごしたという伝説のアパート「トキワ荘」出身の唯一人の女性マンガ家だった。

「それで、スケール的に見劣りのしない題材を探したの。もちろん日本史も当たったわ。でも日本は土地が狭いし、人口も少ないでしょう。戦争するにしても移動距離が短かくて、兵力も微々たるもの。迫力に欠けるのよね。この近くで行われた一ノ谷の合戦なんて、源平合わせた兵力は、最大でも数万よ。天下分け目といわれた関ヶ原でさえ、総兵力が二十万もいかないんですもの。ヨーロッパなら、例えばナポレオンの遠征なんか大陸を突っ切ってエジプトにも行くし、ドイツにも行くし、ロシアに行った時なんか自軍だけで六十四万よ。規模が丸っきり違うでしょ。日本じゃダメだ、こぢんまりしすぎるって思って、色々探した結果、イギリスとフランスを行き来して英仏戦争を企てていた鉄仮面に行き着いたの。舞台もチャネル諸島にあるイギリス領の島から始まってフランス各地に飛び、最後はパリ。すごく広範囲でしょ。あ、そうだわ」

叫ぶように言い、声をひそめる。

「あなた、今すぐお読みなさいよ」

高まった気持ちが声量を抑え、深い響きを与えていた。

「五十巻ほどあるけれど、若い人だったらササッと読めるでしょ」

少女マンガには興味がなく、長さを聞いてさらに辟易する。だが、口にできる返事は一つだけだった。

「ぜひ読みたいです」

理咲子は、うれしそうな笑い声を立てる。

「紙の本で読んでね。昔の作品で、まだ電子書籍になってないから」

この流れを、何とか自分の目的につなげたかった。きっかけをつかむために話をあちらこちらに向け、そこから理咲子の反応をうかがおうと図る。

「それは残念です。電子書籍なら、即ダウンロードして読めるのに。紙の本だと、五十巻そろえるのは大変ですからね。無理かも知れない。注文しても、再版未定って事もアリだし。でも読みたいです」

どこかで何らかの手ごたえがあれば、それを取っかかりにして道を切り開けるだろう。

「あ、図書館って方法もありますね。でも借りても、一度ではとても運び切れないなぁ。僕が使えるのは自転車だけなんです。まだ車の免許がないので。それに図書館にも全巻そろっているとは限らないし。貸し出し中かも知れないです」

満足気な声が耳に届く。

「うちにそろってるわ。見せてあげますよ。運ぶのが苦になるなら、うちでお読みなさい。まぁ一日では無理だから、泊まり込んでもいいわ」

突然射しこんだ光明に、躍り上がりたい気分だった。

「マジですか。甘えてしまって、ほんとにいいんですか」

ここに泊まっていれば、あの家に入り込む事は簡単だろう。皆が寝静まった夜中に動けばいい。

「まぁマジって、そういうふうに使うのね。若者らしくっていいわ。マジ素敵。部屋はたくさんありますからね、あなた用に整えさせます。芽衣ちゃんに代わってちょうだい」

芽衣に受話器を差し出し、戦勝報告のように告げた。

「僕は今日、ここに泊まる事になりました」

4

芽衣がハウスキーパーと一緒に部屋を準備している間に、いったん伯父の別荘に帰る。残っていた焼きソバで昼をすませ、火元や戸締まりを確認、庭のツリーに異常がない事を確かめてから、部屋にあったゲスト用の下着をいくつかスリングバッグに詰め込み、玄関の靴棚からサイズの合うスニーカーを選び出して濡れた靴を取り換えると、再び月瀬家に戻った。

「ここが図書室よ」

通されたのは、玄関が見下ろせる二階の部屋で、壁に沿って作り付けの書棚が並び、樫材（かしざい）の大きな机と椅子、カーテンと共布（ともぎれ）で張った長椅子が置いてあった。壁には、いかにも昔の少女マンガらしく、目の中に星が光る男女の巨大なイラストが数枚かけられている。こういう人間が登場するマンガを五十冊も読まねばならないと考えると、頭が痛くなった。それだけの時間を数学に注（つ）ぎ込（こ）めば、どれほど計算が進むだろう。だがこの犠牲なくして成功はおぼつかない。やるしかなかった。

「伯母が言ってたコミックスは、この区画の、ここからここまで。正確には五十六冊あるから」

理咲子の話より冊数が増えている。しかも棚に並んでいる本は近年、店頭で売られているコミックスの二倍から三倍の厚さがあった。ひるみそうになる自分を励まし、昔の本は紙質が悪いせいで厚みが出ているだけだと慰める。

「いつでも休めるように、寝室は隣に用意しました」

ドアを開けた芽衣の体の向こうに、小奇麗な部屋とベッドが見える。白い枕(まくら)や敷布(しきふ)が清潔そうで、気持ちが安らいだ。

「夕食は、こちらにお持ちしましょうか。伯母はいつも早くに食べるから、それを用意した後で」

できるだけ一人でいた方が自由に動けるだろう。

「お願いします」

芽衣は頷き、出て行きかけて振り返った。

「ご迷惑かけてしまって、ごめんなさい。パソコンは、伯母を説得して取り戻します。無理してコミックスに目を通さなくても大丈夫よ」

まだ未読のブログは、確かに読みたい。だがあの家の内部を探る事も、今や重要課題だった。

「いえ、熱心に勧めていただいたんですから、読みます」

芽衣は、その目に笑みを含む。

「意外に優しいのね」

眼差は、次第に甘やかになった。

「もっとクールなタイプかと思った」

見られているのが気恥ずかしくなり、横を向く。本当の目的は別にあると言ったら、あきれるだろうか。

「ゆっくり過ごしてくださいい。今夜は十三夜よ。満月より風情があるし、須磨の月は最高にきれいなの。その窓から見えるから、疲れたらぜひ眺めてみて」

芽衣も、疲れた時にはそうしているのだろうか。

「十三夜の月が好きなんですか」

浮かんでいた微笑が、うっすらと曇った。

「昔は、ね。ちょっと控えめな所がかわいらしいじゃない」

月にかわいらしさを感じるのは、芽衣ぐらいだろう。そう思いながら、顔に広がるその曇りが哀しみである事に気づく。

「でも今はそうでもないかな。ちょうど一年前の十三夜に、私たち、新居に移る事になっていたの。颯の仕事の関係で、夜の引っ越しだったのよ。でも颯は夕方、何も言わずに突然、出かけて、朝になっても帰ってこなかった。十三夜が来るたびに思い出すの。揺れながら沈んでいく月を、一人で見ていた事」

失踪当日は、引っ越しの予定だったのだ。二人がここを出て行けば、理咲子は一人になる。いくら個性が強いといっても、心細く感じていたのではないだろうか。

「理咲子さん、寂しがったんじゃないですか」

芽衣は眉をひそめる。

「というよりは攻撃的になってね」

寂しさの表現も、性格により色々なのだろう。

「とても手こずった。でも最初からその約束で、伯母も同意していたのよ。結婚を決めた私たちが新居を探していたら、伯母が言い出したの。こんなに広い家があるんだし、颯さんにこっちに来てもらえばいいじゃないって。その時、私、思ったのよね。伯母は急に一人になるのが不安なんじゃないかって。颯は伯母に同情して、少しの間、同居しようって言ってくれた。いきなり別居するより、インターバルというか、伯母に気持ちを切り替えてもらうための期間を取った方がいいだろうって。私もそう思ったし、それで伯母も承知して、そういう約束をしたの。でも内心は、そんな約束守る気なんてなかったみたい。まず既成事実を作ってしまって、なし崩し的に同居を続けようって決心していたのよ。私たち、騙されたみたいなものね」

腹立たしげな芽衣を見ながら、理咲子のしたたかさに舌を巻く。年を経て妖怪になったというネコやキツネの民話があるが、人間もそれに近い変化を遂げるのだろうか。

「確かに伯母も、伯母なりに努力はしてたのよ。私と二人だった時から考えると、びっくりするくらいに我が儘を抑えたり、颯に気に入られようとしていたもの。関係をよくしておけば、ずっとここにいてくれるんじゃないかって期待もあったみたい」

必死だったと考えれば、いじらしい気もする。気の毒でもあった。老いてからの一人暮らしは、確かに寂しいだろう。こんな大きな家であれば、余計に孤独が身に染みるに違いなかった。是が非でも回避したかった気持ちは、よくわかる。

「そろそろ別居をって颯が言い始めると、伯母は猛烈に怒って、反対して、いつも最後にはケンカだった。年寄りの私を捨てる気なの、ずいぶんよくしてやったのに、まるで姥捨（うばす）て山ねって言い放った事もあるくらいよ。でも結局、颯が押し切った。時間をかけてね。颯は自分の未来図を持っていたから、譲れなかったのよ。できるだけ早く会社を辞めて、冬の空がきれいな霧ヶ峰（きりがみね）に山小屋を造って、その管理人になりたかったの。自然のサイクルの中でそれに寄り添った労働をして生きたかったのよ。その人生設計の中に伯母は入っていなかったし、山で暮らす危険や伯母の年齢を考えれば、入れる事もできなかった。私も、結婚した時から颯について行くって決めてたしね。同好の人たちが訪れる山小屋で、彼らと共に過ごす毎日を夢みる颯のそばにいたかったの」

颯と理咲子の間には、お互いの人生の相違に根差す根源的な確執が生じていたのだ。颯が思いつめていたというのは、その事だったのかも知れない。自分の理想は捨てられず、だが理咲子の不安もよくわかり、押し切ってみたものの良心が痛み、揺れていたという事か。

「山小屋の経営者って、たいてい気象予報士の資格を持ってるのよ。颯は私に、山小屋で暮らすようになったら、山岳専門の気象予報士になればいいんじゃないかって勧めてた。山の天気には独特のものがあるのよね、風が吹くと崩れるとか。気象はジャンルによって色々で、航空専門の予報官なんかもいるのよ。でも山岳予報官は、私のやりたい仕事じゃなかった。颯に失望したのは、後にも先にもその時だけだったな。ああ私の事わかってないなぁって。気象予報士なら何でもいい訳じゃないのよ。私が心に誓ったのは、普通に暮らしている人たちの命を守る事。それは山を選んでやってくる人たちとは、違うでしょう」

畳みかけるように話しながら、途中で言葉を呑み、伸ばしていた背筋から力を抜いた。

「そもそも山岳専門の予報士になるんだったら、専門学校で勉強し直さないとね。そうなると颯との時間が削られるでしょ。それは嫌だったんだ」

芽衣の声が流れ込む脳裏に、それまで考えもしなかった光景が生まれ出る。生き物の目のように瞬きを繰り返し、大きく広がっていった。

理咲子にとって颯は、同居してくれているうちはかわいい義理の甥であり、家族だっただろう。だが別居を持ち出した時点で、姪を連れ去ろうとする怨敵（おんてき）に変貌（へんぼう）したのではないか。颯さえいなくなれば、芽衣と二人の生活に戻れる。対立するたびに理咲子の心で、その気持ちが強くなっていったとしたら。それが監禁に行きついたとしても、不思議はないように思えた。

颯が失踪して一年が経っている。一人の人間をそれほど長期間、監禁しておくのは容易ではないだろうし、芽衣に知られれば今の生活の崩壊につながる。薄氷を踏むような毎日の中で、いっそひと思いに、と考えたりはしなかったか。理咲子はトリカブトを持っている。颯がすでに死体になっている可能性は否定できなかった。歩いているのを見たという金髪の植木屋の話は、どれほど信用できるのか。

「色々と思い出して複雑な気持ちになる夜、それが私の十三夜なのよ」

慰めなければ。そう思ったが、脳裏に展開する悲劇の予感に意識が吸い取られ、言葉が見つからなかった。異様に光っているに違いない目を伏せて隠し、後ろめたい事でも口にするかのように尋ねる。

「話は変わりますが、庭にトリカブトがありましたよね。きれいな花ですが観賞用ですか」

屈託のない声が返ってきた。

「薬用よ。颯が谷川岳に行った時に採ってきて鉢植えにしていた植物の一つ。色がきれいだからって。他にも岩芝とか色々あって、この家に移ってきた時には、鉢のまま庭に置いてあったの。二、三年前に伯母が気づいて、リュウマチの痛みを抑えるのに使うから増やしたいって言って、颯からもらって植え直したのよ」

それは真実か、あるいは口実か。

「じゃ、後で夕食をお届けしますね。どうぞごゆっくり」

芽衣が出て行き、ドアが閉まる。早急にあの家を確かめた方がよさそうだった。そうすればすべてがはっきりするだろう。

5

夕食を持ってきたのは、ピンクのエプロンをかけたメイドだった。どう見ても十代で、聞いてみれば、近くの専門学校で栄養士の勉強をしているという。敷地内の古い家に行った事があるかどうかを尋ねたが、存在自体も知らなかった。

「私、ここに来たらすぐキッチンに入って、芽衣さんと一緒に夕食を作って、八分通り終わったら帰るんです。習い事があるので。一時間くらいしかいません。キッチン以外の所には出入りしないし」

あの家に颯を監禁しているなら、当然、食事が必要になるだろう。メイドの表情をうかがいながら聞いてみる。

「ここんち女性二人だけど、準備する食事の量って、他の家に比べて多い方ですか」

メイドは首を傾げた。

「いえ、普通じゃないかな。うちも母と二人暮らしですけど、同じくらいです」

あの家に颯はいないのか、それとも既に食べない状態なのか。そうだとすれば、庭を歩いていたという植木屋の話とは整合性が取れなかった。はっきりさせたい気持ちに駆られ、ほとんど掻き込むも同然にして食事を終え、適当にまとめてワゴンの上のトレーに載せる。

二ヵ所あるドアの片方は食堂、もう片方は楕円形ホールの吹き抜けに続いており、それを出て階段を降りた。建物から左右に突き出している翼を回り、東側にある雑木林に近づく。木立の間から光がもれていた。明かりの下には、夕食後をそこで過ごすという理咲子がいるのだろう。

林を抜けると、こぢんまりとした古い家があった。正面の左端に玄関、右端にトイレと思われる臭突を上げた部分があり、その間をガラス戸の付いた外廊下が結んでいる。植木屋の話にあった縁側というのは、ここの事だろう。廊下の向こう側は障子(しょうじ)が閉まっており、奥は見えなかった。

脇に回れば、板壁が続き、小さな出入り口が一つある。上部に短い煙突があり、勝手口かと思われた。家はそこまでで、後ろには少しばかりの荒れた空間が広がっている。昔は畑か庭だったのだろうが、今は草が茫々と生い茂り、その間からツタが芽を吹いて家の方へとツルを伸ばしていた。板壁はほとんどおおいつくされており、屋根には端の方に植えられたクリの枝がいく重にもしなだれかかっている。芽衣が言っていた通り、今にも後方の森に同化せんばかりだった。あと十年もすれば、この家はすっかり埋もれ、あった事すらわからなくなってしまうだろう。自然の力が人間の痕跡を呑み込んでいく過程を見ている気分になりながら、古い家をながめ回す。

祖父母と両親、理咲子を合わせて五人、子供が複数ならそれ以上の家族がこの中に住んでいたのだった。外の形から内部を想像すれば、部屋は六畳が二つか、八畳と四畳半、それに台所といったところだろう。ささやかな住まいだった。生活も、それに準じたものだったに違いない。

振り返り、城館のようにそびえ立つ今の家を仰ぎ見る。今年七十三、四歳なら、第二次世界大戦後の昭和史を生き抜いてきた事になる。その激動の中で自分の力だけを頼りに成功し、小さな借家を脱して豪華な自宅を手に入れたのだ。立身出世物語を絵に描いたようだが、その結果、広すぎる家に一人取り残されかねない事態に行きついてしまうとは、本人も予想すらしなかっただろう。

板壁の向こうで物音が響く。そっと表に回り、玄関横に身をひそめた。閉められたガラス戸から家の中をうかがう。

「また白髪太夫が出よってなぁ」

理咲子の声がし、障子が開いた。卓袱台を持って姿を見せ、それを廊下に置く。

「うち、蛾が嫌いやろ」

再び中に入っていき、今度は車椅子を押して出てきた。

「大騒ぎしてしもうたわ」

息を呑み、体を乗り出す。颯だろうか。顔を確認したかったが、背もたれに阻まれて見えなかった。

「きっと裏のクリの樹におるんやろ。切ってしまお思うとるんやけど、うちが生まれた時にお祖父ちゃんが植えてくれはった樹や思うと、切るに切れへんのや」

卓袱台に向き合うように車椅子を止める。

「ここからなら、よく見えるやろ。今、コーヒー持ってくるからな。今日は、月見団子も作ったんやで」

理咲子が姿を消すのを見すまし、そっと廊下に近寄った。ガラス越しにのぞくものの、家の中に点いている明かりのせいで逆光になり、影にしか見えない。肘掛けに載っている袖と、そこから出ている手だけが光に照らされていた。やや筋張った手で、大きさからして男のように見える。やはり颯か。

「今夜は雲ものうて、お月見には絶好や」

理咲子が戻ってくる。あわてて突っ伏し、沓脱石に額を押し付けた。

「雲があった方が風情がある、言いはる人もおるけどな、私ははっきりした月が好きや。あれ、なんや顔色がようないように見える。どないしたん。寒いんか。ほな雨戸、少し閉めよか」

見える範囲はいっそう狭くなる。確認をあきらめるしかなかった。あれは颯なのか。他の誰かがあの家にいるとは考えられないのだから、おそらく颯なのだろう。とにかく生きていてくれて幸いだった。だが植木屋は、庭を歩いていたのを見たと言っていたのではなかったか。体調によっては、歩行も可能なのだろうか。引き上げながら小塚にメールを打つ。

「トリカブトを盛られて、障害が出るってアリか」

少しして返信があった。

「トリカブトの成分はアコチニンとか、ブルラチンA～Fの数種のアルカロイドだ。運動神経や四肢関節のマヒを引き起こすから、障害が残る事も充分考えられると思う」

殺害しようとして失敗した結果か、あるいは最初から逃走を阻止するのが目的だったのか。植木屋が見かけた時には歩行が可能だったが、その後悪化したという事もありえた。理咲子が優しく接しているのは、もう自分の敵ではないと思っているからだろう。

だが颯自身は、どうなのか。大声を上げて騒げば、芽衣の耳に届くに違いない。それをしないのは、どうしてだろう。脅迫でもされているのか。脅迫されるような弱点を持っていた訳か。

解決のできない疑問が積み重なっていく。焦燥の中に引きずり込まれ、気分が滅入った。鬱鬱とする思いを飛ばしたい一心で、両手でバサバサと髪を掻き上げながら歩く。そんな自分が滑稽に思え、ますます不愉快になった。

この状態から抜け出す方法は、ただ一つだけだとわかっている。あの車椅子の男の顔を確認する事だ。やったらどうなんだ。万難を排せ。

足を止め、思い切って引き返す。家の周りをうろついてみた。二人がいる縁側を除けば、入れそうな所は玄関と勝手口しかない。だがこんな狭い家で、中にいる二人に気づかれないようにこっそり入る事ができるだろうか。もし見つかれば何もかもぶち壊しになるだけでなく、伯父にも迷惑がかかるだろう。それでもやるのか。

踏み切れなかった。自分に向かって毒づきながら部屋に戻る。そのままベッドに身を投げ、ぼんやりとしていた。いつの間にか寝入り、気が付いた時には、カーテンの間から差し込む月の光が床の上に白い線を描いていた。両脚で反動をつけ、一気に飛び起きて二重のカーテンを開ける。

一瞬、雪が降ったのかと思った。地面が輝いている。群青（ぐんじょう）色の空の中央近くに月があり、投げ降ろす光を地が反射していた。

球形に近い月は、街灯がぶら下がっているかに見えるほど大きく、ほとんど白い。地球の動く音が聞こえてきそうな静けさの中で、庭にそそり立つ樹々にきらめきをまき散らしていた。芽衣もこれを見ているのだろうか。独特の感性が、なんと形容するのか聞いてみたかった。光彩の中で人影が動く。

誰だろう。動きを追っていると、門灯の近くに差しかかり、明かりが全身を照らし出した。赤いヤッケが目に飛び込む。颯の部屋にあった山の写真が脳裏をよぎった。心臓が喉（のど）まで跳ね上がってくる。颯だろうか。裏の家から抜け出したのか。

とっさに身をひるがえし、部屋から走り出た。転げ落ちるように階段を駆け下（くだ）る。とにかく捕まえて事情を聞こう。

庭に飛び出し、その姿を捜した。赤いヤッケは月光を浴び、霜を付けたように輪郭を光らせている。歩いていく方向を見定め、建物を回って反対側から前方に出た。向こうからやってくるところを確認し、駆け寄って逃げられないように両の二ノ腕をつかむ。

「教えてください」

フードの中で大きな二つの目が動き、こちらを向いた。急に止まったせいでフードがあおられ、ふわりと後ろに落ちる。

「やだ、びっくり」

芽衣だった。月光を受けて真珠色に染まった顔の中で、二つの瞳が青み混じりの墨のような光を放っている。まぶしいほどきれいだった。

「どうしたの」

絶句しながら手の力を抜く。言葉が見つからないのは、驚いているからか、それとも美しさに気を呑まれているからか。

「どこかにお出かけなの。こんな遅くに外出するのは、不良だけよ」

やっと言葉を見つけた。

「そのヤッケは」

芽衣は、ようやくわかったというような笑みを浮かべ、自分が羽織っているヤッケを見下ろす。

「これ、颯のよ。よく着るの。これだけじゃなくて色んなのを着る。朝食や夕食の後は、特にね」

細い首を傾け、頬ずりでもするように肩に顔を寄せた。

「食事の時、颯はいつも私の斜め前に座ってたの。でも今そこには、椅子があるだけ。それを見ていると体が震えてくるんだ。椅子の上にある空白と同じものが自分の中にもあって、その二つが共鳴するの。それが終わるとようやく、染み込むような悲しみがやってくる。おかしいでしょ。空白って何もない事よ。何もないものが椅子の上や、心にある。ないものが存在するのよ、矛盾よね」

心の虚を見つめて話す芽衣の頬を、月が照らす。ほんのりと芯を光らせている白い花のようだった。

「まるでドーナツの穴みたい。穴って何もない空間なのに、ドーナツがある時は穴が存在している。ドーナツが無くなると同時に穴も消えてしまう、まるで食べられたみたいに」

数学上では、ないものをあるとする事は、ごく普通だった。負数や虚数など現実にはない数が存在していて、自由に動き、時に化けて実存する数になったりもする。人間の心にも、数学と同じような座標軸があるのかも知れなかった。

「颯の部屋に入った時にね、何気なくワードローブを開けたら、颯の匂いが流れ出てきたの。服を取り出して肩にかけると、颯が私を包んでくれているようだった。それでよく着るようになったの」

両腕を胸の前で交差させ、自分を抱きしめる。

「とても幸せな時間よ」

言葉と裏腹に体中から哀しみが漂い出し、満ちる潮のようにこちらに押し寄せてきた。これに呑み込まれたら、どうなるのだろう。そう思いながら芽衣を見つめる。その悲嘆に寄り添いたかったが、いくら同情しても当事者の深みまで降りていく事はできないし、ましてや癒やす事もできなかった。一緒に哀しみの中を漂っても、意味なんかあるものか。あわてて背筋を立て、芽衣との間隔を確保する。

「邪魔をしてしまって、すみませんでした。じゃ僕は部屋に戻ります」

あの家に颯がいるかも知れないと言ったら、どれほど喜ぶだろう。だが現状では疑問が多すぎ、確信が持てなかった。ぬか喜びさせたくない。まず植木屋の話を確認しよう。そしてもう一度あの家に、今度は中まで踏み込んで真実を突き止める。

「月がきれいな夜はね」

芽衣の声が追いかけてきた。

「翌朝が冷えるの。なぜって、月がきれいに見えるのは空気が澄んでいるからで、そういう時には放射冷却が強まるのよ。霜が降りる事もあるくらい。寝冷えしないようにね。全裸はやめる事」

またも持ち出された話題に、思わず奥歯を噛みしめる。芽衣の笑い声が響いた。

6

加藤造園の親方の携帯番号はわかっていたが、夜に電話して、あの金髪男と話せるとは思えなかった。朝になってからつかまえた方がいい。今夜は、ここに滞在するために理咲子の歴史マンガを読破するという大仕事が待っていた。

スマートフォンの着信音が鳴る。開いてみると、小塚からメールだった。

「トリカブトについての追加情報、いるかな」

今のところは間に合っていると書いてから、感謝の言葉を付け加える。間もなく小塚らしい返事があった。

「ブナの樹ってね、助け合っているんだよ。根を通じて仲間に養分を分けたり、葉や幹が匂いを出して情報を送ったりしてる。僕は、ブナ以下じゃないよ」

ちょっと笑いながら、自分もブナ以下にならないために今の心境を伝えておく事にする。

「ドーナツの穴の面白さに今日気づかされた。不在の存在だ。数学的には、負数や虚数に近いかな」

すぐさま返事があった。

「生物学的にいえば、ヴォイドだね。人間の器官、脳とか肺とか腎臓(じんぞう)なんかだけど、その器官と器官の間には空間があるんだ。ヴォイドって呼ばれてる。人間の体重の二割は、この空間なんだよ。そしてヴォイドは、これまでただの穴だと考えられてきた。ところが最近、そこでもきちんと生命活動が行われているって証明がされて、ここも器官の一種と考えられるようになったんだ。ドーナツの穴にも、そのうち何らかの意義が発見される日が来るんじゃないかな」

不在の存在を和典が数学畑に引きこんで解釈したように、小塚も自分の好きなジャンルで展開したらしい。得意とする領域を持っている人間との情報交換は面白かった。いつかエッジエフェクトが起き、思いがけない世界を目の当たりにできるかも知れない。

「またな」

短い返事を送って本棚の前に立ち、芽衣に教えられた区画に目をやった。ずらっと並ぶ同タイトルの背表紙をながめただけで、食傷した気分になる。

それらの先頭に、理咲子が影響を受けたと言っていた少女マンガ『白いトロイカ』二巻が置かれていた。赤い文字でタイトルが書かれていたが、その隣に同じタイトルの二巻があり、こちらは手書き文字だった。

取り出してみる。中は鉛筆を使った手描きのマンガで、出版社発行のコミックスと比べてみて、そっくり写してあるとわかった。習作らしい。理咲子の熱意が伝わってきて、多少なりと誘われ、読む気が起きた。

本棚からごっそりと出してきて机に積み上げる。大きく息を吸い込み、自分を励まして一巻目を引き寄せた。なかなかなじめず、作品の外側を撫でているような感じだったが、そのうちに読み方のコツがつかめ、スムーズに進むようになった。

歴史より恋愛がメインで進行していくのがもどかしく、また随所に数字的な押さえがないまま感情で押していくような展開は、説得力に欠ける感じがしないでもなかったが、読むのは数学者ではなくマンガ愛好者なのだから、これでいいのだろう。全体にうまく作ってあり、描かれた年代を考えれば、時代に先駆けた秀作と言えるのかも知れなかった。

それにしても長編で、途中で何度も眠気に襲われ、踏ん張ったものの読破できないまま朝を迎える。机の上に伏せたまま眠っていると、大きな機械音が響いた。身を起こし、ぼんやりした頭を抱えて窓辺に寄れば、漂う霧の中に加藤造園と書かれたクレーンが見える。植木屋が来ていた。

あわててシャワーブースに飛び込む。身繕いをし、部屋を出て南側の庭に降りた。昨日見かけた弟子が、庭木の下に道具を広げている。中に金髪の男の姿もあった。こちらに視線を流すものの、素知らぬ顔をしている。快く質問に答えてもらうためには、もう一度脅しをかけた方がよさそうだった。

「親方は、来てますか」

年長の男が、顎で裏庭の方を指す。

「垣根(かきね)を当たってんやないすか」

礼を言い、そちらに足を向けた。歩いていくと、小道を曲がったとたんに、足音が駆け寄ってくる。

「親父にチクる気なんか。おい勘弁してくれや、頼むで」

走ってきたところを見ると、昨日の怪我は大した事がなかったのだろう。

「おまえなぁ、こっち向かんかい。黙っとるちゅう約束やないか」

足を止め、振り返った。

「正直に話してもらえるなら、黙っています。昨日、古い家の方に颯さんが隠れていると言ってましたよね。縁側で顔を見たんですか」

男は一瞬、考え、首を横に振る。

「いんや、見たのは婆さんだけや。けども庭で見たし」

顔を近づけ、目の中に誤魔化そうとする光がないかどうかを確かめた。

「庭で、顔を見たんですか」

男は、またも考え込む。

「そういや顔までは、見とらんかもしれん。俺、たいてい脚立の上やから」

ぞんざい過ぎる観察に、舌打ちしそうになった。

「それで、どうして颯さんだと思ったんですか」

男は面倒そうな渋面を作る。

「そら、おまえ、この家は女所帯や。そこを男が歩いとりゃ、旦那以外にないやろ。失踪って言われとるが、こりゃちゃうなって思ったんや」

あきれるほどずさんな推測だった。

「顔も見ていないのに、よく男性だとわかりましたよね」

男は、わかって当たり前だと言わんばかりに声に力を込める。

「普通、服見りゃわかるやろ。女なら女の服着とるしな」

やはり芽衣を見て、誤解したようだった。あてにならない目撃者に振り回された自分が情けない。

「なぁ、頼むで黙っといてくれや。俺は渡りやし、何かありゃ即、切られるねん」

すねたような、それでいて半ばあきらめているような顔付きだった。これまでに何度も、そういう目に遭ったのだろう。

「昨日、皆が言っとった通り、俺は正直、女なら誰でもええと思っとる。それを隠すつもりはないねん」

自信をこめて言い切る男に、仲間たち同様、おまえはアホかと突っ込みたくなった。

「けど、芽衣ちゃんは違うんや。俺にとっては、女っていうより予報士やから」

表情が、ふっと変わる。

「植木屋は野天の仕事や。そんで毎日、予報を見るねん。俺、芽衣ちゃんに頼っとった。だから急に辞めちまって会えんくなったんは、えらいショックやったんや」

下卑(げび)た感じのする顔の上に、乳児のように素直で真摯な熱が広がっていった。

「芽衣ちゃんは、他の予報士とは全然違うとって、俺にもようわかるように言ってくれるねん。普通の予報士は気圧配置とかの後で、朝晩は冷え込むでしょう、で終わりや。けど芽衣ちゃんは、一枚上着をお持ちになるとよろしいかと思いますって言うねん。雪が降った翌日に気温が上がる日にゃ、他の予報士は、雪下ろしの際はご注意くださいって言うくらいやけど、芽衣ちゃんは、作業をしていると汗ばむほどですから服装をうまく調節なさってくださいとか、雪からの照り返しにもご注意くださいって言ってくれる。それで俺は着替えを持ったり、サングラスを用意したりするんや。風速四十メートルが吹いた時も、これだけ吹きますとドアが開けにくく、また開いたドアはいきなり閉まりますのでご注意くださいって言ってくれた。それで俺はすごく気を付けてたんや。仲間にゃ、指を挟んで失くしちまったヤツもおったで。俺は芽衣ちゃんに助けられてん。高気圧と低気圧の位置を話した時にゃ、これから暖かくなっていきますので今日の寒さを乗り切りましょうって言ってくれた。それで頑張ろうって気持ちになれたんや。ほんま大事な人やった」

芽衣が予報士を志したのは、きちんとした予報が人間の命を救うと考えたからだった。おそらく聞く者に寄り添うような解説を心がけてきたのだろう。それがこの男に、きちんと届いていたのだ。芽衣に話したら、喜ぶに違いなかった。

「復帰してくれんかなぁって、毎日思っとる」

その願いが叶わない理由は、芽衣が夫を愛し過ぎていたからだと言ったら、相当落ち込むだろうか。同情する気持ちと、からかいたい気分が胸で入り混じった。

「復帰だけが、心の支えや」

颯の失踪の原因が明らかになれば、芽衣も踏ん切りがつき、生涯の仕事と考えた予報士の道に戻る可能性は大きい。それは芽衣本人にとっていい事だろう。まぁこの男にとっても。

「今どうしとるのかと思うと、気がかりでつい見たくなっただけや。悪気はあらへん。そういう事、誰だってよくあるやろ」

古くからの知り合いのような親しげな笑みを浮かべ、突き出した肘（ひじ）でつつく。

「な、あるやろ。正直に言うてみいや」

するりと手の内に入ってくるような剽軽（ひょうきん）さに、巻き込まれそうになった。

「今後は、やめるんですね」

話を切り上げにかかる。男はきっぱりと首を横に振った。

「のぞきは俺の趣味や。ちっとやそっとじゃ、やめられへん。誰にだって趣味の一つや二つはあるはずやし」

それは趣味というより癖だろう、しかも悪癖だ。そうは思ったが、あまりにも堂々とした主張で、聞いているとなんだかおかしくなり、笑い出さずにいられなかった。

「中里（なかざと）、どこにおる」

老人の声が響く。

「ちょっと手ぇ貸してくれんか」

男は短く答え、念を押すようにこちらを見すえた。

「よろしく頼むで。ほんじゃあな」

その背中を目で追う。今後も清濁の境界線上を歩きながら、植木職人として現場を渡っていくのだろうか。それでも運がよければ、そのまま一生を過ごせてしまうのかも知れなかった。だが不安定な生き方というよりない。

　短期の仕事を続けているという叔父の姿と重なった。中里も、叔父のように、置かれた場所で咲くつもりなのだろうか。転んだら転んだ所で咲く覚悟なら、それはそれでたくましかった。意外に叔父と気が合うかもしれない。楽しそうに話している二人の様子を想像しながら部屋に足を向ける。将来を見すえ、間違いのない選択をせねばと力まなければならない受験生としては、その軽やかさがうらやましかった。

　ドアを開け、机に山積みになっているコミックスに目をやる。中里の話に信憑性がない事ははっきりした。だがあの家には、確かに誰かがいるのだ。同居する芽衣すら存在を知らないのは、理咲子に後ろ暗い事情があり、隠しているからだろう。別居をめぐっての確執を考えれば、颯である可能性も依然として大きかった。

　今日中に片を付けよう。颯が行方不明になった日やその前後について、理咲子から話を聞きながら様子を探っていけば、色々と見えてくるに違いない。芽衣によれば、理咲子があの家に行くのは夕食後という事だったから、それ以外の時間に忍び込めばいい。颯を救出し、芽衣が歓喜する様子を見たかった。その顔を思い浮かべると、力が湧くような気がする。

　まずはこのコミックスの山を制覇し、感想をまとめる事からだ。机の前に腰をすえ、猛然と取りかかる。機嫌を取るのが目的なのだから、どうせほめる事しかできない。それにはストーリーの流れだけ把握しておけば充分だろう。電話が鳴る。

「おはようございます。テラスで朝食をご一緒しませんか」

芽衣の誘いに乗りたかったが、やむなく断り、加藤造園が入っている間は部屋のカーテンを閉めておくようにと伝えて、一方的に電話を切る。次から次へとページをめくり、読み飛ばし続けた。

登場人物の名前が全員カタカナで、途中で入り混じり、話を追えなくなる。苛立ちながら前に戻った。これだから表音文字は始末が悪い、考え付いたのは絶対、漢字を読めなかったバカだ。愚痴(ぐち)をこぼしながら何とか頭に突っ込み、先を急ぐ。全部を読み終わったのは昼近くだった。息つく間もなく電話を取り上げる。見当をつけてボタンを操作し、内蔵されていた内線番号表を呼び出した。理咲子の部屋にかける。

「上杉です。今、読み終えました」

感嘆したような声が聞こえた。

「まぁ、早いわねぇ」

すかさず作品を持ち上げる。

「ストーリーの勢いに引きずられたんです」

満足げな吐息が耳に流れ込んだ。

「ゆっくり感想を聞きたいわ」

思い通りの展開にニンマリしつつ、今後が不安になる。いったいいつまでこれを続けられるだろう。今まで数学者以外の他人や業績をほめた経験自体がなく、居心地が悪かった。気持ちが伴わない賞賛を口にする事にも、想像していた以上の抵抗を感じる。自己嫌悪に陥(おちい)らないよう必要最小限にしておこうと心を固めた。

著作からできるだけ話を逸らすためには、こちらから話題を提供、リードしていくしかない。どんな話なら乗ってくるのかわからず、探す時間がほしかった。

「朝食を忘れて没頭していたので、腹が空いてるんです。今朝の残りがあったら、それをいただいてからお会いします。いいですか」

理咲子は愉快そうに笑う。

「成長盛りなのに、お気の毒ね。朝の残りと言わず、新しいメニュウでどうかしら。一緒にランチを食べましょう。そうね、二時間もあれば用意できると思うから」

食事の準備の時間だろうと思い、二時間後に食堂で会う約束をした。それを理咲子が芽衣に伝えたらしく、間もなく芽衣から電話がくる。

「今朝のすごい霧、見たかしら。朝の霧は、晴天の前触れよ。今日は素敵な秋晴れになりそう。洗濯日和ね。真っ白に洗ったシーツを、端から端までピンと広げて干すのが私の幸せの一つなの」

一見、素朴に見えながら、現代日本ではかなり難しい幸せだった。広い物干し場を所有する有産階級か、田舎住まいでないと味わえない。

「それは結構、贅沢ですね」

広げた白いシーツの前に立ち、乱反射する光に照らされている芽衣の様子を思い描いた。天真爛漫な笑顔がまぶしい。そんなコマーシャルを見たような気もしたが、そこに出ていた誰も、今、胸の中にいる芽衣ほどキュートではなかった。

「それ以外の幸せは、どんなのですか」

もっと違う芽衣を見ようとして尋ねる。少しの間があり、答が返ってきた。

「寒い日に、お風呂に入って体中をポカポカにする事かな」

きっと颯は、芽衣がかわいくてたまらなかったに違いない。

「あら、こんな話をするためにかけたんじゃなかった。昼食のリクエストを聞こうと思ったのよ。何かあるかしら」

特にないと告げ、二時間もかけて料理を作ってもらう事への礼を言った。

「それ、違うから」

うんざりしたような返事だった。

「伯母が髪をセットして、化粧して、服を着替えるのにかかる時間が二時間なの」

あっけにとられる。そんな事に二時間もかけるのは、無駄というものではないだろうか。髪も化粧も、どうせ夜には崩したり落としたりして跡形もなくなってしまうものなのだ。徒労であり、不経済ですらあると思えた。

「誰かいなかったんですか、美しい自分を見たり、他人に認めさせたりする以外の喜びを理咲子さんに教えてやれた人間は」

著作から話を逸らすベストの方法は、容貌について賛辞を贈る事だと悟る。だがそれは、著作をほめる以上に難易度が高いと思わざるをえなかった。女子と小人は養い難し、というところか。

「そろそろ女以外の価値観を身に付けるべきだと言ってみたらどうでしょう」

芽衣は、深い嘆息をもらした。

「無駄よ。三つ子の魂百まで、っていうじゃない。伯母は世代的には団塊だけど、あの層って人口が多いだけに、革新から保守まで幅が広いのよね。伯母は保守系で、女子である事自体がアイデンティティっていうタイプ。それを離れて自分が存在できるなんて、笹の露ほども思ってないんじゃないかしら」

芽衣らしいきれいな隠喩だったが、語られている内容を思えば、感心ばかりはしていられない。

「女心の塊というか、伯母の場合は女というほど成熟していないから、少女心の塊みたいな人よ」

そういう人間を相手に、これから失踪事件について探るのだ。ただ一人の彼女にフラれ、その理由もつかめないほど女心から離れている自分を思うにつけても、やっかいな事この上なかった。

7

理咲子の化粧が仕上がるのを待つ間に、作戦を練る。ストーリーの中核となっている鉄仮面の謎から入るのがいいだろう。そしてできるだけ早く話を変えていく。そのためには理咲子の関心を引けるような話題が必要だった。だが和典自身がきちんと理解、および把握できていてしっかりと話せるような内容でなければ、意図を見透かされる危険がある。

もう一度コミックスを引っくり返し、背景が一六〇〇年代後半から一七〇〇年代初めで、舞台はイギリスとフランスである事を確認する。

その二つに関係があり、和典が知っているのは、数学者ピエール・ド・フェルマーだけだった。フェルマーの最終定理を残し、その証明手法を無限降下法と呼んで、現代まで多くの数学者を悩ませ、翻弄し続けた天才である。

フェルマーについてなら、証明した数式はもちろん、家系や本人の生涯についても熱を込めて語る事ができる。その名前を思い起こしただけで胸がときめくほどで、無限に話していられそうだった。これでいこうと考えながら、話に引き込む力を強くするために、背景と舞台以外に鉄仮面との共通項を探す。

理咲子の言葉によれば、鉄仮面はフランス国内の牢獄を転々とした囚人だった。一方フェルマーは、トゥールーズの高等法院で評定官を務めている。犯罪と裁判という共通点があり、二人が裁判所で接触した可能性はゼロではなかった。

だが証拠がない。全くの空想話を持ち出すのは気が引けたし、笑い飛ばされたくなかった。そもそも高等法院の組織がよくわからず、評定官が何にかかわる仕事なのかもはっきりしない。ネットをさらうものの、詳しい情報がなかった。

しばし考え、中等部からの同級生で歴史愛好家の美門に聞こうと決める。高二になってから授業のコースが違ってきていて顔を合わせる機会はあまりなかったが、先週、廊下の窓から外を見ている姿を目にした。どことなく憂いを漂わせており、気になったものの、元々線が細く華奢なタイプだったし、ちょうど忙しかった事もあり、声をかけずにそのまま通り過ぎた。直接話したのは、もうずいぶん前だった気がする。

高等部に進級した時、中等部の倍は忙しいと感じたが、高二になるとその比ではなかった。授業も密度が濃くなり、受験のための情報収集にも時間を割かれ、学校行事や部活では中核を任され、塾では通常授業の他に特別カリキュラムが組まれている。過密で多忙なその状態を乗り切った高二生だけが、未来を手にできるのだった。小塚や黒木のようにラインでつながっている友人以外とは疎遠になっており、それもお互い様で、この時期、やむを得なかった。手早くメールを作る。

「久しぶり。忙しいとこ悪いけど、急いで教えてほしいんだ。十七世紀フランス高等法院の組織、わかるか。それから評定官って何」

理咲子が身繕いをしている時間内に返信が来る事を願いながら待つ。コミックスを読み返していると、ギリギリで電話がかかってきた。ほとんどの用事をメールですませる昨今、電話は珍しい。こいつ、暇なのかと思いながら出た。透明感のある声が聞こえる。

「高等法院はフランス各地にあった。全十三ヵ所だ。場所によって組織が多少違う。知りたいのはどこ」

トゥールーズと答えると、キーボードの音がし、やがて返事があった。

「見つけた、トゥールーズ大学のアーカイヴだ」

美門の祖母はフランス人だったと思い出す。フラ語ができる人間は、たいてい英語もいけるはずで、どの大学を受けるにしても相当強かった。語学関係が苦手な和典としては、うらやましい。

「トゥールーズ高等法院は、審判部六部門、検事局、事務局、外郭団体二つだ。評定官というのは、審判部の中の大審部、刑事部、予審部、特権侵害部に属する判事を指す」

つまり裁判官なのだ。鉄仮面と結び付きそうな気配を感じ、心が浮き立った。フェルマーが鉄仮面を牢獄送りにしたという事もありうるかも知れない。理咲子にとっては新しい情報だろう。きっと惹き込まれるに違いないと思いつつ、さらに深掘りしたくなった。

「そのアーカイヴに、鉄仮面についての記録あるかな」

耳に沈黙が流れ込む。抗議のように感じられた。依頼に応じて現地の大学のサイトまで入り込んだというのに、いきなり架空の人物を綯(な)い交ぜられたと感じ、憤慨したのだろう。鉄仮面が実在した事を説明しようとしていると、溜め息と共に声がした。

「いきなり鉄仮面か。いったい何に首突っ込んでんの」

憤慨ではなく、あきれていたらしい。

「まぁ僕も、ヴォルテールの『ルイ十四世の世紀』を読んでて鉄仮面が出てきた時には、かなり興味を持ったけどね、それ、小・中学生レベルだぜ」

ここで事情を説明していても長くなるだけだった。黙り込むしかない。

「鉄仮面の存在は、当時のフランスの国家機密だった。その類の裁判は留保裁判で、管轄は国王裁判所だ。高等法院で扱うのは、留保裁判と特別裁判を除いた民事と刑事、行政事件だけ。だからトゥールーズ高等法院に、鉄仮面関係の記録は存在しない」

二人に接点があると考えるのは、無理のようだった。期待していただけに落胆が大きく、同時に美門の知識の豊かさに圧倒され、自分の浅学が恥ずかしかった。

「Ｔｈａｎｋｓ。じゃぁな」

逃げるように切りかける。それを察したらしく、小さな笑い声が聞こえた。

「あのさ、進路調書、もう出したの」

電話を選んだのは、進路の相談でもしたかったからか。だが、それならもっと適任がいるはずで、数学しか能のない自分に的確な助言ができるとは思えなかった。それは美門にもわかっているのではないか。首を傾げながらまだだと答え、再び切ろうとすると、またも躊躇(ためら)いがちな声がした。

「あのさ」

どうやら、何か言いにくい事があるらしい。窓の外を見ていた憂い顔を思い出しながら頭をめぐらせていて、おぼろに浮かんだのは黒木の言葉だった。彩にフラれたという噂が流れていると言っていた。おそらく美門も、それを聞いたのだ。真相を確かめたいのだろう。

中学の頃、美門は彩に想(おも)いを寄せていた時期がある。その後、二人の関係がどうなったのかについては聞いていなかったが、この妙な渋り方はそれとしか思えなかった。気になってたまらないのだろう。

「ああ、ごめん。何でもない」

聞くに聞けない様子だった。まぁフラれた本人に切り込むのは、相当度胸がないと難しいだろう。

「それじゃ、また」

美門は、まだ彩を想っているのだろうか。彩がフリーになったのが確実なら、何らかのアクションを起こすつもりかも知れなかった。くやしい気がしないでもないが、見苦しいまねはしたくない。関係を清算された身としては、潔く振る舞うのがせめてものカッコ付けだった。

「もう耳に入ってると思うけどさ、俺、フラれてるから。そんじゃな」

半ば捨て鉢な言い方になったが、傷が痛むのだからしかたがない。自分を慰めながら美門の応答を待たずに電話を切った。ひと息つき、胸の蟠りを吐き出す。この一連の失敗が、恋愛に対する心理的ダメージとして心に染みつかないよう願うしかなかった。

時計を見れば、そろそろ食堂に向かわなければならない時刻になっている。待たせるのはマズい。何の準備もできていないものの、とにかく行くしかなかった。

机上に積み重なっているコミックスを片付け、部屋を出ようとしていて、ふと思いつく。理咲子が鉄仮面を題材に選んだ理由は、権力によって一生を抹殺された人間に光を当てたいと望んで、という事だった。そういう状況に対して、何らかの個人的思い入れがあるのだろうか。

本棚の前に戻り、コミックスを一冊引き出す。表紙カバーの折り返しに載っている作品タイトルと解説に目を通せば、初期作品は学校や家庭内で展開される愛情物語だったが、次第に史実から材を取った歴史ものが多くなっていた。いくつかのタイトルをスマートフォンで検索してみる。どれも世に認められなかったり、人に裏切られたりして涙を呑んだ人間を取り上げていた。

そこにこだわるのはなぜだろう。過去に理咲子自身がそういう体験をしたのか。そうだとすれば、いまだにそのままにしてある裏手の家、理咲子が生まれ上京するまで住んでいたというあの古い家の中に、何らかのヒントが残っているかも知れなかった。

第三章　老いた少女マンガ家

1

廊下を歩きながら見下ろせば、下のホールに首の短い小柄な女性が立っていた。年の頃は五十代後半、ベスト型のエプロンをかけ、手にモップを持っている。芽衣が言っていたハウスキーパーらしかった。大急ぎで階段を駆け下り、その前に立つ。

「すみません」

急な接近に驚いたらしく、女性は二つの目を限界と思われるほどに見開いた。

「昨日からここに泊めていただいている上杉ですが」

ゆっくりと驚きが消えていく。

「ああ芽衣さんが言ってはった、お隣の」

たるんだ童顔に、思い出し笑いが浮かんだ。

「全裸の美少年、やな」

ここまで伝播していると思わなかった。もう笑うしかない。

「いやぁ理咲子さんも、いらっしゃるのを楽しみにしてはりました。私もや」

弾けるようにしゃべり出す。

「ここの家に男のお客さんが来るんは、滅多にない事やしな。あ、もちろん芽衣さんも喜んではりましたし」

口振りからして、昨日や今日ここで働き始めた訳ではなさそうだった。色々と知っているに違いない。さりげなさを装って尋ねる。

「芽衣さんといえば、お気の毒ですね、颯さんの事。もう一年になるとか」

女性は、よくぞそこに触れてくれたと言わんばかりに色めき立った。モップを持っていた片手を放し、手招きする。

「最後に姿を見たのは、実は、私ですねん」

あたりをはばかるような小声が、秘密めいた雰囲気を醸し出した。ひょっとして裏の家に入っていくところを見たのかも知れない。期待しながら耳を傾けた。

「夕方、帰ろうとしとった時の事でな、後ろで物音がして、振り返ったら颯さんが玄関から出てきよる。えらく恐い顔してはりましたで。少し前からお医者さんに通っとってな、薬飲んでる時は、どことなくぼうっとしてはるんです。けども、そん時は真逆で、ピリピリ感が満載やった。心配になって声かけましたんや、どこ行かはりますのんって。そしたら、ちょっとそこまで、って言わはって、それが最後になってしもうてなぁ」

あの家との関係はなさそうだった。いく分落胆しつつ、他の情報を求めて聞いてみる。

「財布とかバッグとか、何か手に持っていなかったんですか」

持ち物で行く先を類推できるだろうと思った。

「空身(からみ)やったなぁ」

あっさり憶測をつぶされる。

「この近くには店もないし、駅や会社まで行くなら車を使いますやろ。こんな半端な時間に、いったい何やろ、おかしなこっちゃ思うて、見送りましたんや。まさかそのまんま一年以上の別れになるとは、あん時は思いもせなんだ」

あの家にいるのが颯なら、その際いったん出かけ、また戻ってきたという事になる。どこに、何をしに行ったのだろう。

「あなたはその後、ご自宅にお帰りになったんですよね」

当たり前の事を聞くなというような顔で見つめられた。

「へぇ、仕事終わっとりましたし、帰るしかありませんやろ」

では颯が戻ってきたとしても、わからなかったはずだ。

「この事は、もちろん警察にもきっちり話しました。けども警察ときたら、洟(はな)も引っかけんでなぁ」

二つの目に不満げな光を浮かべ、唇に力を入れる。

「メモも取らんで、ほとんどスルーや」

普通の暮らしをしていれば、滅多に事件などには遭遇しない。本人にとって、この目撃は一生に一度あるかないかの重大事だったのだろう。警察との間には温度差がある。

「いやぁ、腹立ってしもうたわ」

丸い鼻から盛大に憤慨の息を吹き出す様子は、どことなくコミカルだった。笑い出したくなるのをこらえ、なだめにかかる。

「颯さんの行方はまだつかめていないようですから、警察も改めて詳しい事情を聞きに来るんじゃないですか。何といっても最後の目撃者ですから、重要な証人ですよ」

女性は、たちまち表情を和らげた。

「そやろか。まぁそやな。当然や」

気持ちが収まったらしく、再び勢いよく話し始める。

「そんでも、どうしてこない事になったんやら、とんとわかりませんわ。芽衣さんと颯さんは、傍(はた)の衆がうらやむほどの仲やったのに、いきなりおらんくなるなんて思ってもみんでな。訳がわからんもええとこや」

弾けた莢(さや)から次々と飛び出すグリンピースに鼓膜を打たれているかのようだった。

「そりゃ理咲子さんとは、同居の件でようもめてはりましたけどな。ほんでも別居ってとこまで話が進んで、あの日が引っ越しやったんよ」

そこまで知っているのは、時に壁の耳となり、時に障子の目となっていたからだろう。なかなかやるものだと妙に感心した。この様子なら、裏の家についても何かつかんでいるかも知れない。

「裏手にある古い家、ご存じですよね。誰か住んでいるんですか」

女性は再び、たいそう不服そうな顔つきになった。

「あっちへは、私は入れてもらえません。ここに来た時から、ずっとそうや」

怒りとも、嘆きともつかない口調だった。信頼してもらえないと感じているのだろう。

「えらく厳重に警戒しとってな。理咲子さんに水を向けても、他の事と違って絶対しゃべらへんし、芽衣さんなんかは、端(はな)っからまるで知らへん。まぁ、あの人は、普通とちゃうから無理もないと思いますけど。なんか宇宙人みたいな感じやしな。地球の常識が通じんちゅうか」

思わず吹き出しそうになった。確かに、言いえて妙(みょう)と言えなくもない。

「ま、とにかくあの家ん事は、私にゃ、これっぽっちもわかりまへんわ」

放り出すような物言いは、すねた十代さながらだった。年甲斐(としがい)もない様子がおかしくもあり、誠意を持っての勤めが認められないと落胆しているのだろうと思うと、気の毒でもあった。

「あなたを信用していない訳じゃないと思いますよ」

女性は、打たれたかのようにこちらに顔を向ける。

「何か、事情があるんでしょう」

励ますつもりで微笑みかけた。

「そのうちわかりますよ。あまり気にされない事ですね」

女性は、ふわっと浮き上がるような目付きになる。

「いやぁ優しいわぁ、上杉君。もろ、タイプや」

そうくるとは思わなかった。返事に窮していると、女性の目に突然、覚醒(かくせい)したかのような鋭利な光が瞬(またた)く。

「そういや、あの家に来はる人がいてたんや。年に一、二度やから忘れとったわ。今年も春に来とったなぁ。えっと、なんて言うたかな。ああ井伏(いぶせ)や」

初めて聞く名前だった。思わず肩に力が入る。

「どういう人ですか」

女性はいったん考え込んだものの、すぐ自分に情報力がない事に気づいたらしかった。持っていたモップの柄を脇ノ下に挟み込み、短い両手を上げる。

「ようわからへん。お手上げや」

脇ノ下をすり抜けて倒れかけたモップを、とっさにキャッチした。

「ああ、おおきにおおきに。もらっとくわ」

手を伸ばし、柄を握ると、マイクでも持ったかのようにそれを口に近づける。

「私がインターフォン越しに、名前を聞くやろ。すると、三愛(さんあい)大学の井伏です、って答えはるんや。まだ若い人で、理咲子さんと一緒にあの家に入っていきよるで」

誰も入れない家にすんなり通されるのは、いったいどういう人物なのだろう。

「若いって、おいくつぐらいですか」

返事は素早かった。

「ありゃズバリ、三十代半ばやな。女の勘や。間違いないわ」

理咲子は、何のためにその井伏を家に入れるのか。その時、あの車椅子の人物はどうしているのだろう。

「なぁなぁ、ひょっとして」

女性は、こっそりと小指を立てる。

「理咲子さんの、ええ人とちゃうやろか。今、歳の差カップルは流行りやしなぁ」

含みのある笑みを浮かべ、上目遣いにこちらをのぞき込んだ。

「そや思わへんか」

顔を寄せられ、いく分、身を引く。

「考えすぎでしょう。もしそうなら、年に一度か二度というのは、あまりにも冷め過ぎてませんか」

女性は一瞬、表情を止め、やがて笑い出した。

「そら、確かにそやな」

ピアノの音が聞こえてくる。食堂の方からで、早く来いと催促されているかのようだった。

「ああ、行かないと」

女性は、興味をそそられたらしい。

「何かあるん」

何でも知っておきたい質なのだろう。

「これから理咲子さんと食事なんです」

納得した様子で何度も首を縦に振るのを見て、話を切り上げにかかった。

「では失礼します。お仕事の手を止めてしまって、すみませんでした」

女性は、思い出したように両手でモップを握りしめる。

「ああ、せや、今日は窓の掃除もせんとあかん日やった、急がんと。あんたも急いだ方がええで。あの人は、他人の遅刻には、えろううるさいしな」

笑って礼を言い、二階への階段を上った。食堂に向かいながらスマートフォンで三愛大学を検索する。

大阪にあるキリスト教系の四年制大学で、教授リストが公開されていた。中に井伏という名前はない。年齢的に考えれば、確かに教授になるには若すぎるだろう。となると、どこかのラボに所属する助教か、あるいはポスドクか。その人物が、何のために定期的に理咲子を訪ねるのか。まさか少女マンガのファンという訳でもあるまい。

食堂に近づくにつれて、ピアノの音が大きくなる。耳に残る旋律で、バッハを思わせる部分もあり、音をきらめかせる技巧も凝らしてあった。派手好みのサン＝サーンス、ピアノ協奏曲第二番あたりだろう。

部屋のドアをノックして開ける。アップライトの前に座っていたのは芽衣だった。

「ラ・カンパネッラじゃないんですね」

からかったつもりだったのだが、芽衣は表情を変えなかった。

「家では、伯母の好きな曲しか弾けないの」

それで駅ピアノだったらしい。芽衣も颯も、そこそこ遠慮しながら住んでいたのだろう。

「伯母が好きなのは、ブラームスのロマンティック系の曲とか、派手系のメンデルスゾーンのピアノ三重奏曲、それに今弾いてるこれとか。どれも甘ったるく弾くのが必須。食事の時には演奏付きなの。優雅でしょ」

そばに寄り、ピアノの脇に立つ。

「好きな曲も弾けないような環境から、飛び立とうとは思いませんか。そもそも颯さんと一緒にここから出ていく予定だったんでしょう」

曲は、ドラマティックな展開部分に差しかかっていた。芽衣は体を傾け、重心を移しながら指を走らせる。

「私、今はもう収入がないから。一人じゃ生活できないもの」

ちらっと楽譜に視線を流したのを見て、急いで手を伸ばし、ページをめくった。

「気象予報士として、再就職するのはどうですか」

音が止む。こちらを仰いだ芽衣の目は、柵の中から解き放たれた子馬のようだった。限りのない空や、どこまでも続く草原を映し、自由を呼吸する喜びに満ちている。

「一年前に、あなたと会いたかった。なぜ会えなかったのかしら。出会えていたらよかったのに」

手と共に呼吸も止まっていたらしく、やがてあえぐように一気に大きな息をついた。再び弾き始める。

「そしたら、間違えなかったかも知れない」

謎のような言葉に戸惑う。一年前とは、颯が失踪した時の事を指しているのだろう。だが、その前に会えればよかったとはどういう意味だ。事件前なら颯と幸せに暮らし、引っ越しの準備をしていたのではなかったか。芽衣は、何を間違えたと考えているのだろう。颯との間に、何かがあったのか。

「でも時間は戻せないし」

投げ出すように言いながら硬い音を連ねる。大きくなるばかりの疑問を持て余し、思い切って踏み込んでみた。

「何を間違えたんですか」

芽衣は、抑揚のない声で答える。

「別に、何でもない」

その返事で納得するには、先ほどの眼差は鮮やかすぎた。

「颯さんとの間に、もめ事でもあったとか」

小さな笑いがもれる。

「そんな事、あるはずないでしょう。私は、ものすごく颯に近寄っていた。溶け込んでしまうくらいね。それを望んでもいたし。私たちの価値観は、ほとんど同じになっていたの。もめ事が起こる余地なんて、ゼロよ」

つまり颯∨芽衣という図式だったのだろう。颯＝芽衣を目指していたのかも知れない。

「昔から、私、シューベルトのアルペジオーネソナタが好きだったんだけどね」

優美な旋律の曲だった。自分に何かを言い聞かせ、思い込ませようとしているかのような雰囲気を持っている。

「颯は、シューベルトが好きじゃなかったの。それで私も、いつの間にか、あまり好きじゃなくなっていった」

鍵盤(けんばん)の上をなぞっていく自分の指を追いかける。

「逆に颯が好きなラ・カンパネッラの方が、心に残るようになったの。毎日、すべてがそんな調子だった。さっき、ここから飛び立つって話をしてたけど、それも今じゃもう無理かな。颯の思い出は、一緒に暮らしたここにしかないもの。部屋や廊下、窓、壁、色んな所に颯を感じられるのは、この家だけなのよ。私の胸には颯の形の空洞ができていて、埋めるには、この家に染み付いている思い出が必要なの」

話は移っていき、元に戻る気配はなかった。芽衣を追及するのをあきらめる、

「アルペジオーネソナタは、僕も結構、好きです」

芽衣は指を大きく開き、体を傾けて曲の中に沈み込みながら微笑んだ。

「あなたと趣味が合うのは、うれしいな。昔の自分と同じ感性を持ってる人と話すのは、安心できる感じがするじゃない」

自分の音楽暦を顧みる。母に強制され、幼稚園でピアノから始めたのだった。その後ピアノよ

りヴァイオリンをと言われ、さして面白いとも思わずに続けてきた。だがその知識がなかったら、駅で流れていた芽衣のピアノに耳を留めもせず、今こうした話をする事もなかっただろう。どこで何が役に立つかわからないものだ。

「私、基本的には、どんな曲も嫌いじゃないのよ。弾いていると落ち着くから。波打っている心が静かになってくる。ピアノは、どの音も全部きれいよ。よく磨（みが）いたビリヤードの球のように、心で転がって響き合う感じが好き」

風が楽譜を揺する。振り返れば、いつの間にか開いたドアから理咲子が顔を出していた。

「お待たせしたかしら」

髪は、当初に懸念した通り、縦ロールになっている。化粧は厚く、特に口紅は、人を食ってきたのかと突っ込みたくなるほど赤かった。耳には長いイヤリングが揺れ、首の皺の間でネックレスがきらめく。

「芽衣ちゃん、もういいわ」

いったんピアノの方に視線を向け、そのまますっとドアへと流した。

「食事を始めたくなったら、呼ぶから」

出て行けと言っているらしい。芽衣は面白くなかったようで、椅子を鳴らして立ち上がった。

「理咲子さん、くれぐれも言っておきますが、青少年を襲わないようにね」

理咲子は眦（まなじり）を決する。

「なんて下品なの」

まじめな顔で憤る様子が意外だった。潔癖なのかも知れないとなると、颯とデキていたというのは、やはり噂なのだろう。

「そんな風に育てた覚えはありませんよ」

芽衣は小言を無視し、背を向けてドアの音も荒く出ていった。

「しょうのない子。まぁごめんなさいね、はしたない所をお見せして」

こちらに向き直り、襟元のネックレスの位置を整えながら、気取った微笑みを浮かべる。

「マンガ家の水野理咲子です、初めまして」

昨日会った事は、忘れたいらしかった。色々と聞き出すためには、機嫌を損ねない方がいい。突っ込むのは止め、話に乗った。

「僕は上杉和典、高二です。趣味は、颯さんと同じで数学です」

理咲子はいったん姿勢を正す。咳払いをしてから可愛らしげな素振りで小首をかしげた。

「初めに伺っておきたいんだけれど、あなた、私の事、どう思って。もちろん、女としてどうか、って事よ」

芽衣の言葉が思い出される。出会った瞬間、一目ボレされるというのが昔からの伯母の理想、なのだった。それを叶えてやれば気に入られるのだろう。自分の良心としばし格闘の末、妥協策を見つけ出す。

「気品のある女性だと思いました」

機嫌がよくなるのが見て取れた。

「まぁ、それを私のどういう所に感じたの」

追及されるとは思っておらず、あわてて答をひねり出す。

「身繕いを整えてからでなければ人には会わないと聞いたので、そこから」

理咲子は、いく分不本意そうだった。原因がわからず、気持ちを読み取ろうと顔を注視する。

「聞きたいのは、外見的にどこに気品があるのかって事なのよ。どうなの」

冷や汗がにじむ思いだった。外見で評価を受けようとする気持ちにはそろそろ見切りをつけた方がいいのでは、と言いたいところだったが、ここで関係を悪くしたくない。返事に窮した。

「言えないの。じゃ、あなたのタイプなのかどうか聞かせて。そうだとうれしいわ、どう」

ＹＥＳと言うのは簡単だった。だが言えば、理咲子の期待度が上がるだろうし、次の質問を出してくるに決まっていた。ごまかし通す自信がない。どこかで必ず本音をもらすだろう。致命的な事態に突入する前に話の方向を変えた方がよさそうだった。

「もちろんです」

あいまいな返事をしながら考える。やはり取っかかりとしては、コミックスの話題が無難だろう。制作の苦労を聞きながら、認められなかった人間ばかりを描く真意を尋ね、ノリが悪ければ微調整しつつ、颯が姿を消した当日に話を移動させよう。

「そんな事より、読ませていただいた作品についてのお話を」

そう言い出したとたん、理咲子が尖(とが)った声を出した。

「そんな事ですって」

語尾に向けて強くなっていく語調から、怒りが伝わってくる。どうやら地雷を踏んだらしかった。内心あせりながら、何とか収めようと手立てを考える。

「あなたって、全くなってないわね。配慮が足りないし、そもそも女心がわからなすぎよ。そんなんじゃ、さぞかしモテないでしょうね」

最後のひと言が、抱えていた傷をえぐった。染み入るような痛みが体を駆けめぐり、頭に噴(ふ)き上がってくる。そのまま溜(た)めておけず、吐き出さずにいられなかった。

「僕がモテるかどうかなんて、あなたに関係ないでしょう」

耳から入り込む自分の声のきつさに、驚く。理咲子は顔を強張(こわば)らせていた。事態は、いっそう深刻化したのだった。このままでは、時間の問題で決裂に至るだろう。

はっきりＹＥＳと言わなかった事がくやまれた。簡単に言えたはずではないか。なぜ言わなかったのか。その後の展開に不安があり、話を変えて矛先をそらした方がいいとの判断だったのだが、果たしてそれだけか。本当は、それが自分の答として正しくないと感じていたからではないのか。正しくない答は、正解ではない。だから言いたくなかったのだ。

数学を愛する者としては、至極まっとうな姿勢だと自分をなぐさめつつ、では、この先をどうする気なのか、と自問する。答えられなかった。

数学の難問なら、方針が立たない時には提示されている数字の分析から手を付ける。あるいは視線を遠くに投げ、どこにたどり着けばいいのかを見定めてから武器となる数式を探す。

それらの方法をこの問題に当てはめ、自分の目的に鑑(かんが)みながら現状を分析し、打てる手を考えた。道は二つしかない。あきらめてこの部屋から出ていくか、あるいはここに残るための努力をするか。前者は、後者が失敗した時にたどり着くものだろう。そう考えれば、道は一つだった。必要とされているのは、どのような努力なのか。頭をめぐらせるものの、いいアイディアは閃(ひらめ)かない。時間は刻々と過ぎ、広がる沈黙が理咲子との亀裂を深くしていった。早くしないと埋めるに埋められなくなるだろう。気が急くばかりで、何も思いつかない。

こちらから打って出る手が見つからず、だが何としてもこの場をつながなければならないとなると、向こうの手を受けるしか方法がなかった。つまり理咲子の主張を認め、受け入れてその流れに乗る事だ。自分を投げ出すも同然で、危険な行為だったが他に思い付かない。

「すみませんでした」

犠牲は覚悟の上で踏み切った。

「おっしゃったことが肯綮(こうけい)にあたったので、つい頭に血が上りました」

理咲子は一瞬、表情を止める。

「実は、僕、フラれたばかりなんです」

勝ち誇ったような声が響いた。

「そりゃそうでしょう。あなたみたいに、自分がしたい話ばかりに固執してたら、当たり前よ。女はね、逆。自分がする話に乗ってほしい生き物なの。聞き上手ってだけで、充分モテるのよ。それにしても、まぁフラれたの。それはお気の毒な事。自業自得だけど」

奥歯が沈み込むほど噛みしめながら、吹き付けるような笑い声をやり過ごす。ひたすら耐える内に、不当な屈辱を受けている気になってきた。いつまで笑う気だ、いい加減にキレるぞ。恨めしさがふくらみ、抑えられないような怒りに変わり始める頃、ようやく笑い声が止んだ。

「いいわ、それじゃ作品について話しましょう」

ささくれ立った胸をなで下ろす。理咲子の気が変わらないうちにと、急いで質問を放った。

「あれだけの長さを描かれるのは、ずい分大変だったでしょうね」

理咲子は笑みを含む。

「いいえ、楽しかったわよ、初めから終わりまでずっとね。だって描くのが好きなんですもの」

その結果が多額の収入につながるのは、マンガというジャンルならではだろう。数学ではそうはいかない。ミレニアム問題といわれる世紀の難問を証明したとしても、懸賞金は一億ほどだった。ノーベル賞に匹敵すると言われる数学の賞を受けても、そんなものだろう。

「終わりが来なければいいって考えていたくらい。描きながら、フェードアウトするみたいにすうっと死んでいけたらどんなに幸せかって、毎日思っていたわ」

皺に埋もれた二つの目に生気が浮かび、満ちあふれてにじみ出す。突如として血が通い始めたミイラのようだった。

「私、まず徹底的に史実を調べたの。そのためにフランス語を習ったわ。フランス語の古語もね。知ってるかしら、昔のフランス語って、UとVがごっちゃなのよ。その他にもいろんな違いがあってね、とにかくそれをマスターして、現地の古文書館で資料を当たったの。何年もかけたわ」

活気づいた表情に浮かんだ笑みは、これまでの科(しな)を作った微笑よりはるかに魅力的だった。

「鉄仮面は、色んな牢獄を転々としてるのよ。同じ場所に長く置くと噂が立つし、秘密も漏れやすくなるからでしょうね。それらの牢獄は、もうそのままの形では残ってない。三百年以上も前の事だし、その間にフランスには革命があった。それに二度にわたって大きな戦争の舞台にもなってるしね」

フランス北東部各地で見た大戦の爪痕(つめあと)を思い出す。「ヴェルダンの地獄」と呼ばれた激戦地では、雨のように降り注いだ砲弾を浴びたせいで、いまだに地面がボコボコ、その下には不発弾もかなり埋まっているとの話だった。自分にとって、戦争は歴史上の出来事だったが、それからまだ百年ほどしか経っていないのだと思い知らされた気がした。

「特に牢獄のような建物は、被害が大きかったのよ。廃墟(はいきょ)になったり取り壊されたり、かろうじて残ってる部分も別の目的で利用されたりしてる。でも絵にするためには、周りの景観もふくめてどんな所なのかわからないと困るでしょ。だから全部に足を運んだの。現地のコーディネーターを探しておいて、その土地の名士や、国とか市の文化財関係者に連絡を付けてもらって、サン・マルグリット島やトリノのピニュロル、エグズィルを回ったのよ。で、最後は、鉄仮面が死んだバスティーユ。ところが、これがすっごく大変だった。宿泊していたトリノのホテルから国境を越えてフランスに入らなけりゃならなかったの。飛行機って手もあったんだけれど、鉄仮面が運ばれた道を見ておきたかったから、鉄道で移動する事にしたのよ。そこで私史上、最大の事件が発生したわ」

話は面白くなってきていた。いったい何が起こったのだろう。

「なんと駅で、バッグを引ったくられたのよ」

理咲子は目を丸くし、信じられないというように首を振る。

「これまで海外には何度も行ってて、駅は危ないって事知ってたはずだったのに。まさか自分の身に起こるとは思わなかった。その結果、手元に、何にもなくなってしまったの、財布もパスポートも。一番痛かった損失は、何といっても取材ノートね。前日までの一週間分が書いてあって、列車の中から見た風景をスケッチするためにバッグに入れてたのよ。あれだけでも返してほしいって切実に思ったわ。メモは日本語だし、イタリアじゃ売れもしないんだから、盗った連中にとっては無価値じゃない。コーディネーターは、それどころじゃないだろって顔をしてたけど」

自分だったら、と考える。大切なのはやはり財布、パスポート、ノートの順だろうか。財布があれば、パスポートを再発行している場所まで移動できる。だがもしノートに、教えてもらったばかりの新しい数式でも書いてあったら、何をおいても取り戻したいに決まっていた。マンガ家の取材ノート盗難に、大いに感情移入する。

「パスポートがなかったら、フランスに入れないっていうのがコーディネーターの弁。自分はここまでだからいいけれど、あなたは困るんじゃないのかって。当時は、まだシェンゲン協定が結ばれてなかったのよねぇ」

深々とした溜め息がもれた。

「フランスに入りたかったら、パスポートを再発行してもらうしかない。でもそのためには、日本総領事館のあるミラノまで行かなくちゃならなかった。しかもその日は土曜で、市庁舎は月曜日でないと開かないってダブルパンチ。つまりミラノに行ったあげくに、そこで二日以上も待たなければならない状況だったのよ。その日は、列車の終点のグルノーブルで編集者と落ち合って、TGVに乗り換え、パリまで行って、夕方、バスティーユの研究家と会う約束をしていたの。研究家は大学教授で忙しい人だったから、これを逃すと、次はいつ会ってもらえるかわからない。何とかしなくっちゃと思って、まずコーディネーターに詳しい話を聞いたの」

方向としては正しかった。計画を立てる際には、まずインテリジェンス、情報収集分析活動から始めるのが常道だろう。

「それによると、その列車は、途中でフランス国境に差しかかる。その時に鉄道警察が乗り込んできて、パスポートの確認をするんですって。持ってないと、降ろされて国境を越えられない。でもイタリアって国は、警察が規則通りに働くことはまれで、検札に来ない事も多いっていうのよ。それで私」

そう言いながら姿勢を正す。

「列車に乗ることにしたの」

背筋を伸ばし、誇らしげに顎を上げた。

「パスポートなしで国境を突破しようと決心したのよ」

不法入国をあっさり決意するその大胆さに息を呑む。国境突破には、各国がかなりの罰金や懲役を設定しており、裁判のための拘束期間も長い。もし自分だったら、大人しくミラノに移動して月曜日まで待ち、パスポートを出してもらうだろう。

「それを思いついたとたんに、なんだかワクワクしてきちゃってね。さぁやるぞ、やってやるって気になって、もう闘志マンマンだった」

若気の至りという事だろうか。

「その時、おいくつだったんですか」

理咲子は一瞬、間をおき、空中に視線をさまよわせてから答えた。

「連載を始める前だから、四十三、四かな」

舌を巻く。孔子が言ったという四十にして惑わずの年齢を超え、充分な分別のついている年だった。口の悪い同級生なら、きっと言っただろう、なんてババアだ。ババアの前に、クソを付けたかも知れない。

それは賛辞だった。中学高校男子なら多くが、意表を突くような大胆さを歓迎するし、度胸の良さや、善も悪も共に踏みしだくような圧倒的な力に痛快さを感じる。理屈を超えて惹かれ、憧れるのだった。

「ホームで、コーディネーターが列車に荷物を積み込んでくれてね、さよならする時には、まるでこの世の別れみたいな顔をしていたわ。何かあったら役立ててくれって、一万リラ札を握らせてくれた。当時の日本円にして、ほぼ八百円よ。それだけを持って、私は一人で列車に乗ったの」

法を犯すまいと思ってきた自分の気持ちを顧みる。それは正義感や善良さからではなく、ただ勇気がないだけのように思えてきた。

「もちろんイタリア語は全然わからなかったし、フランス語も文章はいけるから筆談ならいいけれど、リスニングや発音には自信がなかった。しかもイタリア人が話すフランス語じゃ、余計にね。問題が起きなければそれに越した事はなかったから、イタリア警察がずぼらであるように祈ってたの。とにかくこの列車に乗ってれば必ずグルノーブルに着く。そしたら編集者と合流できる、それだけが希望だったわ」

その先に、いったいどんな運命が待っていたのか。興味津々で耳を傾ける。

「トリノって街自体が山の麓なんだけれど、出発してからもずっと山の中でね。あ、その山ってアルプスよ。右手にはマッターホルンとか、モンブランがあるの。見えなかったけれどね。その内にイタリア語のアナウンスが流れてきた。あれっと思ってアチコチ見回してたら、前の車両の通路に警察官が三人立ってるのが目に入ったのよ。乗客に声をかけて何かを出させ、それを見てまた乗客に戻している。ゲッと思ったわね。鉄道警察、しっかり仕事やってるじゃんって」

思わず笑いをもらした。ドラマでも見ている気分になるのは、理咲子の説明が面白いからだろう。マンガ家の演出手腕に感じ入りながら拝聴する。

「捕まったら電車から降ろされる。ここで降ろされたら、パリの約束に間に合わない」

それより重大なのは、不法入国者として逮捕される事だろう。そっちには頭が回らなかったのか。どうにも不思議な感性で、笑いが止まらない。

「警官たちは、ついにこちらの車両に入ってきて、乗客のパスポートを確認しながら、私の前までやってきた。それで」

理咲子は、いたずらな子供のように目を輝かせる。前かがみになり、テーブルに身を乗り出してこちらの顔をのぞき込んだ。

「私が、どうしたと思う」

言葉もうまく話せず、手元にはわずかな現金以外何も持たない中年女性が、たった一人で、三人の警官を相手にどうふるまったのか。想像もつかなかった。しかも正義は向こうにあるのだ。これがドラマなら、固唾を呑むハイライトシーンだろう。

「どうしたんですか」

理咲子は得意げに微笑む。

「大声で怒鳴ったの」

耳に入ってきた言葉が信じられず、一瞬、聞き返しそうになった。

「吠えたてる犬みたいに、とにかく体中で怒鳴ったのよ。もちろん日本語でよ。大声を上げ続けながら、にらみ回して三人を威嚇した。あんたたちがボケだから、私はパスポートを盗られたのよ、こんなとこで善人をチェックしてないで、さっさとトリノに行ってあの盗っ人を捕まえたらどうなのよ、ってね」

呆気にとられながら、その場の様子を想像する。鉄仮面ならぬ鉄面皮で、厚かましいとしか言いようのない状況だったが、それを正面切ってやってのけた度胸に、妙に感心した。警官たちも、さぞ面食らった事だろう。
「三人は、国境の前の駅から乗ってきたの。たぶん次の駅で降りるんだろうと予想してね、その間中ずうっと怒鳴り続けてたの。面倒そうな外国人を無理矢理に連行するほど仕事熱心じゃないはずだ、もし連れて行かれそうになったら、床に寝ころんで抵抗しようって思いながらね。そしたら案の定、次の駅が来たら、三人で何やら話しながらしかたなさそうに私から離れて、降りていったのよ。そのまま電車が出発した時には、もう精も根も尽き果ててその場に座り込んじゃったわ」

拍手を送る。どことなく滑稽でひょうきんな立ち居振る舞いが憎めなかった。

「でも後で考えたら、これはどっちに転んでも、私にとってはプラスだったのよね。無事に国境を突破できたから、スケジュールをうまく熟(こな)せてよかったし、もし失敗して列車から降ろされ、警察に連れて行かれてても、それはすっごく貴重な体験になった。コミックスの後ろにエッセイ欄があるんだけど、そこに書くネタとして素晴らしいものになったと思うの」

どんな状況に追い込まれても、そこから新しい何かを勝ち得ようとするしぶとさは、見習うべきだろう。叔父が言っていた言葉が頭に浮かぶ。置かれた場所で花を咲かせるというのは、こういう事かも知れなかった。

「日本に帰ってきてからは、まぁ夢中だったわね。資料の整理もそこそこに、ひたすら描き続けたのよ。食事はもちろん描きながらだったし、ペンを握ったまま寝入った事も多かった」

数学者の佐藤幹夫(さとうみきお)は、「数学を考えながらいつの間にか眠り、目覚めた時にはすでに数学の世界に入っていないといけない」と言った。理咲子はまさにそういう日々を過ごしたのだ。自分も、もし数学者になったなら、きっとそうだろう。

「それでも、ちっとも苦にならなかったの。楽しかったわ。幸せだったと言ってもいい」

その至福感は、和典も嚙みしめた事がある。数式と向かい合い、解くのに熱中している時には、いつもそんな気分だった。

「好きな事をしていると、時間を忘れるものじゃない」

理咲子と自分に共通項があるなどとは、これまで考えてもみなかった。その発見が、心を囲っていた柵を溶かしていく。

「わかります。僕もそうです。ハッと気が付くと、もう何時間も経ってるんですよね」

同じ風に吹かれる二本の葦のように見つめ合い、微笑み合う。

「私たち、同志ね」

テーブルの向こうから伸ばされた手と握手を交わした。枯れ木のような外見からは想像できないほど温かな手に驚く。内にこもる情熱が流れ出してくるのだろうか。その源泉には、まだこちらに見えてこないたくさんの蓄えがありそうで、楽しみだった。

「教えてちょうだい、あなたが時間を忘れるのは、どんな時なの」

どこから話せばいいだろう。いきなり数式を持ち出しても面食らうだろうから、周辺からか。鉄仮面と同時代のフェルマーはどうだろう。

「数式の証明をしている時なんか、夢中になるから忘れがちですね。ああちょうど鉄仮面の時代に、フランスには有名な数学者がいましたよ。数式の定理で名前を不動のものにしたピエール・ド・フェルマーです。トゥールーズの高等法院評定官でした」

理咲子は興味を惹かれたらしく、その目に真剣な光を瞬かせた。

「面白そう、詳しく話して」

2

フェルマーは、フランス南部ミディ・ピレネーに生まれ、二つの大学を出て高等法院評定官として生活しつつ、二平方数定理を始めとする数式の証明で名を遺(のこ)した。性格的にはかなり問題があり、当時の数学者に難問を送り付けて挑発したり、デカルトと激しく言い争ったりしている。最大の功績が一六三七年に証明したというフェルマーの最終定理だった。

だが本人が証明したと主張しているだけで、その具体的な方法は書き残していない。自分の本の片隅に、立方数と累乗数の分割についての法則を書いた後、こう付け加えたのだ。

「それについての素晴らしい証明を見つけたが、この余白のスペースには書き切れない」

このひと言のために、その後、多くの数学者たちが人生を注ぎ込み続ける事になる。これがはっきりとした形で証明されたのは、それから三百年以上の後、二十世紀も終わりの頃だった。

その数学概念は、フェルマーが生きていた時代には存在しなかったものであり、このためフェルマーは、実は証明に成功していなかったのではないかと言われている。

「んまぁ、なんて詐欺師なの。偉大なほどだわ」

理咲子は、あきれた様子を見せながらも面白そうに笑い出した。熱のこもった目で、こちらを見ながら催促する。

「で、あなたも、証明をしようとしてるんでしょ。それはどんなものなの」

話しても、果たしてわかるだろうか。危ぶみながら、取り合えずリーマン予想について説明し、その証明のために今はヴェイユ予想を学んでいる事や、数論幾何学には楕円曲線の数論幾何学や、それに関係するモジュラー形式の理論、谷山・志村予想などがある事などに言及した。

数学の世界を海のように広げ、それを見渡しながらあれこれと解説するのは楽しく、ついつい饒舌になる。このままずっと話していたい気分だったが、途中で理咲子にさえぎられた。

「あなたの話って、なんか面白くないわ。退屈」

興が乗っていただけに、ムッとし、黙り込む。

「たぶん自分の世界を語るだけで満足しているせいよ。独り言を言ってるみたいに、自分から流れ出したものを自分で吸い込んでいる。自分の中だけで完結してしまってるから、広がりがなくて、他人が入っていけないの。っていうか、入って行こうっていう他人の気持ちを削ぐのよね。勝手に言ってろって感じになるわ」

耳から入り込んだ言葉が胸に流れ落ち、記憶を揺すった。これまで数学について語る時は確かに、自分の頭の中だけを見つめていた。誰に向かっても独り言を言ってきたのかも知れない。彩との会話では、特に数学の話が多かった。ずっと退屈な思いをさせてきたのだろうか。そうだとすれば、二人でいても彩は疎外感を味わっていたのに違いない。それで交際中止の宣告になった訳か。

なんとなく納得できる気がした。同時に絶望的な気持ちにもなる。そういう自分を変えていく自信がなかった。いや変えられないだろうと思える。それはすなわち孤独な人生を歩むしかないという事だった。

「ここには、私っていう聞き手がいるのよ。あなたは、聞き手に向かって話しているの。私を意識してくれないかしら。では、さぁどうぞ」

どうぞと言われても、同じ事をもう一度言い直すのでは、まるで幼児の遊戯だった。くやしすぎる。考えた末、新たな話題を見つけた。

「では、僕が通っている週末型の数学サロン『数理間トポス』について話します。それでいいですか」

理咲子の表情をうかがい、頷いているのを確認してから話を進める。

「数学好きな中高生が集まって議論したり、交流したりしています。顧問は大学教授。アドヴァイスをくれるのは、教授の研究室の助手やチューター」

理咲子が口を挟んだ。

「ほらほら、そこがもうダメよ。私にわかるように具体的にして。それは場所的にどこにあって、中はどうなっているのか。まず入り口から説明してみて」

ほとんどどうでもいいような、そんな所から始める意味はどこにあるのだろう。そう思いながらも、通い慣れたトポスまでの道を頭の中でたどった。

「数学サロン『数理間トポス』は、繁華街の裏通りに面した細長いビルの中にあります。四人乗ればー杯になってしまうようなエレベーターで六階まで上り、ドアが開いた所から二、三歩でもう出入り口です。中は二十畳ほどの細長い部屋で、本棚とソファが置かれている場所、ホワイトボードが立ち、長机が並べられている場所の二ヵ所に分かれています。自分が好きな所を選んで、好きなように使う事ができるんです」

理咲子は納得したようだった。

「全体像がわかって話に入りやすくなったわ。わかる事って、興味を持つための必須条件なのよ。今の説明で、私もそこまで行けそうな気がしてきたもの」

ほっとしたような顔を見て、話した意味はそこにあったのだと気付いた。先ほど理咲子が言っていた聞き手に向かうという事がやっと理解できた気がする。

それは自分が発した言葉を相手の心に染み込ませようと工夫する事なのだ。それによって相手が何かを得て、それまでの意識が変わったり、逆にそれがこちらに伝わってきて気持ちに変化が起きたりする時、そのやり取りを会話と呼ぶのだろう。

それが数学のように特殊な分野なら特に、独り言を言うのと他人に向かって話すのは、内容が同じでも全く別の言葉が必要なのだった。ふと思う、彩にもそう話すべきだったのだろうと。今さら遅く、苦さだけが胸にひろがった。

「その部屋で、皆が話し合う訳なのね」

その辺は一概に言えない微妙な部分で、話す者もいるが、話さない者もいる。皆が好き勝手に、それぞれの時間をすごすという感じだった。

「集まってくるのは、どういう人たちなの。数学が好きな中高生っていう以外に、特徴は」

数学を除けば、共通項は何一つない。皆でワイワイと騒ぎながら作業を進めるのが好きな者もいるが、孤独を好むというか、人との交流を望まない者もいた。和典も、どちらかといえばその類で、そういうタイプにありがちな、放っておいてくれオーラを出している。皆がそれを読み取り、自由を尊重して関わらないようにしてくれていた。和典自身も、周囲に対して同じように振るまっている。

「あら」

こちらの説明が、腑に落ちないようだった。

「孤独が好きなら、一人で自分の部屋に閉じこもっていればいいじゃないの。なぜわざわざ皆がいる所に出かけてくるの」

虚を突かれた気がした。これまで取り立てて考えてもみない事だったが、言われてみれば、確かに矛盾している。理咲子の疑問を心に響かせながら、自分の行動と気持ちを掘り下げ、そこから答を引っ張り出した。

それは、自分以外に数学に熱中している人間がいる事を目で見て確認したいからだ。視界の端にそういう存在を映しているだけで、心が落ち着く。

数学好きの多くは、成績発表の時だけは注目されるが、それ以外は煙たがられ、ほとんど孤立していた。ちょうど素数のようなもので、それが日常となり、慣れているが、時おりは無性に仲間を探したくなる。

「そうなの。まぁ人間は、二律背反の狭間で悩むものよね。カミュが唱えた不条理も、その一種だわ。彼は、それに対峙せよと主張してるけど。あなた、カミュを読んだ事は、おあり。私、著作は全部読んだわ、原語でね。大好きよ」

話は、しばらくカミュの海を彷徨った。貧しい家庭、差別を受けていた地域で生まれ育った事に言及し、ひときわ感慨深げにそこを語る。芽衣の話によれば、理咲子の家も貧しかったという。生育環境がカミュと重なるのだろう。

人間は、生まれる場所を選べない。人生の初めに恵まれなかったというのは、確かに気の毒な事だった。だがその後に続く死までの長い道のりを考えれば、挽回できるチャンスは少なからずあるに違いなく、スタートでのハンディは立身出世物語や英雄譚を飾るエピソードとしてよく使われている。理咲子も、その一人だろう。幼少期について聞いてみようかと思っていると、急に言われた。

「私、サルトルは嫌いよ」

飛躍に付いていけず、アタフタする。

「ボーヴォワールなら、まだなんとか受け入れ可能だけれどね。ところで、さっき言ってた素数って、何」

話は大きく曲がり、再び元の所に戻ってこようとしていた。

「私、今まで聞いた事がないわ、そんな言葉」

素数は、一とその数自身でしか割り切れない自然数を指す。不規則に出現し、無限に存在していた。これまでに見つかった最大の素数は、二千四百八十六万二千四十八桁の数字で、世界には素数を探すという国際プロジェクトＧＩＭＰＳがあり、十九万人以上が素数探しをしている。

「まぁそうなの。素数オタクって、たくさんいるのね。今ここに素数を並べてみることって、できるかしら。そうね、小さい順から」

理咲子の求めにそって話を進めるのは、まるで水先案内人に導かれて船を漕いでいくかのようだった。もう知り尽くしている場所だけに、自分一人なら、ひたすら真っすぐ目的に向かうだけだっただろう。だが数学になじみの薄い理咲子の要求は、時に焦点がずれ、時に脇道にそれる。それに従っていると、今までは目に入ってこなかった周辺のものが次々と見えてきて新鮮な驚きがあった。

「素数の面白い法則があったら、教えてちょうだい」

３を並べ、最後に１を付けた数は、すべて素数になる。31、３３１、３３３１、３３３３１、３３３３３１。

「まぁ不思議ね」

だがこの法則は、３が７つまでしか続かなかった。８つ並んだ３３３３３３３３１は、17で割り切れる。

「残念だわ」

そして素数も、虚数ｉを使えば割ることができる。さらに素数は、孤独ながら友達を持っている。13と31、17と71、37と73、79と97、反転しても互いに素数である場合、これらをエマープと呼ぶ。分身のようなものだった。

「よかった、素数が孤独じゃなくて」

それには同意見だった。顔を見合わせて笑う。

「ああ、ずいぶん面白かったわ。数学って、意外に楽しいのね。颯さんも数学好きだったから、あなたと会わせてみたかった」

その言葉で、本来の目的に立ち返る。そこからずい分離れ、はるか遠くを歩き回っていた。元いた場所に立ってみて、自分がこれまでどれほど色の乏(とぼ)しい景色の中にいたかに気づく。理咲子に引っ張り回されながら感じ、考えた様々な事柄が胸を染め、自分に新しい色を添えていた。

そんな理咲子に対し、なお疑いの気持ちを持っている事が心苦しい。詮索(せんさく)はこの辺でやめ、切り上げた方がいいのではないか。

そう思う胸を、それは逃げだろうとの気持ちが駆け抜ける。真実をはっきりさせず、芽衣に何も話してやれないまま終わらせてしまって、それで満足できるのか。

あちらこちらに考えが揺れ、身動きの取れない穴にはまり込んでしまったような気がした。

「芽衣ちゃんから聞いてるかしら。颯さんはね、失踪したのよ」

理咲子が自分からそれに触れるとは思わなかった。もし颯を隠しているのなら、その話題は避けて通るのではないか。ひょっとして失踪には関係していないのかも知れない。

一瞬、気持ちが明るくなった。だが、すぐ別の疑念がふくれ上がり、影を投げ落とす。あの家には、確かに誰かがいるのだ。颯でないとしたら、いったい誰だ。

「ドラマみたいでしょ」

目を上げると、理咲子の顔は憂鬱そうに曇っていた。

「まさか自分の家でそんな事が起こるなんて、夢にも思わなかったわ」

嘆くような口調だったが、淀みはない。

「夕方になって、電話がかかってきて出かけて、それっきりよ」

ハウスキーパーが見かけたのは、その姿だったのだろう。

「誰からの電話ですか」

理咲子は、何でもなさそうに眉を上げる。

「萩原さんっていってね、颯さんが勤めてた萩原建設の社長」

新たな光が失踪を照らし出していた。萩原建設については、以前に調べてみようと考えた事がある。こういう形で絡んでくるとなると、いっそう怪しさが募った。謎の中に引きずり込まれる。

「呼び出されたみたいよ」

半端な時間に出かけたのも、何も持っていなかったのも、そのせいなのだ。

「仕事の話でもあったんでしょ」

理咲子は、さして気にかけていない様子だった。故意にそう見せかけているのだろうか。ゆるんでいた気持ちが引き締まる思いでその顔を見つめる。

「こちらが行方不明者届を出してから、警察も多少動いてくれて、周辺に聞き込み捜査をしたのよ。社長の方から、当日の夕方、仕事の事で二、三十分、立ち話をしたって話が出てきたんですって。私は言わなかったんだけどね。話をした後、すぐ別れたみたい。でも颯さんは、家に戻ってきてないのよ。そのまま、どこかに行ってしまったのよね」

「あら」

本当なのか、それともミスリードか。疑いが生まれ、音を立てて脳裏を飛び回る。実は戻ってきていて、理咲子と接触したのかも知れない。裏の家に誘われ、出された飲み物を飲んだとか。

理咲子が、やにわに表情を硬くする。

「何か疑問でも、おありなの」

目の中心で大きく開いている黒い瞳は、凍り付いた二つの穴のようだった。微動もせず、こちらを見すえている。とがめているのか、恐れているのか、あるいは威嚇しようとしているのか。どちらともつかず、その気持ちは読めなかった。

どうする、とぼけてやりすごすか。いや、こういう流れなら、切り込むしかないだろう。疑惑を捨て切れずにいるのだから、この際さっさと突っ込んで真実に突き当たるまでだ。最悪、当たって砕ける覚悟でいくしかない。

「疑問は、いくつかあります。一つ目は」

様子をうかがいながら、軽いものから口にした。

「颯さんにかかってきた電話の主が社長で、しかも呼び出されたと、どうしてわかったんですか」

　理咲子は、軽く笑う。

「芽衣ちゃんが、そう言っていたからよ」

　こちらも軽く笑ってみせた。

「それは嘘です。芽衣さんからは話を聞いています。電話がかかってきた事すら知りませんよ。それについては、もう一つわからない事があります。先ほど警察に話さなかったと言われましたが、なぜですか。何か言えない事でもあったとか」

　見開かれていた理咲子の瞳が、一気に縮み上がる。それを見て、このまま押せば、話すだろうと見当をつけた。

「こういう時に虚偽の事実を口にすると、信用を失うって事はご存じですよね。残念です。あなたは同志だと思っていたのに」

　理咲子は、叱られた少女のようにションボリと視線を落とす。居心地が悪いらしく、しばらく身じろぎしていたが、やがて大きな息をつき、姿勢を正した。

「本当の事を話してもいいわ。あなたが、私を軽蔑しないって約束してくれたらね」

　こちらに向けた目の中に、甘えてもたれかかる子供のような光がある。

「こんなに親しくなったんですもの、嫌われたくないのよ」

　幼気な眼差は次第に力を増し、呑み込もうとするかのようにしたたかなものになった。

「本当の事を聞いても、絶対に嫌わないって約束して」

それは内容次第だろう。あらかじめ約束できるものではない。そうは思ったが、それで話が先に進むなら譲歩しておくしかなかった。大事なのは、颯について聞き出す事なのだ。

「わかりました。軽蔑しません」

理咲子は、口の前で両手を合わせる。

「よかった。実は私、颯さんの部屋に盗聴器を仕掛けてたの」

頭から血の気が引くような告白だった。だが理咲子は、しごく当然であるかのように続ける。

「だって芽衣ちゃんと、この家から出ていく相談をしてたんですもの。心配で心配で、状況を探りたかったのよ。いつどうなるかわからなかったから」

盗聴行為からトリカブト毒の投薬までの距離は、それほど遠くないだろう。

「あら嫌だ、軽蔑しないって約束よ。ほら硬い顔してないで、笑って」

無邪気な微笑みを向けられ、背筋がうずいた。この分では、さして深刻な顔もせず、実は殺したの、と言い出しそうな気がする。社会に暮らす人間の根本原則、いくら自分の欲求が高まったとしても法律の一線を越えてはならないという事を、ここでしっかりと自覚しておいてもらった方が本人のためだろうと思えた。

「それは犯罪行為ですよ」

理咲子は、気色ばむ。

「あなた、約束を守らない気なの」

非難するような目を向けられ、いささかいらだった。そういう枝葉末節の問題じゃないだろう、もっと根本の話をしているんだと言おうとすると、それより先に理咲子が椅子を鳴らして立ち上がった。

「嘘つき、女をだますなんて最低」

力をこめるあまり首に何本も筋を浮き立たせ、喉からしゃがれた声を吐き出す。

「もういいわ。これ以上、話す事はありません。この家から出ていって」

思わず目をつぶった。覚悟していた通り、当たって砕けた、らしい。

3

確かに、安易な約束をした自分が悪い。だが家族に盗聴行為をしているなどとは思ってもみなかったのだ。芽衣からは、理咲子が非常識だと聞いていたが、その度合いを甘く見ていたようだった。

剣幕に追われるように部屋に戻り、荷物を持つも早々に月瀬家を出る。颯について、次の手を考えねばならなかった。芽衣と話している余裕がなかった事も気になる。取りあえずメールしておこうか。

ズボンの後ろポケットからスマートフォンを出しながら、ふと思う。あの夕方、家を出たという颯は、どこに向かったのだろう。二、三十分の立ち話という事だから社長の家ではなさそうだったが、この近くに適当な場所があるのだろうか。

芽衣へのメールを後回しにし、近隣の住宅地図を呼び出す。スクロールしていると、神社が見つかった。家からはやや離れており、電話でちょっと呼び出すには遠すぎるようにも思えたが、一応行ってみようという気になる。

地図を頼りに、門の前を通っている街道を横切り、腰の高さほどの樹が一面に植わっている坂を上った。切りそろえられ、よく手入れされていたが、何の樹なのかわからない。後で小塚に聞こうと思いながら画像を撮った。

やがて樹々の向こうに鳥居が見えてくる。朱に塗られていない白木の鳥居で、こぢんまりとした森を背負っていた。石碑には、糺神社と刻まれている。

一見で全容がわかってしまうほど小さな神社だったが、鳥居のすぐそばに立てられた制札によれば、創建は古かった。地元で信仰されてきた土着の神々を奈良時代半ばにここに祭っていたところ、平安遷都後に朝廷から賀茂建角身命を祭るようにとの指示があり、合祀したとある。

拝殿に向かい、爪先上がりの参道を歩いた。背後の森から涼やかな風が樹々の香りを運んでくる。秋の緑は、春とは違ってたくましく、厚みを持ちながらもどことなく儚げだった。やがて来る冬を感じ取り、そこに向かい始めているからだろう。

神道に傾倒している訳ではないが、神社は好きだった。建物内部に広く空間を取り、何も置かない簡素さは、神が宿る場所としていかにもふさわしく思える。豪華な天蓋の下に大小の、時には金の仏像を並べ、玉石をはめこんだ厨子を飾って絢爛さを誇る寺に比べると、はるかに清らかだった。

あたりに人の姿はない。ここなら確かに落ち着いて話せそうだが、実際に歩いてみると、やはり颯の家とは距離があった。住宅地図に目を落とせば、萩原建設や隣接する社長の家からとなると、さらに離れている。車を使いたくなるほどだが神社内は狭く、駐車場はなかった。二人がここで会っていたと考えるには、無理があるような気がする。

拝殿まで行き、一応手を合わせてから裏手に回った。屋根のある渡り廊下が本殿へ続いており、その背後の森一帯は崖に近い斜面だった。樹の間から見下ろせば、下方に宝沼が見える。あそこなら、どちらの家からも適当な距離だろうと思えたが、芽衣からは地元の人間は近寄らないと聞いている。わざわざそんな場所を選んだりはしないだろう。

いったんそう考えたものの、すぐに思い直す。颯は悩んでいたのだ。その原因が職場にあった可能性も否定できない。社長はあの夕方、他人の耳に入れたくない話をするために颯を呼び出したのかも知れなかった。それなら、人が寄り付かない場所の方がいいだろう。

もう一度、宝沼に足を運び、颯や社長の家からの距離を測ってみようか。足を速め、本殿の裏を回って西側に出る。玉垣の向こうに小さな墓地があった。竿石（さおいし）の先が斜めになっている神道独特の墓石が並んでいる。中にひときわ高くそびえ立っている墓があり、大理石らしくキラキラと陽射しをはね返していた。刻まれている文字が上から四つまで見える。月瀬家奥だった。

手前にある墓石の彫り文字の最終部分は、どれも奥津城（おくつき）になっている。あの墓石も全体は月瀬家奥津城で、苗字部分は月瀬なのだろう。

そうやたらにある姓ではなく、理咲子の家の墓かと思われた。さほど古くなさそうで、城館のようなあの家を建てた理咲子がこちらも改修したのかも知れない。

確認するために、墓地に足を踏み入れようとする。先ほどから目にしていた丈の低い樹が玉垣に沿って植えられており、そこからいきなり鳥が飛び立った。

頭上を横切っていき、嫌な音と共に冷たい感触が頭皮に広がる。手を伸ばせば、ベチャリと湿ったものが指先に触れた。舌打ちしながら手を下ろす。濃い緑色の粘土のようなものが付いていた。愉快そうな笑い声が響く。

「ほう、ウンがついたなぁ。よかったよかった」

見上げれば、本殿の外側にめぐらされている木の廊下に、甲羅を背負ったように背中の曲がった老人が立っていた。白い小袖に同色の袴、足には白い鼻緒をすえた雪駄を履いている。

「えろう心細そうな顔しとるが、心配いらんで。この辺の鳥が食べとるんは茶の葉や。嗅いでみ。お茶の匂いがするやろ。きれいなもんや」

よく見れば、確かに葉の一部が交じっていた。先ほどから気になっていた丈の低い樹は、茶だったらしい。小塚に尋ねる必要はなくなったが、糞に変わりはなく、急いで別荘に戻り、頭からシャワーを浴びたかった。

「昔は、鳥の糞なら化粧品や。ただでもらえりゃ、ありがたいくらいやで。顔に塗っとき」

中高のうりざね顔には、からかうような笑いが漂っている。自分に関係のないこの一件を面白がっているのは明らかで、癪にさわった。風体から察し、この神社の関係者だろう。神仏に関わっている人間に悪態はつきたくない。憤懣を晴らす方法はただ一つ、サッサと立ち去るのみだった。

「ところでおまえさん、見なれん顔やが、どなたさんやろ」

曲がった腰の後ろで指をくみ、小さな目に興味深そうな光を浮かべる。どうやら暇を持て余しているらしかった。

「儂は、宮司の神尾や」

急に目の前が開けた気分になる。宮司なら、この地域一帯についてよく知っているに違いなかった。年齢的に見て、月瀬家の裏手の家や、そこに住んでいた理咲子の家族と接していた可能性も大きい。先ほどの参拝の効果かと思いつつ、ここで出会えた幸運に感謝した。

「僕は上杉といいます、高二です。月瀬さんの隣の別荘に滞在中で、昨日は、月瀬さんの所に泊まらせてもらいました」

神尾は心得顔で頷く。

「理咲ちゃんなら、儂より二つ年下や。飯事をした仲でな。当時このあたりにゃ、大きい子からちっこい子まで群れて遊んどったもんや。その衆ん中で今生きとるんは、儂も含めてもう三人だけやけどな」

懐かしそうに話しながら視線を上げ、空のかなたを見つめる。

「順の子節で、しかたないわなぁ」

あの家の情報を収集したかったが、不自然に突っ込めば警戒されるだろう。取っかかりに、西側にある墓地を引っ張り出した。

「あの大きな墓石は、月瀬家のですよね。他の墓と比べて新しく見えましたが」

後悔するかのような溜め息が返ってくる。

「大きいも大きい、大きすぎるやろ。理咲ちゃんが東京から戻ってきて造った墓や。儂が、おまはんに金があるんはわかるが、もうちょっと控えめにしとかんか、言うたらな、この墓地一番の大きさでないといやや、もう誰にもお父ちゃんの事バカにさせへん、言うてきかんくてなぁ」

戸間口から、いきなり奥座敷をのぞき見た気分だった。生前の父親には、何かがあったらしい。

「理咲子さんの父親、どうかしたんですか」

神尾は唇をすぼめた。そのまま黙り込んでいたが、やがて自問自答するかのように口を開く。

「もう六十年近く経っとるし、まぁ時効ちゅうもんやな。皆知っとる事やし、しゃべってもええやろ。月瀬はんはな、宝沼に身ぃ投げて自殺したんや」

予想外の話だった。緊張しつつ耳を傾ける。

「この辺一帯は、元は神社の土地やった。宝沼もそうや。古来からあの沼は、神事の行われる場所の一つやったんや。神社の記録には、糺沼（ただすぬま）と書かれとる。糺（ただ）すちゅうんは、善悪をはっきりさせる、ちゅう意味や。あの沼に宿る神が人間を裁きよる。疑いを受けた者を沼に放り込み、浮かんでくれば無実、沈めば罪科ありとされとった。源氏と平氏の合戦よりずっと前の事や」

古今東西の昔話などによく出てくる裁判エピソードだった。先日、足を運んだ時に感じた不気味な雰囲気が胸によみがえる。大勢の人間が沼のほとりに立っているかのようだったが、あれは、平氏の残党ばかりではなく、有史以来、この地に生きて神の裁きを求めながら死んだすべての人々だったのだろう。

「ご維新後、神社の統廃合がすすめられて、わずかな補償でかなりの土地を召し上げられてな、そん時に紀沼あたりも公有地になったんや。大戦後はＧＨＱが神道指令を出し、その拡大解釈で、神道が司法に関係しとるのはけしからん、名前を変えにゃあかんやろ、ちゅう事になって、源平合戦にちなんで宝沼に改名されたんや。それでもこの土地の古い衆は、紀沼でなじんどるし、源平合戦当時なんかは、間違いなく紀沼や。宝を投げ込んだという平氏の公達(きんだち)も、平家敗戦の正否を神に問うつもりやったんやろ。心から無念やったんやないかなぁ」

その平氏の最後の戦いは、確か壇ノ浦と習った気がする。だが駅の観光案内板に、その名前はなかった。

「壇ノ浦というのも、この近くですか」

神尾は、あっけにとられたような表情になる。

「たまげたやっちゃ。おまえさん、ほんまに高校生か」

違うのだろうか。学校や塾のテキストでは、鵯越の記述のすぐ次が壇ノ浦になっている。距離的にも近いような気がしていた。

「後でよう調べるんやな。せやないと大学、ほんまに落ちよるで」

半ばあきれ、半ば心配そうに言ってから改まった表情を作った。

「月瀬はんは、自分の身を投げて神に審判を問うたんやと儂は思うとる」

いったいどんな状況におかれていたのだろう。当時の事はもちろん、父親についてもよくわからず、憶測も及ばなかった。

「事情を、うかがってもいいですか」

いく分遠慮しながら神尾の顔を見つめる。

「まぁご近所さんやし、ここまで話したんや、ついでやな。たいそうひどい話やけどな」

神尾はしゃがみこみ、脚を投げ出して胡坐をくんだ。どうやら時間がかかるらしい。

「月瀬はんは最初、ここの経済連に勤めとった。ところが、これが法改正で解散、新組織に移行されることになったんや。当然、切り捨てられる人間が出るわな。月瀬はんは、それに抗議して自分から辞めよったんや。頭のいい人で、簿記が達者、経済連じゃ経理をやっとったらしい。辞めてからは、このあたりの商店から頼まれて帳簿を付けたり、確定申告の手続きを引き受けたりして生活しとった。税理士なんか雇えん小さな菓子屋とかコークス屋とか漬物屋が相手で、金が払えん店には、ある時払いの催促なしやったって話や。人柄は、儂もよう知っとるが、えろう頭の切れる、ほんで優しい人やったで。貧しく暮らしとったが、いじけたとこはあらへんかった。仕事の方は几帳面できっちりしとってな、だんだん評判が高うなって、大きな会社から経理を頼みたいだの、経理担当として雇いたいだのって話が出てきたんや。ところが、それが災いしてな、税理士会が目ぇ付けよった。当時の税理士会の代表は今泉って男で、こんあたりの氏子の代表もしとった顔役や。税理士の資格を持っとらん月瀬はんが、自分と同じ仕事をして、しかも好かれとるんが面白うなかったんやろ。そんでも法的には問題がないさかい、正面切って止める事はできへん。そんで嫌がらせを始めたんや。今で言う、いじめやな。家に押しかけたり、妙な噂を流したり、町内の行事でこれ見よがしにのけ者にしたり、懇意の税務署員をついて、月瀬はんが関わった会社の確定申告に、えらい難癖（なんくせ）つけたり、アラ探ししたりしたそうや。それが続いて、月瀬はん、まいっちまったんやろな。紘沼に身を投げてもうた。たまたま見とったもんが、すぐ消防を呼んだんやけど、間に合わんでなあ。いつもはきつい理咲ちゃんが、目を真っ赤にして葬儀の行列の中におったのを、よう覚えとるわ。儂が高一の時やから、理咲ちゃは中二やな」

その様子を想像してみる。十代半ばだった理咲子に、父親の突然の死は相当なダメージを与えたに違いなかった。

「そんなこんなで、中学出ると、すぐ東京に行ってしもうた。まぁ絵は、昔っから上手やったけどな。死んだ月瀬はんの趣味が絵を描く事やったから、その血を継いだんやろ」

世に認められなかったり、人に裏切られたりして涙を呑んだ人間を頻繁に取り上げ、権力によって抹殺された者に光を当てたいと考えている理由がわかった気がした。不当な運命に見舞われた父への鎮魂なのだ。

「それがなぁ、理咲ちゃんが出ていってしばらくして」

神尾は声をひそめ、身を乗り出す。

「なんと今泉が急死しよったんや。税理士会の新年会で、酒飲んどる最中に倒れて救急搬送やった。その日の内に亡くなってしもて、ここら一帯えらい騒ぎでなぁ。儂は、ひそかに思ったもんや、紀沼が審判を下したんや、ってな」

そうかも知れない。月瀬に同情していた神尾としては、そう思いたいのだろう。

「当時、月瀬さんが住んでいたのは、今の家の裏手にある建物ですよね」

神尾が頷くのを確認し、さらに聞く。

「あそこには、今、誰か住んでいるんですか」

注視していると、神尾は一瞬、目を泳がせた。やや間をあけて答える。

「どやろ。よう知らへんが、誰もおらんのとちゃうか」

口調はこれまでと一転し、妙に粗雑になっていた。

「さぁて、お務めに戻るか」

逃げるように、そそくさと立ち上がる。何とか引き止め、もう少し情報を得たいと思っていると、砂利を踏む音が近づいてきた。

「お父さん」

玉垣の向こうに中年の女性が姿を見せる。

「母屋に、三愛大学の戸田（とだ）さんからお電話がきとりますが」

大学名が引っかかった。理咲子を訪問していたのも、三愛大学の人間だった。偶然に同じ大学というだけか、それとも何かつながりがあるのか。

「ああ、式年祭の相談やろ。もうすぐやからな」

座標の中に置かれた二つの点の関係性を探るような気分になる。神経を集中させ、注意深く神尾の表情を見つめた。

「今行くから、待っとってもらって。ほんじゃ上杉君」

そう言いながらこちらに顔を向け、凍り付いたように瞠目(どうもく)する。

「どないしたん」

声は緊張をはらみつつあった。

「えろう気張っとる顔やな」

眼差も、きつくなっていく。あわてて視線を伏せた。隠している気持ちが顔に出ていたのだろう。

「いえ」

微笑みながら、情報を引き出す方法を模索する。ここで不審に思われたら、理咲子に伝わる可能性があり、今後、動きにくくなるに決まっていた。それを避け、かつ今、名前の出た戸田について探るためには、どう話を展開すればいいのか。

「大した事じゃないんですけど」

神尾の態度が変わったのは、あの家に触れてからだと思い返す。そこから離れた質問なら、危険はそれほど大きくないだろう。このまま黙っていては余計に不信感をあおる。多少危ない気がしないでもなかったが、突っ込んでみるしかなかった。

「実は、三愛大学の戸田さんって名前、どこかで聞いた気がして。どこでだったのかなぁ」

神尾は、ほっとしたような笑い声を上げた。

「理咲ちゃんから聞いたんやろ。さっき言うたやないか、幼馴染みで今生きとるのは三人だけやって。儂と理咲ちゃんと戸田や。大阪に住んどるから、法要の時くらいしかやって来んけどな」

神尾や理咲子と幼馴染みなら、戸田は七十代だろう。とっくに退職している年齢だが、自分の名前に大学名を冠しているとなると、何らかの形で在籍しているのかも知れない。退官した教授が名誉教授となり、研究員扱いされているというケースは、耳にした事があった。

井伏の方は三十代半ばで、助教かポスドク。そう考えると、二人を結ぶ線が浮き上がってくるように思えた。おそらく同じ研究室にいるのだ。もしそうなら、確かめるのは簡単な事だった。先に見た教授リストをチェックすればいい。

「お時間を取らせてしまって、すみませんでした」

目星がつき、一気に気分が上向いた。はしゃぐような響きをおびそうになる自分の声を必死に抑える。

「では失礼します」

神社を後にするやスマートフォンを出し、急くあまりもつれそうになる指で再び三愛大学を検索した。教授リストを調べ直す。やはり戸田の名前があり、名誉教授となっていた。

人類学の研究者で、専門分野は骨考古学と形質人類学とある。戸田ラボと名付けられている人類学研究室を持っていた。

読みながら眉根を寄せる。人類学が、どういう学問なのかわからなかった。骨考古学は、字面から何とかわかる気がしないでもなかったが、形質人類学や形態人類学に至っては見当すらつかない。

やむなく教授リストを閉じ、人類学、形質人類学、形態人類学などの言葉を検索した。自分は数学という井戸の中のカエルらしいと思わない訳にはいかなかった。大海を知らないのだ。

殊勝な気持ちになりながら色々なサイトをサーフィンし、だいたいの全貌をつかむ。つまり人類学というのは、理学部もしくは医学部に属しており、人類というものを研究する学問なのだった。大学によっては、生物学の中に入れている所もある。そして形質人類学は、遺伝子を研究する分野と、古今の人骨の骨格形態を研究する分野に分かれており、後者を形態人類学と呼んでいた。

丸呑みしたような知識は、うまく心になじまない。異物を抱えているような落ち着かない気持ちで、戸田ラボのページに飛んだ。研究チームの紹介がされており、そのメンバーの中に井伏の名前を見つける。ようやく入り口を探し当てた気分だった。

研究領域は、古病理学的分析による人間の環境の解析と、古人骨の形成復元に基づく人類学研究とあった。具体的に何をやっているのか、いま一つよくわからない。だが構図はつかめた気がした。

理咲子を直接知っているのは戸田で、その戸田が井伏を紹介したのだ。だから井伏は、あの家に入れる。逆に考えれば、戸田も事情を知っているのだ。そしてあの家の話に触れたとたん態度を変えた神尾も、やはり知っているのに違いない。

この舞台に井伏が登場したのは、その研究が必要とされたからだろう。理咲子を含めた四人は、いったい何を共有しているのか。あの家で井伏は何をやり、それは颯とどう関係しているのか。

胸をざわつかせながらサイトを閉じようとし、ふと思いついて寄付金のページを出してみる。過去三年間にわたっての献金者の名簿が載せられており、いずれもトップに理咲子の名前があった。毎年三千万を寄付している。ただならぬ関係である事は間違いなさそうだった。

未消化のままの人類学の単語が胸の中でうごめく。生物オタクの小塚の知識を借りて消化しようと思いつき、メールを打った。

「人類学を専攻してる人間で、古病理学的分析による人間の環境の解析と、古人骨の形成復元に基づく人類学研究をしてるヤツって、具体的に何をやってるのか教えてくれ」

4

別荘に戻り、部屋に入ろうとしていると、スリングバッグの中でスマートフォンが鳴り出す。出してみると、芽衣からのメールだった。

「伯母が、こう言ってるの。出ていけって言ったら、ほんとに出ていっちゃったのよ。まぁあきれたわ。ありえないわよ、子供じゃあるまいし。ああ子供なのか、まだ高校生だものね」

一瞬、あっけに取られる。じゃ出ていかなくてよかったのか。だったら、出ていけなんて言うなよ。言われたら、出るしかないだろ。他にどうすりゃよかったんだ。

メール画面を閉じ、やっぱり女は謎だとつぶやきながらベッドに腰を下ろす。そのまま仰向けに転がろうとした瞬間、糞を浴びた事が頭をよぎった。あせって飛び起き、服を脱ぎながらシャワーブースに駆け込む。

さて、これからどうする。あの家に忍び込み、車椅子の男が颯かどうかを確かめるか。あるいは宝沼から萩原建設、および社長宅まで歩いて距離感を確かめるか。もし社長が何かを問い質そうとして颯を呼び出したのなら、過去に糺沼と言われていた場所を選ぶのもありそうな事だった。二人の間に何があったのか。

興味を惹かれたが、プライオリティとしては、やはり颯の確認からだろう。壁の時計を仰げば、まだ三時前で、理咲子がやってくるまでには充分時間があった。

はき心地のよくないスニーカーを自分の靴に替えて出かけようとし、クローゼットを開ける。すっかり乾いているのを確かめて持ち出し、洗面所のシンクの上で左右を打ち合わせて泥を払った。とたん、靴から何かがパラパラとこぼれ落ちる。

摘まみ上げると、一つ一つの大きさは、ほぼ数ミリ。半透明で乾いており、薄い褐色をしていた。触角もしくは脚らしきものが何本か出ているところを見ると、昆虫の類だろう。外見は、駿河(するが)湾で春に獲れるサクラエビに似ている。靴の方を見ると、縫い目の間にもかなりの数がはさまっていた。どこで付いたのだろう。沼に踏み込んだ時か。

比較的、形が整っている一匹をティッシュペーパーの上に載せ、写真を撮った。これ何、生育場所は宝沼、と書き込み、小塚に送っておく。後は水に流し、靴の方にもブラシをかけた。よし行くぞ。

一昨日通ったと同じ道を、今日は宝沼に寄らずに真っすぐ月瀬家に向かう。門扉は、最初の日と同様に開いていた。閉めない習慣なのだろう。人目をはばかり、こっそりと中に入る。心持ち遠慮しながら庭の片隅を通り、裏の家に向かった。

玄関の戸に手をかける。細い縦格子の間にガラスをはめ込んだ片引き戸で、わずかに開きかけたが、すぐつっかかった。斜めになった戸の隙間からのぞけば、真鍮の鍵がかかっている。簡単なもので、取り付けられている木枠も古く、壊そうと思えばできない訳ではなかった。

だが古いだけに、どんな壊れ方をするか想像がつかない。元の通りに戻せないかも知れなかった。発見されれば大騒ぎになるのは目に見えている。嫌疑は、間違いなく近隣の別荘主の甥にかかるだろうし、不名誉な噂は当然、伯父にも及ぶだろう。

もっと安全で穏当な方法を求め、勝手口に回る。こちらは板戸だった。鍵がかかっている様子はなかったが、押しても引いても動かない。内側から心張り棒でも支ってあるか、あるいはもう出入りしないとの判断で、釘で固定してしまったのだろう。

入る手立てがなかった。だがこのまま引き返すのは、くやしすぎる。しばし立ち尽くして家をながめた。短い煙突を見上げ、サンタクロースならあそこから入るだろうな、などと考えているうちに芽衣の言葉を思い出した。雨漏りしていると言っていたのだった。つまり屋根に穴が開いている。そこから中をのぞけるかも知れなかった。

膝の高さほどに繁っている雑草の中に踏み込み、屋根におおいかぶさっているクリの樹に近づく。下の方にある太い枝を足掛かりにして幹の中ほどまで上った。家の裏手に伸びている枝を伝い、できるだけ屋根に寄ってから飛び移る。

両足が瓦をとらえた瞬間、屋根全体がカステラのように柔らかくバウンドした。足を取られ、ふらついて転げ落ちそうになる。瓦の間に爪先を突っ込み、なんとか体を支えた。

冷や汗がにじむ思いで大きな息をつく。安全のために四つん這いになり、雨漏りの場所を探して移動しかけたとたん、きしむような音と共に最初は片手の下、続いて左右の膝の下にあった瓦と下張り板が崩れ落ちた。

足場を失った両脚が、一気に空中に放り出される。欠損部分の隙間に体が挟まれ、落下は免れたものの宙づり状態になった。穴にはまったも同然で、身動きが取れない。もしこの様子を誰かが見たら笑い出すだろうと思えるほどマヌケだった。はね返った瓦の破片がかすめた頬や、屋根の断面に裂かれた服のあちらこちらから血がにじんでくる。あらゆる言葉で毒づきながら、脱出方法を考えた。

何とかして、もう一度屋根に這い上がるか。だが全体が腐っているとすれば、同じ事のくり返しになるどころか、さらに悪い状況に突入する恐れがあった。

上に行くのが危険ならば、下に降りるしかない。古い日本家屋なのだから、天井から床までの距離はせいぜい二メートル半程度だろう。屋内には畳が敷いてあるはずで、これはマットのようなものだった。股関節や膝、足首をうまく使って着地すれば、大きな衝撃を受けずにすむのではないか。

　体の周辺にある瓦をどけ、下張り板をはがしにかかる。ひどく腐っており、比較的簡単にめくれてきた。ささくれた木が皮膚に突き刺さる。舌打ちしながら、とにかく手を動かした。ある程度の空間を作ると、そこをくぐり抜けるようにして下に向かって飛び降りる。

　いったん屋根裏に落ち、それを突き破ってさらに落ちた所は、期待していた畳の上ではなく、簀子（すのこ）の敷かれた三和土（たたき）だった。しかも簀子を踏み抜き、湿り気の多い土の中に突っ込む形で尻餅（しりもち）をつく。たいそうカッコ悪く、誰かに見られている訳でもないのに赤面しながら身を起こした。自分を慰めつつ立ち上がり、あちらこちらを動かして大きな怪我がない事を確認する。物音は、車椅子の人物の耳に届いたに違いなかったが、今さらどうしようもなかった。

　もうもうと上がっている埃（ほこり）や木屑（きくず）を透かしてみれば、縦格子のはまった小さな腰高窓に面してコンクリートで造られた流しと竈（かまど）がある。古い形の鍋（なべ）や釜も並んでおり、一瞬、過去にタイムスリップした気分になった。振り返れば、黒塗りの戸棚の中には、古色蒼然（こしょくそうぜん）とした食器類が並んでいる。台所らしい。

　六畳ほどのその三和土の突き当たりは、一段高くなっており、障子が閉まっていた。この向こうに颯がいるのだろうか。耳を澄ますものの、人の気配はない。思い切って近寄り、障子を開けた。

　思わず、うなり声がもれる。

　そこは四畳半で、中央に卓袱台（ちゃぶだい）があり、その上に山のように骨が積み重なっていた。頭蓋骨（ずがいこつ）から骨盤、指の付いた手や、足部分もある。明らかに人骨で、しかも各パーツが複数個あった。何だ、これは。

目から入ってくる情報を処理しきれず、うなりながら髪を掻き上げる。大量殺人の跡を見ているようでもあり、それらがあまりにも整然と卓袱台の上に収まっているために静物画を見ているようでもあった。

呆然(ほうぜん)としながら、理咲子が隠していたのはこれだったのかと考える。一人分ではない。誰の骨だろう。颯のものも交じっているのか。ここで解体したのだろうか。だが理咲子一人でできる事か。疑問が次々と湧き上がり、冷や汗がにじんだ。落ち着けと自分に言い聞かせる。呼吸を止めたままだった事に、ようやく気づいた。

湿気(しっけ)を含んで膨れ上がっている古びた畳に、血痕(けっこん)らしき形跡はない。見回せば、突き当たりにある押し入れの前には、画架と椅子が置かれていた。画架には、A3ほどのサイズの油絵がかかっている。描かれているのは黒い法衣(ほうえ)を着た西洋人で、下塗りをしただけの部分も多く未完らしかった。椅子に取り付けられたポケットには、油絵の具やパレットが入っており、その間に週刊誌大の本が一冊差し込まれている。

取り出してみると、写真の多いフランス語のムックだった。タイトルには、Château de Vaux-le-Vicomteとある。理咲子が自分の家を建てるに当たり、原型とした城館だった。

裏表紙には、定価の書かれたシールが貼られたままになっている。購入したのは相当前らしく、通貨単位はフランだった。話していた取材の折に購入したのだろう。

付箋の付いているページを開けてみる。一人の男の肖像画が載っていた。目に笑みを含んだ皮肉気な顔は、キャンバスに描かれているのと同一人物で、キャプションは、Portrait de Nicolas Fouquet, vicomte de Vaux, 1661、となっていた。おそらくこの肖像画を基にして理咲子がキャンバスに描き起こしているのだろう。毎晩ここに通っているのは、そのためか。

だが、このたくさんの白骨とそれが、どう関係するのだろう。卓袱台のそばに戻り、まじまじと見下ろす。人骨には違いないが、きれいすぎるようにも思えた。もしかしてプラスチックか。

一本を手に取り、その軽さに確信を強めながら光にかざす。中ほどに素材を接着したような直線が見えた。指ではじけば、空洞らしい音がする。どうやらプラスチックで決まりのようだった。目的はわからないものの、気分が少し落ち着く。

四畳半の左手は窓で、その向こうに荒れた畑とクリの樹が見えた。右手には片開きの襖がある。一昨日、家の周りを歩き、外形とサイズから考えて部屋数は二つだろうと予想していた。玄関の外から見た時には、ガラス戸の向こうに廊下があり、その障子を開けて理咲子が車椅子と共に出てきたのだった。この襖の向こうには、その部屋があるはずだ。颯がいるとしたら、そこだ。

人の気配は、相変わらず全く感じられない。襖に近寄り、息を詰め、一気に開け放った。

目の前に、床ノ間の付いた八畳間が現れる。洋服簞笥と整理簞笥の間に、畳んだ車椅子が押し込まれていた。そばに布団が敷いてある。こんもりと盛り上がっており、誰かが寝ていた。向こう向きで顔は見えず、身動きもしない。寝息も聞こえなかった。思い切って声をかける。

「颯さんですか」

答はない。これほど近くで声をかけても反応しないとなると、眠っているにしても普通の眠りではないだろう。生きていないのかも知れない。もし本当に颯だったら、こんな近くにいた事に一年間も気づかずにいた芽衣の悲しみと嘆きは、言語を絶するに違いなかった。そんな事態にならないように祈りながら、再び声をかける。

「颯さんじゃないですよね」

返ってきたのは沈黙だった。立ち尽くし、なんの動きもない布団と部屋の中を見つめる。そうしていると、そのまま時間が固まり、永遠の中に閉じ込められてしまうかに思われた。ゼリーのようにからみついてくる空気から身を引きずり起こし、一歩を踏み出す。布団の足元を通り、向こう側に回って顔をのぞき込んだ。

そこに横たわっていたのは、今まで見た事もない中年の男性だった。目を開いたまま、じっとしている。颯でないとわかり、救われた思いだったが、同時に強い疑念に呑み込まれもした。誰なんだ。

「突然、入ってきて、すみません」

よく見ると、表情がない。膝をつき、片手をその鼻の前に当ててみた。呼吸をしていない。かといって死体でもなかった。伸ばしていた手を、頬に置いてみる。肌の温かさはなく、ゴムのような弾力が指先を包んだ。

人形だ。そうわかったとたんに緊張がゆるむ。その場にしゃがみ込みながら腹立たしさ半ば、愚痴半ばでつぶやいた。勘弁してくれ、何が悲しくて七十を超えて人形遊びなんだ。

読みかけの本が風に吹かれ、音を立てて最初のページに戻っていくのを見ているかのようだった。全てはリセットされ、スタート地点に押し返されたのだ。当初の疑問が戻ってくる。颯はどこに行ったのか。

ヒツジが鳴き始め、のんびりとした声がポケットの中に満ちた。疑問符を食い散らしながら徐々に大きくなっていく。スマートフォンを出してみると、小塚からメールが届いていた。

「先のメールの返事だよ。遅くなってごめん。その次に来たのは、今、調べてるとこだからちょっと待ってね。人類学って、すごく幅が広いんだ。僕も全部はわからないけど、お尋ねの件を具体的にすると、古い地層で発見された人骨から身体構造を調査したり、死因や食生活、生育環境なんかを研究してるんじゃないかな。出土した骨を組み立てたり、そこにシリコーンで筋肉を付けて人間に近い形にまで復元したりする事もあると思うよ」

目の前の中年男性を見つめる。ではこれは、採取した人骨を元通りに復元させたものか。何のためだ。いったい誰なんだ。

「それは、私の父です」

振り返ると、そこに理咲子が来ていた。後ろには芽衣もいる。二人ともモップや擂粉木を握りしめ、武装していた。

「裏の家で大きな音がしたって、芽衣ちゃんが素っ飛んできたのよ。警察に連絡しましょうかって。あわてて止めて、部屋にいてちょうだいって言っておいて、一人で様子を見に来たの。そしたら家の中で誰かが動いてるじゃない。どうしようかと思ったわよ。警察に見られたくなかったし、かといって泥棒だったら、それはそれで困るし。迷ってるうちに芽衣ちゃんも外に出てきてしまって、いくら自分の部屋に入ってなさいって言っても、聞きゃしないんだからもう」

後ろを振り返り、不満げに芽衣の顔をながめる。芽衣は、擂粉木を握りしめたまま布団の中の男に視線を注いでいた。大きな目はいっそう見開かれ、顔は強張ってほとんど固まっている。理咲子に反論もできないようだった。先ほどの和典同様、目から入ってくる情報を処理できずにいるらしい。

これでこういう反応では、四畳半の骨の山を見たら卒倒するだろう。その様子を想像すると、何だかおかしかった。笑いをこらえながら、これが颯でなくて本当によかったと思う。卒倒程度ではすまなかったに決まっている。

「まさか、あなただとは思わなかったわ」

理咲子は、何も言わない芽衣に見切りをつけ、こちらに目を戻した。

「勝手に他人の家に入って、何をやってるの」

ここは正直に言うしかないだろう。罵倒（ばとう）されるのを覚悟で立ち上がり、理咲子に向き直る。

「屋根を破りました。ちょうど台所に落ち、四畳半の方にも入って、制作中のフーケの肖像画も拝見しました」

芽衣をこれ以上驚かせたくなく、骨の話は避ける。

「すみませんでした」

理咲子は、あきらめたような笑みを浮かべた。

「いいわ。芽衣ちゃんにも見られてしまったし、今さら謝られてもどうしようもない。でも屋根が破れてるんじゃ、雨でも降ったら大変。何もかもずぶ濡れになってしまうわ。あなたのした事なんだから、責任上、元に戻してちょうだいよ」

絶句するよりない。自分で直すだけの技術も、誰かを雇うだけの金も持っていなかった。呆然としていると、理咲子が笑い出す。

「冗談よ。萩原建設を呼ぶわ」

その名前が、今ここで出てくるとは思わなかった。

「萩原建設って、颯さんの勤め先だった会社ですよね」

胸の中に埋もれていた謎が再び浮き上がってくる。依然として不明のままの颯の行方をめぐり、いっそう深い渦を形作った。

「家の修理をしてくれる業者って、この辺じゃあそこだけなのよ。芽衣ちゃん」

芽衣は突然、息を吹き返した人間のように首を起こす。まだいく分強張ってはいるものの、なんとかいつもの表情を取り戻した。

「萩原建設に電話をかけて、社長を呼んで、ちょっと見に来てちょうだいって言って。いつも電話に出る女の子に言ったんじゃダメよ。あれは、てんでボケだから。電話口に社長を呼ぶのよ」

戻っていく芽衣を見送り、理咲子は素早くこちらに視線を走らせる。

「社長が来る前に、見られて困るものだけ母屋に移すわ。そのくらいは、やってくれるんでしょうね」

　喜んで引き受ける、と言うしかなかった。

「骨は、何かに入れて隠さないと。芽衣ちゃんに見つかったら、きっとうるさいわ」

　理咲子は、せかせかと四畳半に入っていく。押し入れを開け、中を探っていたが、やがて畳まれていた段ボールを引き出し、こちらに放り投げた。

「ほら、これに入れて。早くしないと戻ってくるわよ。急いで」

　急き立てられて箱を組み立てる。

「何なんですか、この骨は」

　理咲子は顎を引き、自慢げな笑みを浮かべた。

「これはね、あ、戻ってきた、早く」

　何とか全部をそこに詰め込む。直後、八畳との間から芽衣が顔をのぞかせた。

「社長は今、現場に出てるとかで、終わり次第こちらに向かってくれるそうです」

　理咲子は何食わぬ顔で、骨の入った箱を持ち上げる。

「これは私が持つから、あなたは父を運んで」

　二つの部屋の間で立ち尽くしている芽衣の脇を通りぬけ、八畳に入って枕元に片膝をついた。布団をめくると、ネルのチェックの寝間着を着ている。かなり古い布で、生前、本人が着ていたものかと思われた。肩の上に担ぎ上げようとして両脇に手を入れ、一気に持ち上げる。理咲子が悲鳴を上げた。

「乱暴にしないで。頭を下にしたら、かわいそうじゃないのよ。担ぐのは止めて。お姫様抱っこよ」

どう見ても中年男にしか見えないそれをお姫様抱っこで運ぶ自分を想像し、ひどく気持ちがなえた。まるで生きている人間のように取り扱っている理咲子の言動にも、心が痛む。

父親が死に至った経緯を考えれば、愛着を持つのはわからないでもなかったが、いくら実際の骨を使い、実態に合わせた筋肉を付けたとしても、それはやはり紛い物だった。死んでしまった時点で、本人は消滅したのだ。

その現実と向き合わず、逃避して自分を誤魔化している様子は、長い人生を経た人間としては、ほめられたものではなかった。まぁそのあたりが、心は少女だという所以なのだろう。そういう個性として受け止めるしかないのだろうが、たいそう残念だった。

「それ、家の中に持っていくんですか」

芽衣が咎めるような声を上げる。

「私、それと同じ屋根の下で暮らすのは嫌です」

白骨ならともかく、この人形でそこまで言うとは意外だった。理咲子と違って思い入れがない分、不気味としか感じないのかも知れない。

「それって言うの、やめてちょうだい」

理咲子の口調は、切って捨てるようにキッパリとしていたが、内心、狼狽えている様子が見て取れた。芽衣がこれほど反発するとは考えてみなかったらしい。

「私の父なのよ。研究室の協力を得て作った正確なものなんだから。本物の骨から復元したのよ」

芽衣は、表情を硬くしたままだった。

「本物の骨なら、余計に気持ち悪いだけです」

目には頑とした力がある。表面は静まり返っているものの、その奥には怒りにも恐れにも似た、荒れ狂うような感情がうねっていた。

「家に持ち込まないでください」

理咲子は、取ってつけたような笑いを浮かべる。

「ほんのちょっとの間だけよ」

機嫌を取るように、言葉を重ねた。

「こっちの家を補修するまでの事だから。私の寝室に入れておくわ。あなたの目には、絶対触れないようにするから」

いつものように高飛車に出ないのは、芽衣の憤慨の大きさを感じ取っているからだろう。これを理由に、家から出ていかれる事を恐れているのに違いなかった。

「社長を急がせて早急に修理させるから。ね、ほんのちょっとの間だけだから我慢して。ね、いいでしょ、ちょっとだけだから」

取りすがるように微笑みかける理咲子が痛々しく、気の毒になる。疾うの昔に死んだ父親をあきらめ切れず復元してそばに置き、今は今で芽衣に去られるのを恐れ、懸命に機嫌を取っている。豊富な知識を蓄え、根気のいる長い仕事をやり抜くだけの情熱を持っているというのに、同時にこれほどもろい面を抱えてもいるのだった。人間の複雑さを垣間見る思いで、ただ見つめる。

「一週間でやってもらうわ。いえ五日」

ひたすら芽衣の顔色をうかがうその笑みは、媚びるような色合いを帯びていく。承諾を取りたい一心で、卑下するも同様の譲歩をくり返した。

「それが長ければ、三日か二日」

頑なに構える芽衣の前で、どこまでも譲っていく。

「そうだ、明日中にでも終わらせてしまえば、どう。そうしてもらうわ。ね、それならいいでしょ、ね」

見ているのが辛くなり、何とかしようという気になった。これが数学なら、一つの命題が提示された場合、それを解決する方法はいくつかある。多少時間がかかっても、スッキリとしてきれいな方程式を選ぶのが常だった。

だが現実社会における話となると、まず正当性を考えねばならない。この家に物を置く権利を持っているのは、家の持ち主である理咲子だろう。正当性は理咲子にある。となれば芽衣に譲歩させるしかなかった。うまく説得し、家を出るという事態を避ける必要がある。

「芽衣さん、もしかしてこれが恐いんですか」

理咲子を見すえていた芽衣の目が、その厳しさのままこちらを向いた。真剣に構えるような事ではないとわからせようとして、笑ってみせる。

「ただの人形ですよ、死体じゃない」

瞬間、芽衣がすくみ上がった。心にひそんでいた狂暴な熱が、一気に噴き出して全身を乗っ取ったかのようだった。それを見て、先ほど目の奥で暴れていたものの正体に気づく。あれは怯(おび)えだったのだ。本気で恐がっていたらしい。そうわかって急におかしくなった。理咲子が少女なら、こっちは幼児だ。

「大丈夫、ただの復元ですよ。動きません」

言葉から笑いがにじみ出るのを抑えられない。

「夜中にあなたを襲ったりしませんよ」

それでも芽衣は、態度を和らげなかった。膠着(こうちゃく)してしまったかに見えるその心を動かすには、どうすればいいのだろう。ショックを与えてみようか。芽衣の一番弱い所に切り込めば、さすがに反応するに違いない。それを見ながら次の手を考えよう。

「親を亡くす悲しみは、あなたも経験したでしょう。それがどんなものか、よく知っていますよね」

固まっていた芽衣の頬が、ようやく動いた。いけると踏む。

「理咲子さんも、同じですよ。それを癒してくれているのが、この人形なんだと思います。芽衣さんの気持ちもわかりますが、ここは心を広く持って受け入れ」

そこまで言った瞬間、芽衣が吹き出した。唖然としていると、呑み込むようにその笑いを収める。

「親を亡くす悲しみなんて、伯母にはなかったと思います」

目には、毅然とした光が瞬いていた。

「だって父親を自殺に追い込んだのは、伯母なんですもの」

初めて聞く話が稲妻のように脳裏を走り回る。心が痺れ、思考が停止して、ただその言葉をそのまま抱えているしかなかった。

「私の父は、こう言っていたのよ。自分の父親は優秀で、優しい性格だった。絵の才能もあって、誰にも親切だったが、誠実過ぎて世渡りが下手だった。それが仇になって損ばかりしていて、特に晩年は辛い事が多くて、どうしても酒に頼りがちだった。それで家族が金目の物を売ったり、知り合いから借金をしたりして暮らすしかなかった。自分もたびたび金を借りに行かされたって。でも私の父は、自分の父親が好きだったみたい。けれど父の姉に当たる伯母は、父親を甲斐性なしと呼んで許さず、特に中学に入ってからは、口汚い言葉で罵ったり、飲んでいる酒を取り上げたり、時には拳を振り上げる事もあって、皆で止めていたんですって。父親が追い詰められたのは、実の娘から無能者扱いされ、軽蔑されて、生きていく張りを失ったからだろう、家族の誰もが内心、そう思っていたみたいよ。自殺がわかった時、伯母はこう言ったんですって、なんと人聞きの悪い事をしはったもんやなぁ、最後まで迷惑な人やったって」

思わず理咲子の顔を見る。横を向いており、表情も気持ちも読み取れなかった。

「それが、父親を復元したなんて信じられない。そうやって過去を美化して本当の事を隠すつもりなの。虫酸が走りそう。それとも死んだ父親なら、もうお酒も飲まないし、勝手な事もしない、自分の思い通りに動かせるから、それで満足できるって訳なの」

理咲子は、ようやくこちらに目を向ける。

「芽衣ちゃん、あなたねぇ」

強張り、震えている頰に、今にも怒りに変わりそうな微笑を浮かべた。

「私が今も、中二の時の気持ちのままだとでも思うの。父が死んだ後、後悔しなかったとでも、もう取り返しのつかない思いに身を焼かなかったとでも、思うの」

芽衣はしばし立ちつくしていたが、やがて身をひるがえし、無言のまま歩み去った。家の中に入っていくその姿を目で追う。足取りは、自分の吐き捨てた言葉から逃げようとしているかのように速かった。背後で理咲子の声が響く。

「ありがとう」

まろやかさを感じさせる声だった。振り返れば午後の光の中に、涙ぐんでいる二つの目が見えた。

「あなたにかばってもらうなんて、思わなかったわ」

理咲子が望んだのは、父親との関係を結び直す事だったのだろう。もう決してできるはずのないその作業を夢見て、父の姿を復元したのだ。

5

現実を知られた後で、なお父親について話す事には多少のきまり悪さがあったらしく、理咲子ははにかんだような表情で、こちらの様子をうかがいながら口を開いた。

「母屋にも、父の部屋はちゃんと用意してあるわ。フーケの主寝室だった所よ」

白骨を入れた段ボール箱を持つ理咲子の後ろに続き、人形を抱いて階段を上る。

「フーケは名門貴族の生まれで、色男で金持ちだった。ルイ十四世は、国王である自分より華やかで、脚光を浴びているフーケという存在を許す事ができなかったのよ。だから全力で潰しにかかった」

踊り場に一枚の油絵がかかっていた。夜のヨットハーバーで、帆を下ろした多くのヨットが舳先をそろえ、その影が落ちる水の上では岸辺の家々の明かりが揺れている。背後には別荘の立ち並ぶ山があり、全体がセロファンで包まれているかのように神秘的なモーブ色だった。足を止めているのに気づいた理咲子が、わざわざ戻ってくる。

「父の絵よ。端の方に名前が入ってるでしょ」

見れば、達者な横文字で、月瀬清業とあった。

「本名は清一なの。清業は雅号。たくさん残ってるから、季節に合ったのをかけてるのよ。海外の風景が好きだったから写生に行きたかったんだろうけど、そんな恵まれた環境じゃなくて、写真集を見て気に入ったのをアブラで描いてたわ。フォロ・ロマーノを描いた絵が、私は一番好き。夏の日差しが照らし出す荒廃感が素敵なの。よかったら、後でお見せするわよ。父の絵の特徴は、圧倒的な写実感。なかなか、ああは描けないものよ。目がすごくよかったから、それであのタッチが出せたんだと思う。そのせいで徴兵された時も射撃がうまくてね、あっという間に出世したみたい。八十人ほどの兵士の中央で、軍刀を握っている記念写真があるわ。ああフーケの話だったわね」

踊り場を過ぎ、二階に上がると、廊下代わりの部屋の中をいくつか通った。

「ルイ十四世は罠をかけてフーケを投獄、死ぬまで牢から出さなかった。財産は没収、造りかけだった城からは設計者と室内装飾家、造園家を引き抜いて、その全員を自分が計画していたヴェルサイユ宮殿に投入したの。料理長までね。フーケの城館は未完成のまま放置され、今もそのままよ。私がこの話を知ったのは、鉄仮面の取材をしてる最中。それで作中にフーケも登場させる事にしたの。二人とも権力によって虐げられた人間だから。あ、ここよ。今、ドアを開けるから」

段ボール箱をいったん床に置き、ドアを開いて脇に身を引いた。

「どうぞ入って」

中に踏み込む。彩色浮彫りを飾ったドーム型の天井や、一面に刺繍の入った天蓋と羽根飾りの付いたベッド、その脇には銀線をはめこんだ黒檀の机があり、家具の華やかさが目を引く部屋だった。南東に向いた窓からは光が射しこみ、部屋の空気を金色に輝かせている。

「家具も全部、同じにしてあるの。ああ父は、ベッドに寝かせてやって」

天蓋から下がる緋色（ひいろ）のカーテンを肩で掻き分け、同色のベッドカバーの上に横たえた。

「権力に押しつぶされた人間を見ると、父を思い出すわ。税理士会から不当な圧力をかけられて、人生に幻滅していった。叩かれっぱなしで戦おうとしなかったから、私には不甲斐（ふがい）なく見えて、くやしくって、さっき芽衣ちゃんが言った通り、ずい分ひどい態度も取ったわ。それが父の辛さに拍車をかけるなんて思ってもみずに。ただただ勇気を出して立ち向かってほしかっただけなの。自分の正当性を主張してほしかった。娘が父親にそう期待しても、無理ないでしょう」

理咲子が中学生だった頃には、まだジェンダーが固定化していたのだろう。それに沿った形で、子供も親の理想像を思い描いていたのに違いない。

「連載やコミックスの手入れが終わって、いきなり時間が空いてね、それまで忙しさにまぎれて後回しにしていた事を色々と考えた。一番はやっぱり父の事。突然死んでしまったし、私は取り返しのつかない事をしていたしね。胸が痛くてたまらなかった。だから法事の時に、神尾の道（みっ）ちゃんに相談したのよ、この気持ちを何とか癒（い）やせないものかって。あの人は宮司だから、神道的な、精神的な解決方法を教えてくれるんじゃないかって期待したの。でも後でよく考えたら、道ちゃんって昔から突拍子もない事を思いついたり、言い出したりする人だったのよね。戸田の勇（いさむ）ちゃんが三愛大学で人類学をやってて、骨から人体を復元できるって話をしていたって言うのよ。それが皮切り」

悪ふざけに手を出した子供のように、ひょいと肩をすくめる。

「聞いた時には半信半疑だったけれど、実際のモデルを見て精巧さにびっくりした。こんなふうに父の姿形が復元できるんなら、まるで生きてるみたいだし、やってみる価値はあるだろうって思ったの。母はずい分と長生きしたから充分に色々してあげられたけれど、父には何もしてなかったしね。それで埋葬してあった父を、道ちゃんに墓から出してもらって、勇ちゃんが組み立てたのよ。途中で、井伏さんってポスドクに交代したけれどね」

理咲子も含めた四人が共有していたのは、その事だったのだ。

「根を詰める作業だから、高齢で目も悪くなってきていた勇ちゃんには、かなりきつかったみたい。それに骨壺(こつつぼ)って小さいでしょ。骨が全部入り切らないから、葬儀場で廃棄してしまうのよね。墓から出した時には、欠けてる骨がかなりあった。プラスチックで作り直して、組み立てて、その後、大学内の造形美術を研究してる教授に頼んで筋肉を付けて、皮膚を張って、でき上がるまでにはずいぶん時間がかかったのよ。でもおかげ様で、幸せな夜をすごせてるわ。年に一、二度は井伏さんが補修に来てくれるし」

ベッドに近づき、人形の髪を撫でながら微笑みかける。

「その作業中に、フーケも復元できないものかしらと思いついたの。聞いたら、肖像画からＡＩを使って骨格を割り出すことができるって言うから、お願いしておいて、私は、フーケの城館と同じ設計図で家を建てる事に着手した。フーケが望んでいた完成形を造って、住まわせてやりたかったの」

理咲子はナイトテーブルの上に段ボール箱を置き、蓋を開ける。中に手を差し入れ、一番上に載せてあった頭蓋骨の一つを取り出した。

「今は、各パーツの骨を作っているところ。全部できたら、次は組み立てね。勇ちゃんのチームが手掛けてくれてて、おかげ様で順調に進んでる。同じ骨を複数作ってあるのは、組み立てる時に破損したり、うまく取り付けられなかったりした場合のスペアよ」

頭蓋骨をながめる理咲子を目の端に映しながら、人形を羽根布団の中に収めた。

「依頼してよかったわ。父を見てるだけでも心が落ち着くし、話しかける事や、お世話をする事、一緒に季節を楽しむ事までできるんですもの。今は父との生活を楽しんでる。フーケの復元ができたら、次は鉄仮面も復元して、三人一緒にお茶会を開く予定」

その様子を想像してみる。何とも奇妙な光景だったが、それで理咲子が満たされるなら、他人が口を挟む事ではないのだろう。

「私が死んだ時には、全員一緒に埋葬してもらうつもりよ」

窓の外で石を打ち合わせるような、あざやかな音が上がる。

「まぁジョウビタキだわ。父がこの部屋に来たのがわかったのかしら」

理咲子は窓辺に寄り、外を見回していて、やがてこちらを振り返った。こっそりと手招きする。

「ジョウビタキってね、人間が好きなの。なつっこくて人のそばに寄ってくるのよ」

窓辺に伸びた枝の上に、スズメに似た小鳥が留まっていた。褐色で腹がアンズ色、羽の中ほどに白い模様が入っている。

「だからバカビタキとか、アホビタキって呼ばれるけれど、父はとても好きで、かわいがってたわ。皆からバカにされるようなものや、見下されてしまうような人に愛着を持ってたの。もっとも当時の私はそれが理解できなくって、負け犬根性だって思ってイライラしてたけれどね」

自分の祖父を思い出す。うまく人生を歩めない人間に温かい眼差を向けていた人だった。それがわかったのは祖父が亡くなってからで、それまではあまり親しんでおらず、自分の言動をずい分と後悔した。理咲子も似たような思いをしてきたのだろうか。

「ほら見て、こっちに来るわ」

キョロキョロとあたりを見回しながら枝の上をホッピングして近寄ってくる。

「渡り鳥なのよ。秋に来るの。鳴き声を聞くと、大気がさわやかになってくる感じがするわ。さわやかって、秋の季語なのよね」

話しながら理咲子は、ベッドの方に戻っていく。

「お父ちゃん、庭にジョウビタキが来よったで。あの鳥は、お父ちゃんの気配を運んできよる。鳴き声が聞こえると、見に行こうとしてあわてて立ち上がって、よく膝をガクッとしよったようなぁ。窓辺に腕をかけて、首を前に突き出すようにして後襟をすかして見とったのも覚えとるで。笑った時の目の細め方も、頬の皺も忘れてぇへん。鳴き方をまねとった声まで聞こえてくるようや」

理咲子の姿を目で追った。古いルネッサンス様式で固められた部屋は、時間が止まっている。その中にたたずむ理咲子は、氷の中に閉じ込められている人間に似ていた。裏の家の補修が終わり、場所がそちらに移っても繰り返される光景は同じだろう。死ぬまでそうして死者に話しかけながら過ごすのだろうか。それで人生を終わっていいのか。まだ体力もあり、情熱も気力も、もちろん金も持っている。それだけあれば、何でもできるだろうに。

「思い出って、そんなに大事ですか」

それで心の穴を埋めるのだと、芽衣は言っていた。理咲子は、何をするのだろう。

「そうね、もう増えないから大事にしてるの」

人形を見下ろしながら、どこか遠くを見るような心許ない目付きになった。細かく砕かれ、霧のように小さな粒になった思い出の中で迷っているかに見える。

「小さな頃、絵を描いている父のそばで私が遊んでいると、父は、たくさんのクレヨンが入っているケースを開けて、よくこう言ったわ。この中から、楽しい色と悲しい色を選んでごらん。そばには母や弟たちもいて、皆で自分が正解だと思うクレヨンを手に取ったの。その時、母も弟たちも、自分がそれを選んだ理由を言っていた気がする。それについて父は一つ一つ返事をしていたわ。でも記憶は日々、薄れていく。確かめようにも父も母も弟も、もういない。思い出はぼやけ、減るばかりよ」

過ぎ去った時間の向こうに向けられた目には、自分を包み込んでくれた人々が映っているのだろう。父親の災難と死を迎える前までは、貧しくとも幸せだったのに違いない。

多くの作品のテーマとなっている権力につぶされた人間への強い思いは、無念を呑んで死んだ父への慟哭や、自分の言動への後悔と重なっており、それは当時の幸せを取り戻したいという気持ちと表裏一体なのだった。

「老いていくってどういう事か、おわかり。毎日、何かを失っていくって事よ。日々、何かを手放していかなければならないの。苦労して勝ち取ってきたものや、自分の内に培ってきたものや、かけがいのない大切なものを一つずつ、失っていく。まず体からね。柔軟性、筋力、運動能力、止めようもなくドンドン損なわれていく。続いて健康ね。内臓も、関節も、目も皮膚も歯も骨も血管も、きしむように劣化していく。頭もよ。記憶力、勘、素早い判断力、何もかもが侵食され壊されていく。人間関係もね。親、友人、親戚（しんせき）、関係のあった人々が次々と死んでいなくなっていく。指の間からすべり落ちていくように失われ、自分一人だけになっていくの。そして最終的には、その自分自身の生命も手放す。それを甘受するのが、老いるって事なのよ」

あきらめたように笑う顔には、底知れぬ哀しみが漂っている。理咲子の父親の言葉遊び風にいえば、それはどんな光も射さない絶望の色をしていた。理咲子には、よくわかっているのだ。父の凋落（ちょうらく）と死により少女期の幸せが決定的に失われ、時間の経過とともに二度と手に入らないものになってしまった事が。その哀しみの深さが、過去にしがみ付く力の強さになっている。幸せは少女期にだけある訳ではないだろうに、理咲子の牢固さが本人自身を縛っているのだった。

そこから自由になる事はできないのだろうか。数学的に考えれば、理咲子の解放という命題を設定し、それにふさわしい仮定をいくつか立て、取り組んで証明し、出た結論にそって理咲子に向き合えば、解き放てるはずだった。それを現実にする事は、不可能なのだろうか。

不可能という言葉が胸に広がり、心を圧倒していく。それに応じ、抗（あらが）おうとする力も大きくなった。不可能を放置したくない、放置してたまるかという気持ちになる。リーマン予想に行きついたのも、元々の素数好きに加え、今世紀中にはその証明が不可能とされていたからだった。

「嘆きながら死を待つ訳ですか」

まず仮説をどう立てるかを決めなければならなかった。軽く挑発し、理咲子の心中をさぐる。

「一度きりの人生なのに、もったいないと思いませんか」

理咲子は、かすかに口角を下げた。

「年を取らないと、私の気持ちはわからないわ。まぁあなたの今の年齢じゃ、とても無理ね」

思い描いていた数学的手法が、一瞬でなぎ倒される。経年という条件で、関わる資格自体を剝奪されたも同然で、これでは仮説も立てられなかった。門前払いを食らった感があり、ぐうの音も出ない。相当くやしく、ついムキになった。

「思い出は、いったんどこかにしまっておいてはいかがでしょう。何か別の事を始めませんか」

思ってもみない提案だったらしく、理咲子はあっけにとられたような顔になった。その脳内に生じているだろう空白に乗じる。

「新しいマンガを描くとか」

話を魅力的なものにするために、これまで理咲子が追い続けてきたテーマを練り込んだ。

「権力の迫害を受けて涙を呑んだ人間は、フーケや鉄仮面以外にもたくさんいるでしょう。おそらく世界中にいるはずだ。そういう人々に、今や日本の文化となったマンガで光を当ててやれば、きっと喜ばれます。あなたも溜飲が下がるでしょう」

ここまで言えば、拒否も無視もできないだろう、そう思っていると、理咲子の笑みに皮肉な影が落ちた。

「私がどれほど現場から離れてしまっているか、あなた、わかってて言ってるの。筆を置いて、もう二十年近くになるのよ。復帰できるはずがないでしょ。出版社だって、今さら私のマンガを出しても部数が見込めないから、いい顔をしないし、動きっこないわよ」

出版界の事情についてはは全くわからなかった。そう言われてしまえば、そうだと思うしかない。だがそれが描かない理由ならば、次のフェーズに誘導するのは簡単な事だった。

「では、もし出版社がオーケイすれば、描く気はあるんですね」

理咲子がＹＥＳと答えれば、話は進む。ＹＥＳと言わせなければならなかった。

「どうなんですか」

理咲子は狼狽え、しどろもどろになる。

「そりゃ描くのは好きよ。でもずっと離れてたから線が枯れてるかも知れないし、絵のタッチは絶対古くなってるに決まってるし、マニア連中から今更なんでこの世界に戻ってくるのよって言われたくないし、当時の編集者も退職したり子会社に出向したりしてコネが切れてるし、アシさんとも連絡取ってないし、かといって今のマンガ家みたいにパソコンで描く事なんてできないし、それから」

永遠に続きそうな勢いで列挙しているその唇の前に、片手を上げた。

「僕が聞いてるのは、そういう事じゃありません。もう一度言います」

力を込めて、その二つの目をのぞき込む。ＹＥＳという答しか聞きたくなかった。

「もし出版社がオーケイすれば、描く気はあるんですね」

理咲子は、なお何かを言い募ろうとする。その声に、強引に言葉を押しかぶせた。

「描く気はあるんですね」

理咲子は息を呑み、目を伏せる。しばしの沈黙の後、しかたなさそうにつぶやいた。

「あるわ」

よし言質は取った。鬨を上げたい気持ちをグッと抑える。

「では出版社には僕がコンタクトして、必ずつながりを付けます」

経験はなかったが楽観していた。過去に大ヒットを飛ばした理咲子の名前は、今の編集者の記憶にもあるだろうし、マンガ編集部は「持ち込み」と呼ばれる窓口を開いている。そこでうまくいかなければ、雑誌が募集しているコンクールに応募してもいいし、自費出版もある、コミケという場所もあった。きっとなんとかなるだろう。

「あの、私」

理咲子は歩を詰め、息が触れそうなほど近くに立つ。上げた眼差には、すがるような光があった。

「とても不安なの。あなた、力になってくれるかしら」

ここで、否と言えるはずもない。

「もちろんです」

理咲子は微笑み、こちらに手を伸ばすと、そっと胸に押し当て、首を傾けて頬を寄せた。

「ありがとう。心強いわ。いい作品が描けそう」

意表をつかれ、目をしばたかせる。これ、なんか違ってきてないか。妙な方向に向かっているような気がするのは、俺だけか。どうする、どうするんだ。あせるばかりで、答が出てこない。

「理咲子さん、二階ですか」

階下で、芽衣の大声が上がった。

「社長がみえましたけど」

階段を駆け上がってくる足音が響く。瞬間、理咲子が身を離した。磁石の同極に触れたかのような素早さだった。

「どこにいるんですか」

平然とした顔でドアに向かっていき、それを開け放つ。

「騒がしいわね、今行きますよ」

ドアの前まで来ていた芽衣の脇を通り抜け、階下に降りていった。それを見ながら詰めていた息を吐き出す。取りあえず、よかった。そう思ったとたん、芽衣から聞いていた言葉が頭をよぎった。

伯母はそういう雰囲気を出す、サービスのつもりで甘い言葉を投げたり、気があるように見せたりする、と言っていたのだった。それがこれかと合点し、あせっていた心をなだめる。はた迷惑なサービスだった。

「何してたの」

部屋の中をのぞき込もうとする芽衣の前にドアを閉める。

「あなたが拒絶したものを運んでいたんです」

芽衣はわずかに頰を染め、視線を下げた。

「きつい言い方をした事は、反省してる」

伏せられた長い睫毛(まつげ)が震えている。どことなくかわいらしい動き方で、おもわず笑いがもれた。先ほどの芽衣の様子を思い出す。意外に子供だった。

「なぜニヤニヤしてるの。バカにしてるんでしょ」

にらまれ、あわてて笑みを収める。そのとたん、胸に引っかかるものを感じた。それに気を取られ、言葉が浮き上がる。

「いいえ、全然」

声はうつろな響きをおび、芽衣は信用できないといったように首を横に振った。

「ヘタな嘘」

あの時、芽衣は最初、硬い表情をしていた。感情を抑え込んでいたのだ。ところが突然、それをほとばしらせた。きっかけを作ったのは和典の言葉だった。ただの人形ですよ、死体じゃない。

刺激になったのは、おそらく死体という言葉だろう。恐がるのは子供だからとばかり思っていたが、本当にそうだったのか。

胸のつかえが大きくなってくる。息ができないほどに膨れ上がり、自分が内側から張り裂けそうな気がした。いたたまれず、吐き出さずにいられない。

「芽衣さんは、死体が恐いんですか」

芽衣の目の中で、黒い瞳が瞬時に広がった。その奥から先ほどと同じ怯えが這い出してくる。

「恐くない人なんて、いないと思うけど」

その中へと突っ込んだ。

「実際に、どこかで見た事があるんですか」

芽衣は、いらだたしげな表情になる。

「前に言ったでしょ、家族全員を失ったって。身元確認した時に見たのよ」

舌打ちしそうになった。災害被害者の家族を追ったドキュメンタリーを観(み)た事がある。被害者の遺体を捜す家族にとって、それは決して怯えの対象ではない。必死になって求めざるをえない愛おしいものなのだ。芽衣もおそらくそうだったろう。家族の死とは別に恐怖心を抱いた経験があるに決まっている。ヘタな嘘は、どっちだ。

追及しようとして口ごもる。誤魔化しているのは、それを知られたくないからだ。いつの事かもはっきりしないというのに、ここで踏み込んでその事情を聞き出す必要があるだろうか。本人が隠したがっているのなら、触れない方がいいのではないか。

「芽衣ちゃん」

玄関の方で理咲子の声が上がる。

「萩原社長、もう帰るって言ってるけど」

先ほどの言い争いを忘れたかのような、ごく普通の言い方だった。芽衣もおなじ態度で、二人の血のつながりを感じる。他人では、こうはいかないだろう。もっと凝りが残ってしまうに決まっていた。

「あなた、何かお願いしときたい事あるかしら」

萩原は、颯と最後に会った人間だった。思い詰めていたという颯の様子について、詳しい事を知っている可能性もある。ここで面識を得ておけば、後で会社を訪ねる事もできるだろう。

「特にありません」

答える芽衣のそばを離れ、階段を走り下りる。玄関の外に出ると、停まっていた黒いミニバンのドアに作業着姿の男性が手をかけているところだった。縮れた髪をし、猪の首から足先までひとつながりに見えるほど恰幅がいい。大きなぬいぐるみのようだった。

「あら上杉君、どうかしたの」

理咲子の声で、男性がこちらを向く。耳朶に付けた金色のピアスが光をはね返した。四十代初めだろうか。日に焼け、彫りの浅いふっくらとした顔の中に小さな目と鼻、口が散らばっている。作業着の襟元からは深緑のシャツと臙脂のアスコットタイがのぞいていた。仕事の後、どこかに直行するのだろう。

「誰やね」

理咲子に問い、からかうように笑って親指を立てた。

「これか」

肉付きのいい丸い肩を、理咲子が叩く。

「いや、かなわんわ。へんな噂たてんといてぇな。芽衣ちゃんが連れて来た新しいアシや。上杉君ゆうねん。高二やて」

いきなりアシと言われた本人としては、反論がなくもなかった。だが聞きとがめているより、この状況を利用して萩原に近づく方法を探った方がいいだろう。一応、会釈をしてから言ってみる。

「将来は設計士になりたいと思っているので、建設会社に憧れてます」

萩原は、愉快そうな笑い声を上げた。

「そうか。ほなら資格取ったらうちに就職してくれや。給料、はずむで」

笑い交じりに言いながら、理咲子を見る。

「後で見積もり送るよって、よろしゅう頼んます。そん時までに、工期もはっきりさせとくから。ああ急ぐんやろ。わかってますって」

そのまま車に乗り込み、重いエンジン音を響かせて出ていった。後部中央で、青い中縁を付けたトヨタのマークが光る。高級ミニバンのグランエース、新車のようだった。六百万円はくだらないだろう。

「ずいぶん景気のよさそうな会社ですね」

理咲子は、いく分苦々しげな顔付きになった。

「あの車、即金で買ったみたいよ。ほんとは前後輪駆動のランドローバーがほしかったんですって。でもこの街じゃ、いくらお金があっても外車は買えないのよね。田舎だから人目がうるさくって商売に影響するから。まぁ毎晩、三宮や元町（もとまち）あたりのクラブを飲み歩いてて、ひと晩に三百万使ったたって話も流れてるし、浮ついてるわねぇ。前は、そんなじゃなかったのに」

　深い溜め息をつき、玄関の方に引き返す。

「先々代の社長の頃は、まだ土木工事が中心でね、先代の社長になってから建築も手がけるようになったんだけど、それでも地道に、堅実にやってたもんよ。当時は、あの三代目も十万キロを超える車を乗り回してて、その辺の道端（みちばた）で、しょっちゅうエンストしてたわ。遠くの現場に行く時なんか、皆で車中泊だったし」

　かなり興味を惹かれる話だった。理咲子の後を追いかける。

「業績が好転した切っかけは、何だったんですか。大きな仕事でも受注したとか」

　理咲子は歩みを止めた。

「それは、はっきりしてるんだけどね、でも派手になった原因は、謎」

　まずます面白くなっていく話に、笑みがもれる。

「詳しく聞きたいですね」

　理咲子は、顎で家の奥を指した。

「長くなるから、お茶でも飲みながら話しましょう。それにあなたの服、汚れてるし破れてるわ。頬に傷もできてるし。シャワーを浴びて着替えた方がいいわよ」

ちょうど外に出てきた芽衣を捕まえる。
「芽衣ちゃん、颯さんの服で着られそうなのを出してあげて。その後でお茶をお願いね。えっと、ヘラクレスの間がいいかしら」

6

シャワールームは、二階に上がる階段の下に造られており、そのために天井が斜めになっていた。バスタブもあったが、汚れだけ落として出ると、作り付けの棚に、山鳩色のバスタオルと薬箱が置いてあり、脱衣籠(かご)には生成(きなり)のＴシャツとボーダーのある臙脂のカーディガン、薄茶のチノパンが入っていた。今まで着ていた服の上には、ビニールの手提げがかぶせてある。これに入れて持ち帰れという事だろう。

頰の傷を消毒し、服を広げてみる。カラーコーディネートは悪くなかったが、サイズはピッタリという訳にはいかなかった。まぁ着られればいいと考えて袖を通す。二ノ腕や胸の上部あたりがもたついているのは、颯が筋肉質だったからだろう。何となくくやしかったが、チノパンが多少短く感じられ、勝利感をかみしめた。

脱衣籠の一番下にメモ紙がある。ヘラクレスの間の位置が描かれており、一階中央にある楕円形のホール西側に隣接する部屋だった。自分の服を入れたビニール袋をさげ、足を運ぶ。

床に白黒の大理石が市松模様に埋め込まれ、壁は壁布、天井はフレスコ画で飾られ、他の部屋と同様にデコラティブな内装だった。中央の紫檀のテーブルの上にブロンズの騎馬像が置かれ、椅子には壁布と同質の絹布が張られている。

隙間もないほど装飾するのが西洋建築の特徴だと知ったのは、伯父に案内されてフィレンツェの宮殿を回った時で、最初は空間恐怖症の人間の住まいかと思ったものだった。

「まぁ似合うじゃないの」

理咲子は、すでにテーブルについていた。

「家の中に男性の姿があるっていいものね。安心するわ。さぁ座って。さっそくだけど、スーパーゼネコンって知ってるわよね」

ゼネコンは、建築と土木を請け負う総合建築会社だが、その頭にスーパーが付くと、年間売り上げ高が一兆円を超える会社を指すはずだった。日本では五社しかない。

「大成建設とか、大林組とか、ですよね」

理咲子は身を乗り出した。

「ヒエラルキー的にいうと、そのスーパーのすぐ下に、大手っていうのがあるのよ。これは年間売り上げが三千億円以上のゼネコンの事。この辺を開発して別荘地として売り出したのは、その大手ゼネコンの一つ、松上工務店で、その時に地元の会社を下請けに使ったから、萩原建設も松上工務店とつながりができて、東日本大震災の後には除染作業を請け負ったの」

震災は、二〇一一年だった。その後に始まった復興作業には、日本中から人手が集まったという話を聞いた事があるが、ここからも参加していたらしい。

「それより前の事になるけど、このあたりの建設会社は阪神淡路大震災の後、復興マネーのおかげで一時期バブル状態でね、三次下請けはもちろん、四次下請けまでできてたのよ。もちろん萩原建設も恩恵を受けて、かなり儲けたみたい。ところが復興が一段落すると、まず公共事業が減ってきて、それを追って個人需要も低迷、倒産件数が増えて業界全体が落ち込んでったの。震災から十四、五年が過ぎる頃には、萩原建設も相当大変だったらしいわ。苦労がたたってか先代も亡くなってしまってね。その頃には、もう颯さんが入社してたんだけど、毎晩、帰りが遅かった」

颯の名前が登場し、話が身近なものになる。いっそう注意深く聞き入っていると、銀トレーを持った芽衣が姿を見せた。

「そうだったわよね、芽衣ちゃん、颯さんの帰り、連日遅くて大変だったわよね」

芽衣は、一も二もなく同調した。

「とにかく毎日、グッタリしてたような気がする。うちの社はもうダメかも知れないって、口を開けばそればっかり」

サイドテーブルにトレーを置き、重ねてあった茶器をほぐすように取り上げて点検しながらセットし始める。

「あの頃は、すごく心配だったな」

鬱の薬を処方されたのは、それが発端だったのだろうか。

「そんな時、東日本大震災が起こったのよ」

理咲子の口調には、勢いがあった。震災の悲劇がゼネコンにもたらしたものに思いをはせていたのだろう。

「松上工務店が復興の元受けの一つに入りこんだから、それで萩原建設は仕事を受注できたの。元々、土木をやってたから、除染作業はお手の物だったんじゃないかしら。神尾の道ちゃんの話じゃ、年間三千万くらいだった収入が、五倍以上に膨らんだって事よ。それで会社を立て直したの」

除染作業が始まったのが震災の年で、翌年から収入があって会社の状況が落ち着いていったのなら、颯が失踪する昨年までには、仕事の多忙さも先行きの不安もさすがに解消していただろう。そうなると颯だけが病気を引きずっていたとは考えにくい。発病は、違う要因によるものかも知れなかった。

「でも三代目が今みたいに派手になったのは、ここ二、三年なのよね」

除染マネーが流れ込んだ時期とは、タイムラグがある。二、三年前から別口の収入が得られるようになったという事か。

「颯さんは、それについて」

芽衣に目をやれば、横顔に湯気をまつわらせながら紅茶をいれていた。そこだけ別世界のように清楚(せいそ)でさわやかな空気が広がっている。見とれながら話を続けた。

「何か言っていましたか」

答えたのは芽衣ではなく、理咲子だった。

「いいえ、この話自体も神尾の道ちゃんから聞いたくらいよ。あの人は、ほら、宮司だから、このあたりの事なら誰よりよく知ってるのよね」

様々な行事で多くの人間と接し、情報も噂も耳にしているのだろう。

「芽衣ちゃんは、颯さんから直接、何か聞いてるかしら」

芽衣は、銀トレーを持ち上げながら首を横に振る。

「何も聞いていません」

颯は、社長の乱費を気にかけていなかったのか、それとも家族に話さなかっただけか。

「ただ最近の社長の方針には、相当不満を持ってたみたい。萩原社長は生産性の向上を重視しすぎるって、くどいほど言ってたもの。中小企業は事業拡大なんか目標にしなくていいんだ、質のいい仕事をし、従業員の気持ちを大事にして生かし、全員を食わしていく、それがすべてなんだって。電話で社長と口論する事も、たびたびあったし」

二人は、意見を異にしていたのだった。その対立が、光のように颯の失踪を照らし出す。事件は、それがからんで起きたのかも知れない。

「何度も聞かされたから、口調まですっかり覚えちゃった。生産性を追求すると、どうしてもコストカットが必要になる。いい仕事をしても能率の悪い従業員は、切らなきゃならなくなるんだ。最新の機械や作業車を買い、システムを導入する事も必要になる。それらは借金でまかなうが、返し切らないうちに古くなるからまた最新式のものを買う。きりがなくて、収入が増えても借金がかさむ。差し引きゼロに見えるが、経営は堅実さを失っていくんだ。際限なく拡大してどうする。大きくしていけばいいってものじゃない。従業員全員が幸せになれるだけの大きさでいい。重要なのは維持、同じサイズで長く継続していく事なんだ、って」

胸を突かれた。確かにそうだろうと言いたくなる。赤いヤッケを着た颯に、真実を教えられている気がした。

「こうも言ってたな。首相が旗振りをしてる中小企業の再編成と生産性向上なんか、くそ食らえだ。あれは経済界や大手の利益を考えての政策で、中小企業のためのものじゃない、うちがその尻馬に乗ってどうするって、かなり怒ってたよ」

あの日の夕方、呼び出されたのは、その話のためだったのだろうか。事業の拡大を図る社長にとって、颯は邪魔な存在となっていたのか。

「颯さんは、会社の重要ポストにいたんですか」

理咲子が、自分の事のように得意げな笑みを浮かべる。

「もちろんよ、まだ若いのに専務だったの。頭も切れるし、考え方もしっかりしてて指導力もあるし、何より社内の皆から信頼されてた。お誕生日には、山ほど花をもらって帰ってきたものよ。三代目も、自分の後は颯さんに任せたいって、よく言ってた。自分には子供がいないからって」

わずかな音を立てて芽衣がテーブルに茶碗を置いた。揺れる朽葉色の湯面にその顔が逆さに映り、ゆっくりと唇が動く。

「入社して以降、トラブルなんて全然なかったのよ。私がたまに社長をけなしても、かばってたくらいだもの。それが口論をするようになるなんて思ってもみなかった。失踪の二年くらい前、ああもうちょっと前からかな」

時間軸で考えれば、萩原の金遣いが荒くなった時期とほぼ重なっていた。つながりがあるのかも知れない。

「まぁ、これ以上の事は、直接、三代目に聞かないとわからないわね」

理咲子が切り上げるように言い、紅茶を口に運ぶ。

「それより私ね、さっき不意に新しい作品の舞台を思いついたの。閃いたって感じよ。天啓って言ってもいいくらい突然だったわ。どこだと思う」

含み笑いをしながら、隣の椅子に腰を下ろした芽衣を見た。

「画期的なのよ。当ててみて」

芽衣は、茶碗の縁の金線を人差し指でなぞりながら、わずかに眉根を寄せる。

「今まで舞台はほとんどヨーロッパだったから、画期的というと、南北のアメリカ大陸とかですか。でも歴史の浅い場所や、古代史は好きじゃないはずだし。古代を除く古い歴史があって、ヨーロッパじゃなくて、となるとトルコか中国、ああ日本とか」

目を上げた芽衣に、理咲子は、いい勘だと言いたげな笑みを投げた。

「日本よ。源平合戦を描こうと思うの。せっかく鵯越に住んでるんだしね。ここで死んだ清盛の孫、十六歳だった平知章を主人公にして、宝沼の財宝にまつわる話にしようと思って。三愛大学に協力を頼んで、宝沼についても徹底的に調べてね」

金線をなぞっていた芽衣の指がすべる。転がりかけた茶碗をあわてて押さえたが、傾いた取っ手がソーサーとぶつかり、高い音を立てた。

「ああ手が滑ってしまって」

指が震えている。顔も青ざめてきていた。

「気分でも悪いんですか」

芽衣は、何度も首を横に振る。まるで眼球振盪(しんとう)でも起こしたかのような素早さで、繰り返し否定しようとしているかに見えた。

「いいえ、ちっとも」

言葉には重みがない。その原因を考えていて、平家の墓地といわれる宝沼をひどく恐れていた事を思い出した。あれが昔は紀沼と呼ばれ、正否の判定を下す神聖な場所だったと知れば、イメージも変わるだろう。恐怖も収まるに違いなかった。説明しようとしていると、芽衣が先に口を開く。

「ごめんなさい。理咲子さん、続けてください」

理咲子は話したくてたまらなかったようで、すかさず自分の世界を広げた。

「その時の平家の大将軍は、知盛でしょ。知章は、その嫡男。まだ十六歳の若武者よ。都育ちでセンスが良く、文武両道に長(た)けていたの。きっとイケメンだったわ。最高にカッコよくて、モテてたはず。ね、そう思うでしょ」

芽衣は微笑みを広げる。

「思います」

次第に気を取り直していくかに見えた。胸をなで下ろしながら、言うタイミングを失った言葉を呑み込む。いつか機会を見つけて話そう。

「戦局の悪化を知った知章は、父知盛の指示で宝沼に財宝を沈め、その後は父の影武者になり、圧倒的多数の源氏を自分の方に引きつけ、父を逃がした後に壮烈な戦死を遂げるの。まぁなんて悲壮なんでしょう」

窓から射し込む午後の光の中で、表情が活気付いていく。目に強い輝きが宿り、たるんでいた頬が微笑を含んでしっかりと張り、口角が上がった。まるで時間を遡り、若返っていくかのようだった。

「今までの作品に比べたら戦いの規模は小さいけれど、久しぶりのチャレンジだから話題性が必要だと思うのよ。一般読者が好きなのは、やっぱり外国より日本だし、特に女性読者は悲劇が好き。それに私が日本史を描くのは初めてだから、注目されるんじゃないかしら」

頭上をかすめた陽射しが、髪に埋もれていた一本の白髪をきらめかせる。黒い岩の中に結晶している水晶のようにも、透明度の高い材質で作った細いチューブのようにも見え、美しかった。

「あら」

こちらの視線をとらえた理咲子が話を止める。

「どうかしたの」

本人には見えないのだろう。

「白髪が」

そう言いかけたとたん、理咲子は顔を強張らせ、あせったように片手を頭に上げた。

「まぁ見えてるの。嫌だわ、染めモレかしら。今回、新人の美容師だったのよ。使えない子ね。店長に言わなくっちゃ」

あわてて言葉を補う。

「いや透明感があって、とてもきれいだと思ったんです」

理咲子は目を開いた。信じられないといったようなその顔に向かい、釈明する。

「光を放っているみたいで、幻想的で美しいですよ」

本当にそう思ったのだし、自分の不用意なひと言のせいで新人美容師が責められるという事態も避けたかった。

「染めるなんて、もったいない。全部が白かったら、もっときれいなのに」

理咲子は空中に視線を投げ、放心した様子で片手を頰に当てる。

「幻想的、美しい、もっときれい、まぁぁ」

そのまま立ち上がり、独り言のように繰り返しながら部屋を出ていった。何か考えついたのだろうか。見送っていると、芽衣の冷ややかな声が上がった。

「意外に策士なのね」

意味がわからず、答に窮する。芽衣の顔には嫌悪感が広がり、声には責めるようなニュアンスが混じり始めていた。

「伯母の乙女心に付け込むなんて、最悪。伯母はエキセントリックだけれど、純粋なのよ。利用しないで」

強く決めつけられ、笑い出しそうになる。見当違いな場所を真剣に突き進んでいる探検家を俯瞰している気分だった。どこでどう誤解したのかさえわからない。

「何の事でしょう」

芽衣は両手をテーブルに突き、体を押し上げるようにして立ち上がった。

「とぼけないで。颯のブログを見たくて、伯母を籠絡しようとしたんでしょ」

そこに結びつくのだと、ようやくわかる。

「私が取り戻すからって言っておいたのに。なんで待てなかったの。卑怯なやり方をして、最低」

次第に不愉快になった。目的のために甘言を弄する人間だと思われているのだ。それは侮辱だろう。

「わかりました」

立っている芽衣に向き合うように立ち上がり、目の高さを同じにする。腹立ちの中に少しずつ痛みが入り混じり、怒気の色合いを変えていった。

自分の正当さを真っ向から言い立てるのは、苦手だった。それは気恥ずかしく、かなりカッコが悪い。誤解するならするがいい。そう思っていながら、それに傷ついていた。

接触していれば、たとえ時間が短くても、どういう人間かは伝わるはずだろう。その結果が先ほどの言葉なのだ。つまり芽衣の目に映っている自分は、そういう人間なのだった。心が枯れていくような気がした。

「ここには、もう来ません」

まるでおもちゃ箱を引っくり返してわめく幼児のようだと思ったが、止められなかった。

「色々ありがとうございました」

芽衣はたじろぎ、視線をそらす。唇を動かしそうになるものの、結局、何も言わずに引き結んだ。そこから沈黙が流れ出し、河のように広がって部屋の空気を重くする。透明なまま固まった水の向こうに芽衣が遠ざかっていった。おそらくもう近づく事はないのだろう。先ほど呑み込んだ言葉を、置き土産のように口にした。

「宝沼の事ですが、恐がる必要はないみたいですよ。もしかしてご存じかも知れませんが、あそこは古来、糺沼と呼ばれていたそうです。神が正義のジャッジを下し、真実が明らかになる公明正大な場所だったんです」

芽衣がすくみ上る。頬から首、肩へと緊張が伝わり、戦くように震え出した。予想もしなかった反応で、どう対応していいのかわからない。

「気分が悪いの」

目を泳がせ、あえぐような息をついた。

「ここで失礼します。どうぞ、お帰りになって」

この世の果てを見ているような眼差だった。

第四章　裏事情

1

思ってもみなかった展開を迎え、頭を抱えたい気分で月瀬家を出る。紆沼の説明をした時、芽衣が示した奇妙な反応も、謎としか言いようがなかった。女は不可解だというういつもの結論を持ち出す。颯の失踪が気がかりなものの、ああ言い放った手前、これ以上関わる事もできなかった。別荘に戻り、ツリーの様子を確認してから家に帰るしかない。

徒労感だけでなく、負けたという感じが拭えなかった。難問の攻略をあきらめて放棄するようなくやしさがある。目の前に提示された問題から逃避した事は、かつて一度もなかった。今取りかかっているリーマン予想でさえも、そうするつもりは全くない。

世界中が注目する世紀の大問題すら投げ出す気がないというのに、こんな所で簡単に撤退するのは理屈に合わないのではないか。敗北感を噛みしめて帰れば、いつまでも引きずりかねない。それよりはこのまま突き進み、たとえ自己満足にしろ、事件を解決した方がましではないのか。

スマートフォンを出し、萩原建設の場所を検索する。社長とは先ほど面識を得ていた。冗談ながら入社を誘われもしたのだ。口実には充分だろう。

住宅地図を見ながら駅の方に向かい、坂を下る。繁華街まで行かないうちに、萩原建設の看板を掲げた建物が見えた。背後に杉林を背負った平屋で、壁はトタン板、古い民家を増築したような造りだった。隣には、シャッターが開いたままの車庫がある。砕石機を始めとしたいくつもの機械や作業車が停まっていた。並びは広い空き地で、ブルドーザーが置かれ、ブロックなど建築資材が積み重ねられている。端の方に立て看板があり、新社屋建設予定地と書かれていた。

「そっち終わったら、こっち頼む」

聞き覚えのあるしゃがれ声が上がる。振り返れば、後方に広がる杉林のそばに、加藤造園のクレーンが停まっていた。あの老人の姿は見えなかったが、どこかにいるのだろう。

視界の隅を何かが横切る。目を上げ、五メートル以上もありそうな杉の樹から樹へ飛び移っていく人の姿をとらえた。なびく金髪が光を反射する。中里だった。

飛び付いた樹の上で巧(たく)みに鉈(なた)を振るい、枝を払うと、さらに横の樹に飛び移る。手際の良さと、高い所で揺れる枝を相手に淡々と作業を進める度胸に感心した。

この現場を目にしなかったら、悪癖持ちの渡り職人としか思わなかっただろう。知り合った人間の、別の面に想像を及ばせる事ができないのは、自分が青二才だからか、それとも頭が数学志向だからか。

数字は素直で、初めからスッキリと全部を見せてくれ、決して裏切らない。数学を好きなのは、そういう所を気に入っているからで、それは多面性とは真逆だった。

「お、上杉君、だったかな」

社屋の裏から加藤造園の老人がひょいと姿を見せる。

「こんな所まで遠征か」

確かこのあたりは自分の庭のようなものだと言っていた。萩原建設について、何か知っているだろうか。

「さっき月瀬家で社長と会って、会社に誘われたんです。向学のために、お邪魔しました。社長は三代目だとか」

老人は陽に焼けた額に横皺を寄せ、眉を上げた。

「売り家と唐様で書く三代目、ってとこだな。まだヒヨッコだ。先々代と儂は高校が同級でさ、一緒に悪さをしまくった仲よ。当時は寛大な時代だったからなぁ」

情報源としては、申し分ない。インフォーマントになってくれるだろうか。

「この二、三年は、ずい分景気がいいと聞きましたけど、大きな仕事でもしてるんですか」

老人は、ためつすがめつこちらを見た。目の奥で不審そうな光がまたたく。

「さぁなぁ。気になるんだったら、社長本人に聞いてみな」

答えているようで何も答えていない無難な返事だった。警戒されたのだろうか。いや高校生を相手に、それはないだろう。あれこれ考えながら、いざとなればトボけるつもりでさらに突っ込んだ。

「社長には、お子さんがいないと月瀬さんが言ってました。でも会社が軌道に乗っているのなら、それだけで充分お幸せですね」

老人は、下唇を突き出す。

「かーちゃんとは、始終モメてっけどな。ここんとこ社長は、三宮のドレスってキャバクラに入り浸ってて、ケンカが絶えねーんだ」

顎を上げ、社屋の脇にあるいく本かの松を指した。

「あすこに松があるだろ。素人衆にはわからねーだろうが、あの手入れには時間がかかってよ。ひと鋏(はさみ)したら、ちょっと離れて恰好(かっこう)を見て、またひと鋏して、全体を見る。別の角度から見る、休んで見る、そういうのの繰り返しなんだ。ところが儂が松に上ってると、すぐ裏の社長の家でケンカする声が、まぁうるさい事うるさい事。イラッとして、思わず松を坊主(ぼうず)に刈っちまいそうになるぜ。仕事になりゃしねーよ。まぁかーちゃんにすりゃ、子供がねーだけに繋がりが薄いからな。釘を刺さずにいられねぇんだろうけどよ」

笑っていると、かなり強く肩を叩かれた。

「おまえさんも、気ぃ付けな。儂の若い頃と違って、今は女が強ぇからなぁ」

実感のこもった声で嘆き、杉林の方に歩き出す。追いかけてもこれ以上の話を引き出す事はできそうもなく、萩原建設の玄関に足を向けた。建て付けの良くない引き戸を開ける。

「社長、いらっしゃいますか」

向かい合わせの事務机についていた二人の中年女性が、いっせいにこちらを見た。そばで立ち話をしていた様子の萩原の目も、和典をとらえる。

「はて、どっかで見た顔やが、誰やったかな」

就職の話が冗談なのはわかっていたが、覚えていないとまでは思わなかった。

「いややわぁ」

女性たちが顔を見合わせる。

「もういっつもそれなんやから、かなわんわ。なぁ」

「覚えとるのは、三宮の彼女の事だけとちゃいますか」

冷やかす女性の頭を次々と小突く萩原は、明らかにキャラが軽い。そういうタイプが、他人と深刻な対立を構える事はあまりないに違いなかった。颯との間に、いったい何があったのだろう。中年チャラ男が譲れなかった事とは、何なのか。

「上杉です。月瀬さんの家で、入社を誘われたので来てみました」

萩原はようやく合点がいったらしく、机上にあった煙草の箱を摑んでこちらに出てきた。

「なんや、ほんまに入社希望かいな。存外、軽いヤツやな。建築士になりたいんやっけ」

無防備な感じのその表情を、じっとうかがう。

「得意科目は数学です、颯さんと同じで」

萩原は動きを止めた。動揺しているのだろうか。それに乗じれば、不用意なひと言を誘えるかも知れなかった。

「颯さんの机って、どこだったんですか」

社内を振り返る萩原の様子を注視する。

「あそこやったんやけどな、こないだ、片付けてもうたわ。もう一年を過ぎるしな」

重荷を下ろしたような安堵感が漂っていた。

「これからまた現場や。ほんまに入社したいんなら、卒業したら考えるから改めて来てくれや」

目の前を通り過ぎ、表に出ていく。もう会う機会もないだろう。どうなっても構う事はないと思いながら追いかけた。

「颯さんとは、不和だったそうですね」

萩原は背中を縮め、振り返る。いく分、怒気をはらんだ目付きになっていた。

「失踪した夕方、最後に会っていたのは萩原さんだったと聞きました。場所は宝沼、ですよね」

背後でカタカタとサンダルの音が上がる。直後に肩をつかまれた。

「ちょっとあんた、さっきからなんやの。うちの社長に失礼やないか」

二人の女性が前後して玄関を出てきていた。

「そやそや。なんか文句でもあるんか」

萩原が戻ってきて、二人を社内に押し戻す。

「ええから、入っとってな、ええから。事が余計にややこしくなるねん」

二人の不満げな声をさえぎるように引き戸を閉め、こちらに向き直った。

「理咲子さんに、何か頼まれたんか」

あわてて否定する。そういう訳ではなかったし、迷惑をかけたくなかった。

「僕は、あの家の客なので、勝手に気にしているだけです。あなたが何か知っていれば、うかがいたいと思って」

颯との確執には触れずにいると、萩原は大きな溜め息をついた。

「確かにあの夕方、颯と宝沼で会っとった」

推測通りだった。場所は、宝沼なのだ。

「二、三十分、仕事の話をしただけや。そんで社に戻ってきた」

これまでと何ら変わらない説明だったが、本当にそれだけなのか。もっと別の何かがあり、二人の間でもめたのではないか。

「その後、颯がどうしたかは知らへん。こっちが先に引き上げたしな。警察にゃ全部、話してある。気になるんやったら聞いてみ」

無茶を承知で切り込んでみた。

「仕事の話って、具体的に何だったんですか」

萩原の顔に緊張が走る。それをなぞるように朱が散った。

「そこまで、おまえに話す必要あっか」

興奮のあまり口を尖らせ、泡を飛ばす。

「いい加減にせえよ、このガキが」

吐き捨てると、素早く社屋に入って荒々しく戸を閉めた。いきなりの憤怒(ふんぬ)は、非常識な質問をされたというだけではないだろう。おそらく痛い所に触れられたのだ。やはり何かがあるらしい。

だがその時、現場にいたのは颯と萩原だけだった。何が起こったのか知る術はなく、それがわからなければこの先には進めない。舌打ちしながら閉まった戸をにらんだ。

2

もう一度、宝沼に行ってみようか。そう思い付いたのは、しばらくしてからだった。行けば見通しがつくとの確証があった訳ではない。当日の夕方、颯の姿を最後に確認したのは萩原で、場所は宝沼だった。それ以降、誰も颯を見ていない。死体が上がらないというあの沼に、颯は沈んでいるのかも知れなかった。

夕方になってきていた。沼に向かって坂道を上りながら、颯が姿を消したのもこんな時間だったのだろうかと考える。崖に茂る灌木の切れ目から、眼下に広がる神戸の街が垣間見えた。薄墨が流れ込み、溜まり始めているかのような夕闇の中で、海岸沿いにネオンがまたたいている。

ふと植木屋の言葉を思い出した。確か三宮のドレスと言っていた。妻が嫉妬するほど親しい女性にならば、何かもらしている可能性があるのではないか。

急遽(きゅうきょ)、鵯越の駅に足を向ける。三宮に行く電車を待ち、闇が濃くなる頃ようやく乗りこんだ。車内で、ドレスを検索する。地下鉄の駅の西側周辺に立ち並ぶビルの地下にあった。

地図を見ながら現地に向かう。道の両側に飲食店が軒を連ねるにぎやかな通りの中ほどに、黒地に金文字で倶楽部（くらぶ）ドレスと書かれた電飾看板が立っていた。すぐそばに地下に降りる階段がある。黒い絨毯が敷かれ、一段ずつ金の絨毯止めで止められていた。突き当たりの黒いドアにも、金の装飾文字で倶楽部ドレスと書いてある。

　その向こうに広がる世界を想像し、いささか緊張した。今まで入った事のない危険地帯に足を踏み入れようとしている気分だった。虎穴（こけつ）に入らずんば虎子（こし）を得ず。その言葉を胸に刻み、自分を励まして階段を降りる。突き当たりのドアの金ノブに手をかけた。

　引こうとしたとたん、それが内側から開き、黒い服の男が顔を出す。

「いらっしゃ」

　満面の笑みは、すぐさま強張った。

「なんや、ガキか。うちはな、二十歳未満お断りやねん。さっさと帰って勉強でもしいや」

　閉めようとするドアの下方に、靴先を突っ込む。

「萩原建設の社長、よくここに来てますよね」

　男は無言のまま強引にドアを閉めようとし、閉まらない原因を知ると、突っかかるような眼差になった。

「それがなんやねん。客の情報、モラすとでも思うんか、このアホが。足どけんかい」

　男を無視し、肩から先にドアの間に割り込ませて体を入れようと図る。

「萩原社長と親しいっていう女性と会いたいんですが」

　男は、入られまいとして懸命にドアを押しながら店内を振り返った。

「誰か、ちょっと来てんか」

助っ人が来る前にここを突破するつもりで男と攻防を繰り広げていると、急に押し返す力が弱くなる。見上げれば、大きな手がドアの上方を鷲摑みにしていた。

「ガキ相手に、何やっとるんや。どけや」

ゆっくりとドアが動き、背の高い男が立ちはだかる。ジャケットの胸元も二ノ腕部分も、はち切れそうに膨らんでいた。

「兄ちゃん、この店は二十時からやねん。おまけに未成年は出入り禁止や。悪いけど、今夜は帰ってもらえんか」

口調は柔らかだったが人相は険阻で、目には切れるような光がある。

「成人したら、歓迎するしな」

サッカーでもそうだが、背の高い男は脇や足元が甘い。そこを突いて店内に入り込む事はできそうだった。だが問題はその後で、ひと悶着起こせば女性には会わせてもらえないだろう。無事に帰路につける保証もなかった。

「わかりました」

やむなく身をひるがえし、階段を上る。この線からの情報入手は、あきらめるしかなかった。路上に出て、両側に連なる飲食店をながめながら歩く。どこかで夕食を食べた方がよさそうだったが、高校生が一人で入れるような店は見当たらなかった。

「あ、和典君」

突然、名前を呼ばれ、反射的に振り返る。暮れなずむ街の人通りの中に、立ち止まっている叔父の姿があった。どこか外国の砂漠か熱帯林で、いきなり日本のカブトムシでも見かけたような気持ちになる。驚きと喜びが胸で入り混じった。

「こんなとこで会うとは、びっくりだな。何してんの」

答えあぐね、矛先をかわそうとして逆を取る。

「叔父さんこそ、帰ったんじゃなかったんですか」

うまく話に乗ってくれるかどうか自信がなかったが、叔父は突っ込む気配すら見せなかった。

「ん、帰ったんだけどね、どうしてるか心配になって、戻ってきたんだ。さっき別荘に着いたんだけど、姿が見えないから、電話もかけたんだけど」

あわててスマートフォンを出す。確かに着信アイコンが点いていた。

「すみません、バタバタしてて」

叔父は、気にするなというように軽く手を振り、目と鼻の先にある小路(こうじ)を指す。

「夕飯を食おうと思って、ここまで出てきたんだ。ちょうどいい、一緒に食おう」

細い道を入った角に、半間の出入り口を設けた店があった。明石(あかし)焼き夢幻(むげん)という看板が出ている。

「加藤造園の親父さんが教えてくれたんだ」

鴨越一帯は自分の庭のようなものだと言っていた。そこから一番近い街が三宮だから、土地勘があるのだろう。

「ぜひ行ってやってくれって言われて来るようになってさ。安くて美味（うま）くて、いい店だよ。けど、一つ約束事がある。店をやってる女将（おかみ）は、妙子（たえこ）ちゃんって年配の女性なんだが、客はまず妙子ちゃんをなだめて、慰めるところから始めなきゃならないんだ」

意味がわからなかった。捕らえ所がなく、取っかかりさえない。あまりにも訳がわからず、笑い出しそうになった。

「親父さんの話じゃ、妙子ちゃんは、三宮の大地主の一人娘だ。見合い結婚をする予定だったが、祖父母や両親があまりにも高望みや選（え）り好（ごの）みをしていたせいで、行かず後家になっちまった。それで将来を心配し、一人でも暮らしていけるようにと店を持たせ、腕のいい料理人や店員も雇った。ところがお嬢さんだから、人は使えんわ、店は潰すわで、そのたびに土地を売って補塡（ほてん）、補償しているうちに騙されたりもして、家は零落、祖父母や両親は他界、今ではこんな小さな店しか残ってないらしい。で妙子ちゃんは、客を見ると、まず愚痴る。客のほとんどは事情を知ってて、助ける気持ちで通ってるんで、恨み言に付き合うらしい」

そういう形で成り立っている商売もあるのだと初めて知った。

「まず妙子ちゃんの機嫌を取らんと、何も出てこん。それが、この店で飲み食いする時のルールなんだ。和典君、大丈夫か。まぁ話は俺がするけどさ」

面倒そうだったが、店員がマニュアル通りの無機質な笑顔で対応するカフェやファミレスより面白いのではないかと思えた。

「愚痴を聞いてればいいだけなら、大丈夫ですよ」

叔父は戸口に手をかけながら、言い訳でもするかのようにつぶやく。

「妙子ちゃんはお嬢様だから、いつも上から目線だけど、スルーしといてよ。根はいいんだ。いや俺もさ、最初は親父さんに頼まれたから来てたんだけど、その内、気に入っちゃってさ」

どうやら同情だけを頼りに営業している訳ではないらしかった。

「本当のところをガツンと言うから、耳が痛いけど、ああそうか頑張ろうって気にもなるんだ。今は、誰も面と向かって言ってくれない時代だからな。それで通ってくる男は、少なくないと思うよ」

下がっている暖簾(のれん)をくぐって店の中に踏み込んでいく。その背中に、母にけなされながら微笑んでいた顔を重ねた。母の無礼が心苦しかったが、叔父がそう思っているのなら、あれはあれでいいのだろう。そう思えてきて、若干、心が軽くなった。

「こんばんは」

店内には、数人座れるカウンターと、小さなテーブル席が三つあり、カウンターの向こうに白い仕事着を着た板前が立っていた。頭にかぶった和帽子から出ている髪は、半ば以上が白い。

「いらっしゃい」

板前の背後の壁に目を引かれた。緋色のボタンを彫り刻んだ化粧羽目板がはめ込まれている。重厚感のある葉の間に咲き乱れる大きな花があでやかだった。

「女将、お客様来はりましたで」

男は、カウンターの方に視線を投げる。その端で、薄紫の着物を着た女性が頬杖(ほおづえ)をつき、グラスを傾けていた。叔父が微笑む。

「女将、景気はどうだい」

女性は頬杖をついたまま、赤く塗った唇をへの字に曲げた。小太りな体を乗せているカウンターチェアーがきしむ。

「ええ訳ないやろ」

どうやらこれが妙子ちゃんらしい。

「どこでも好きなとこに座ってええよ。どうせ閑古鳥やし」

不貞腐れた口調は、太々しかった。哀れさも誘わず、同情を集めるキャラからも程遠い。

「まぁそう腐らないで。ほら、ここに二人も客が来てるじゃないか。まだ宵の口だし、これからドンドン入ってくるよ」

しきりに機嫌を取る叔父が気の毒になった。コンビニの店長に同情して東京に戻り、甥を心配して神戸に引き返し、今またこうして女将の機嫌をうかがっている。優しいために、いつも割を食っているかに見えた。理咲子の父親を思い浮かべる。こんなふうだったのかも知れない。

「さぁどうやろね」

女将は、叔父の気遣いにまるで頓着しない。

「うちに来るんは、どうせロートルばっかやし」

一瞬こちらに目を流し、付け加えた。

「ロートルでなけりゃ、ヤヤコやな」

ヤヤコの意味がわからない。おそらく悪口なのだろう。

「ここの明石焼きを食わせたくて連れてきたんだ。食わせてやってよ」

女将は、だるそうに背筋を起こした。

「しょうもな」

草履をはいた足を、ステップリングからそろそろと床に下ろす。

「えらい美味いって訳でもないで。期待せぇへんといてな」

目の前を通り過ぎ、カウンターのスイングドアへと向かった。その様子を目で追っていて、無地だと思っていた着物が実は細かな模様の集合体である事に気が付く。一見、薄紫のドットのように見えたが、目を凝らせば点ではなく、小さな鈴だった。その緻密さに感動し、思わず声を上げる。

「無地かと思いましたけど、鈴の模様ですよね」

女将は動きを止め、左手の指先で襟をなぞりながら自分の着物を見下ろした。

「独鈷鈴や」

聞き慣れない言葉だった。独鈷は確か密教で使う法具で、煩悩を打ち破る棒の事だと記憶している。おそらく鈴が付いている独鈷の、鈴だけをデザインしたのだろう。

「江戸小紋やねん。エレガントやろ。日本工芸会正会員の藍田センセのお作や。ほんでこっちが」

くるりと後ろを見せる。

「やっぱ藍田センセの、染め名古屋帯」

今の季節らしく紅葉が描かれていた。色味を抑え、葉脈だけを赤く浮き上がらせており、洗練された感じがする。

「よく似合うよ」

叔父がすかさずほめた。

「やっぱり女将が着ると、映えるね。品が違う。ぐっと格が上がるよ」

女将はニンマリする。

「当たり前やろ」

柔らかくなった表情に、どことなくかわいげが漂った。

「ほなら明石焼き、ご馳走しよか。新ちゃん、作ってくれんか。早よな」

叔父はほっとしたような息をつき、テーブル席を顎で指す。

「座ろうか」

顔には、疲れが見えていた。注文するだけで既に疲労している様子は、なんだかおかしい。テーブルについたが、メニュウは置かれておらず、見回すものの壁にも貼られていなかった。この店で何を出すのか、食べられるのか、全くわからない。おそらく女将の気分次第なのだろう。

「明石焼きって、何ですか」

叔父は、ちょっと考えてから答えた。

「タコ焼きの上品なヤツ、かな」

タコ焼きは、駅の通路で時々見かける。興味があったが、焼き器の窪みに次々と粉液を流しこんだり、忙しそうにタコの入ったボールを引っくり返すのを見ていると、どこで注文の声をかけていいのかわからず、ドギマギするのが嫌で、足を止めていなかった。家の食卓にも載った事がない。

「卵焼きの中にタコが入ってて、カツオ出汁につけて食べるんだ」

生まれて初めての経験だった。想像を膨らませながらテーブルの上に出ている箸立てに手を伸ばす。割り箸を取り、袋から抜きながら心の準備をした。

「ところで和典君、ここで何してたの。用事でもあったとか」

あの店について、叔父が何か耳にしているかも知れないと思いつく。

「ドレスっていう倶楽部に行こうと思ってたんです。行った事ありますか」

叔父は苦笑した。

「いやぁ倶楽部なんてとこには、丸っきり縁がないよ。なんでそんなとこに」

叔父の声をさえぎるように、カウンターから鋭い声が飛ぶ。

「ドレスがどうしはったん」

女将が、自分の事でもあるかのような真剣さで身を乗り出していた。眼差は険しい。

「あそこは、あかんよ。池田組の息かかっとるからな」

いまいましげに言いながら小指を立てた。

「池田組の組長のコレが、ドレスのママやねん」

先ほどの男たちは確かに、どことない険呑さを漂わせていた。

「あいつらがからんで、うちなんか駅前の店取られてもうたんやで」

くやしそうに言い放ち、斜めに空中をにらみ上げる。

「池田のクソが、地獄に落ちたらええ」

隣で板前が、また始まったというような笑いを浮かべた。

「山口さんや神戸さんとちごうて、池田組はハンパやしな。そういうのが一番ヤンチャで、手に負えんのや」

この街の裏事情に、かなり詳しいらしい。今まで得られなかった情報が手に入るかも知れず、聞いてみる気になった。

「萩原建設の社長を、ご存じですか」

女将はこちらを向き、眉根を寄せる。

「ああ三代目やろ。ドレスに入り浸ってるって噂やなぁ。早いとこ目ぇ覚まさんと、身代取られてまうで。まぁ松上工務店の西谷とツルんどるから、近々そっちからカタがつくやろけどな」

妙な言い回しだった。

「松上工務店って、あの大手ゼネコンの、ですか」

話は理咲子から聞いていたが、裏に通じた女性の耳にどう入っているのかを知りたかった。

「せや。駅前に神戸支店があってな、支店長は西谷ゆうねん。その西谷と萩原建設の三代目は、二、三年前からズブズブや言われとる。それを誰かがサシたらしくて、もう税務署が動いとるって話や。そうなりゃ三代目も、ドレスに通うどころやなくなるやろ」

ズブズブとは何だろう。サシたとはどういう意味で、それらが税務署とどうつながるのだろう。きょとんとしていると、出入り口の引き戸が音を立てた。

「いらっしゃい」

暖簾を分けて年配の男性が数人、顔を出す。

「ママ、元気かいな」

「ママの顔を見たくてなぁ」

ルール通りに切り出しながら、どやどやと中に入ってきた。

「よう言わはるわ。何ヵ月もご無沙汰しといて、どの口で言っとんのか見せてみ」

悪態をつきながらも女将は、先ほどよりずっと上機嫌だった。客が多くなり、うれしいのだろう。男性たちのにぎやかな声があたりを席巻し、空気がすっかり変わっていく。

「今の話の、ズブズブとかサシたとかって、どういう意味ですか。しかも税務署って」

叔父は、男性たちと話している女将にチラッと視線を投げ、声をひそめた。

「たぶん萩原建設は、神戸支店長の西谷と組んで、ヤバい事に手を出してるんじゃないかな。それを誰かがリークしたんで、税務署が調査を始めたって事だろう。警察じゃなくて税務署が出てきてる訳だから、ヤバい事ってのはおそらく税金の誤魔化しだ。萩原は脱税し、それを自分の懐に入れると同時に、西谷にも流して仕事を受注してるか、あるいは西谷が仕事の発注を条件にして、萩原に利益供与を持ちかけたか、どっちかだね」

理咲子によれば、萩原が派手な生活をし出したのは、ここ二、三年という事だった。西谷との関係が噂され始めた頃と合致している。それは、颯が社長と口論するようになった時期とも同じだった。

「脱税って、どうやるんですか」

叔父は、いっそう声を押し殺す。

「よくある手口は、経費の偽装だよ。帳簿上は、下請け会社に工事を発注し、そこに支払いをしたという形にする。経費なら、税金の対象から除外されるんだ。だが実際は、その工事は架空で存在しない。よって金を払う必要はないが、帳簿にそって動いている会社からは、金が支出される。行き場のない金は宙に浮く事になり、さっき言ったみたいに自分で着服するか、仲間と分けるかだ。その分には税金がかかっていないから、それが脱税に当たる。横領にもなるけどね」

颯は、専務だった。社長の不審な動きに気付かないはずがない。何とか止めようとしていたとすれば、以前はうまくいっていた社長と口論するようになるのも当然の事だった。それが二人の関係を暗転させ、颯を悩ませて鬱に近い状態にまで追い詰めたのか。

社長に改める気配がなく、いらだった颯が最後の手段として、やめなければ証拠書類を税務署に持ち込むと脅したとは考えられないだろうか。そうだとすれば、社長の選択肢は二つしかない。着服をやめるか、颯の口を封じるか。

一年前の夕暮れ、沼のほとりで展開された情景を想像する。先日、自分自身がはまり込みそうになっただけに、容易に思い描くことができた。社長は、決着をつけるつもりで颯を呼び出した。もし颯が譲らなければ、宝沼が武器になる。一度はまったら出てこられず、しかも死体も上がらないのだ。隙を見て突き落とせば、証拠は一切残らないだろう。

だが立証は難しそうだった。目撃者がいたという話もないし、一年が経過しており、現場で新しい手がかりが見つかる可能性も低い。社長は、颯と話をして別れ、その後は知らないと言っており、それを否定するだけの材料は見つかっていなかった。

何とか探せないだろうか。せっかく筋道が見えてきているのに、ここで打ち切らなければならないのは、いかにも無念だった。何か、手立てはないか。

あれこれと考えていて、颯が社長に呼び出された事を知っていたのは、理咲子だったと思い出す。盗聴器を仕掛けていた。その中に別の情報が入っていないだろうか。

「すみません」

思わず出した声が大きかったらしく、店中の人間がこちらを見た。

「用事を思い出しました。これで帰ります」

驚く叔父に頭を下げ、返事も確認せずに出入り口に向かう。明石焼きに未練はあったが、腰を落ち着けていられる気分ではなかった。

「あら、もうお帰りやの」

振り向くと、女将が緋色ボタンを彫った羽目板の前に立ち、こちらを見ている。

「今、焼けるとこやで。イカもあぶってるしなぁ」

ここに来た時に目を奪われたあでやかさの中に、一輪、白いボタンが交じっている事に気づいた。清楚だが存在感があり、美しい。

「また来ます。ボタンの羽目板、素敵ですね」

女将は体をねじり、壁を振り返った。

「これはなぁ、うちの男のやねん。大工（だいく）の棟梁（とうりょう）でな、室内装飾も手掛けとった」

片手で着物の袖口を押さえながら、伸ばした指先で白いボタンを指す。

「この白いんは、わてをイメージしたんやて」

話しながら、次第に表情を華やがせた。

「ええ男やったわぁ。もっともその頃は、わても二十そこそこのいい女やったんやけどな」

叔父から、いかず後家と聞いた時には寂しい人生なのかと思ったが、楽しい時期もあったらしい。

「そんで正妻と、超バトルや。長年続いて、勝ったと思った時もあって、負けた時もあったなあ。結局、妻にゃなれんかったけど、ほんでも」

意気揚々と胸をそらす。

「死に際は、わてが看取（みと）ったんやで」

勝利宣言をするかのようだった。誇らしさがほとばしるその微笑に笑みを返しながら、人間の愛情の多様さに思いをはせる。

「また話をうかがいに来ます」

引き戸に手をかけ、板前の見送りの言葉を背に受けて店の外に出た。

「お、よく会うな」

加藤造園の老人と鉢合わせる。後ろに中里がついてきていた。

「もう帰るのかい。えらい早いじゃないか」

中里は目をそらしたものの、視線のやり場に困ったようで、しきりにあたりを見回している。必死にとぼけている様子が滑稽だった。

「ちょっと用ができたんで、お先に失礼します。中に、叔父がいますから」

老人は、うれしそうに口元をほころばせる。

「そりゃ楽しみだ。あいつの話は面白いからな」

そんなふうに評価されているとは知らなかった。まだまだ自分は叔父をわかっていないらしい。今後の付き合いの中で、それに触れられるのではないかと期待した。

「ついつい酒が進むんだよな。長っ尻になっちまうから、午前様でさぁ」

半ばぼやきながら店に入っていく。それに続こうとした中里が、そばを通り抜けた。

「この店の女将、ズケズケ言う人ですよね」

声をかけると驚いたように振り返り、ぎこちない笑みを浮かべる。

「俺、そこが好きやねん。ま、ガキンチョには、わからへんやろな」

おそらく叔父と気が合うだろう。三人で明石焼きを食べながら話が弾むに違いなかった。

第五章　逢魔が時

1

　歩きながら理咲子に電話を入れる。もう来ないと芽衣に言った手前、かなりバツが悪かったが、それが理咲子に伝わっていない事、また電話に芽衣が出ない事を願いながら呼び出し音に耳を傾けた。

「あら上杉君、今度はなんでいなくなったの」

どうやら願いは、叶ったらしい。

「頼みがあるんです。颯さんの部屋に仕掛けたという盗聴器の録音、聞かせてほしいんですが」

理咲子はちょっと黙り込み、しばらくして答えた。

「条件があるわ。電話じゃダメ。家まで来て、私と会う事」

奇妙な条件だったが、特に差しさわりはない。

「じゃ、これから向かいます」

何のためにそんな事を言うのか、会って聞けばわかるだろう。

「一階の、ミューズの間でお待ちしているわ。さっきいたヘラクレスの間の隣よ」

足を急がせて月瀬家に向かう。玄関を入り、大サロンに隣接するヘラクレスの間を突っ切った。隣に足を踏み入れたとたん、その中央に立って待っていた理咲子と目が合う。聞くまでもなく瞬時に、呼び寄せられた理由がわかった。

「どう、これ」

髪が真っ白になっていた。まるで頭に綿帽子でもかぶっているか、あるいは雪が降り積もっているかのようだった。青みを帯びた輝きを放つ白さで、なんとも神秘的な感じがする。着ている服が床まで届くようなロングのワンピースだっただけに、余計に現実から遊離した雰囲気だった。

「染めない方がきれいだってあなたが言ったから、すぐ美容師を呼んで、色抜きをしてもらったの。二十分でできたわ。でも自分じゃ、どうも見慣れなくってしっくりこないのよ。だから、あなたに見てもらいたくて。どう、似合ってるかしら」

この場合、口にできる答は一つしかなかった。見てもらいたいというのは、言い換えれば、ほめてもらいたいという事なのだ。この後には、盗聴データを出してもらうという大事業が控えている。機嫌を損ねるわけにはいかなかった。

「ちょっと、こっちに来てみてください」

理咲子の両肩を後ろからつかみ、そのまま壁にかかっている鏡の前まで移動させる。

「髪が光を反射して、顔を照らしています。それが写真を撮る時に使うレフ板と同じ効果を出しているんです。レフ板というのは、光を集めて影を飛ばすために使うもので、顔に当てると明度が上がり、シワやシミが見えなくなります。ゆで卵みたいにツルッとした感じになるんです。とてもお似合いですよ、きれいです」

理咲子は満足したらしく、日なたの猫のように目を細めた。

「まぁ夢みたいだわ。ありがと」

ノックの音が響き、茶器を持った芽衣が姿を見せる。またも理咲子に接近していると思われるのが嫌だったが、あわてて離れれば、逆に穿鑿を誘うだろう。どうするのがベストなのか判断がつかず、動けなかった。

「ああ、そこに置いてって。後でいただくから」

サイドテーブルを指された芽衣は、黙ったままトレーを置く。部屋の中にエスプレッソの香りが広がった。

「もう行っていいわよ。後は私がするから」

去り際に、チラッとこちらに視線を投げた。嫌味か皮肉でも言われるかと思い、身構える。だが何の言葉も発しないまま姿を消した。ドアの閉まる音を聞き、ほっとする。同時に、なぜ何も言わなかったのかが気になった。言われたら言われたで、気にしただろう。相反する気持ちが行きつ戻りつするのは、先ほど別れた時の諍いと、異様な反応が胸に影を落としているからだった。

「じゃ冷めないうちに、いただきましょうか」

サイドテーブルに近寄ろうとする理咲子に先んじ、トレーに載っていた二つのデミタスカップをテーブルに運ぶ。カップ脇には、小さなエクレアとマドレーヌが添えられていた。フランスでいうプティ・フール、ひと口菓子だった。

「あら、ありがとう。紳士ね」

理咲子は満足げに微笑み、暖炉に歩み寄ると、その上に置かれていた大理石象嵌(ぞうがん)の小物入れに手を伸ばす。

「ご依頼の件、用意しておいたわよ」

引き出しから黒いレコーダーを出し、音を立ててテーブルに載せた。

「どうぞ、お座りになって」

自分も椅子を引き、ボリュームのあるスカートを体の前でまとめて腰を下ろす。

「その前に、事情を話してくれないかしら。なぜ、そんな事に興味を持ったの」

ここは打ち明けるしかないだろう。三宮の店で考えていた萩原による殺人と、その動機について話す。理咲子は驚いていたが、次第にうれしそうな顔付きになった。今まで自分が見逃してきた重大な事実にようやく気が付いたかのようで、覚醒した人間さながら目を光らせる。

「そのストーリー、全面的に支持するわ。きっとそうよ、三代目がやったのよ。それ以外に考えられない。もう決まったも同然ね」

手放しで賛同し、意気込んで決めつけた。

「あまり動いてくれなかった警察も、三代目からはしつこいくらい事情を聞いてたのよね。でもその時は、颯さんが鬱の薬を飲んでたって事の方が重要視されてたし、トラブルについても、三代目が仕事上の些細な事だったって言ったものだから、事件性はないって結論になってしまったのよ。でもこうなったら、私たちで必ず証拠を見つけ出しましょうよ」

あまりにも積極的で、違和感がないでもなかった。宝沼で殺人が起こったという説を肯定すれば、今まで行方不明とされていた颯は、死んでいる事になるのだ。同居していた娘婿ともおぼしき人間の死を告げられて、動揺もなく、悲しみの影さえ見せないばかりか喜々として話を先に進めようとする態度は、かなり奇妙ではないだろうか。

「盗聴器の録音記録は全部、再生してみたわ。でもその時、私が関心を持っていたのは、ここから出ていくとか、引っ越しをするとかっていうような部分ばっかり。だからきっと聞きもらしてしまってたのね」

理咲子は、この家に一人取り残され、孤独の内に生涯を送らなければならなくなる寸前だった。失踪という突発事のためにそれを免れているが、颯が戻ってくれば、今度は間違いなく一人になる。それを回避できるのは、颯が死んでいる場合のみだった。それでこの殺人説を歓迎しているのだろうか。

「録音は、初めて引っ越しの話が持ち上がった三年前からよ」

黒いレコーダーをこちらに押し出すと、その手の小指を立てて摘まむようにデミタスカップの取っ手をつかむ。

「そこのボタンを押せば初めから聞けるわ」

頭から順番に三年分を聞くのは、どれほど時間がかかるだろう。日付順に並んでいるのなら、コンピュータ検索で使う二分探索法を用いれば時間の短縮ができそうだったが、有力な情報がいったい何日目に入っているのか見当もつかない。確率の問題というよりは、運の問題というべき状況だった。

「どうぞ聞いてみて」

レコーダーの電源を入れ、表示されるアイコンをながめて操作方法に見当をつける。初めから聞くよりも、颯が煮詰まった最終日から遡っていった方が早そうだった。それにしても相当時間が必要だろう。

「今日中には無理ですね」

いったん別荘に帰って叔父に顔を見せ、一人になって落ち着いて聞きたかった。

「お借りして持ち帰りたいのですが」

理咲子は、とんでもないといったような顔付きになる。

「一緒にやりましょうよ。耳だって、二つより四つの方が聞きもらしがないはずよ。昨日のお部屋を用意しますから、泊まっていって。夕食も準備するように言ってあるし」

しかたがなかった。

「じゃ再生します」

他人のプライベートをのぞくのは気が引けたが、背に腹は代えられない。覚悟をして聞き始めた。幸いな事に、多くの部分は無音で、その他にも耳をふさぎたくなるような会話やつぶやきはなかった。たまに芽衣の声が入っている。理咲子が言っていたように引っ越しの相談だった。

「どこに仕掛けようかって悩んだんだけど、さすがに寝室は遠慮して、部屋にしたの。書架の本の奥に差しこんでおいたのよ」

颯の部屋を思い描く。明るく気持ちのいい空間で、机とサイドデスク、本棚、ワードローブ、カップボード、長椅子が置かれていた。

「ね、これ、頻繁に出てくるけど、何の音かしら」

理咲子に言われ、耳を傾ける。軽いタップ音がかなり長く続いていた。おそらくパソコンのキーボードの音だろう。ブログをアップしていたのだから、長時間パソコンに向かっていても不思議ではなかった。それが聞こえ始める前に入っている他の音を拾ってみる。

きしみ音が必ず一度、もしくは二度響いていた。二つの音色は異なっており、二度響く場合も、その順番は決まっていない。他にドアの音や、何かを擦るような音が入っている事もあった。家具の位置を正確に思い出しながらスマートフォンのタイマーを使い、二度響く場合の二つの音の間隔を測ってみる。

「何してるの」

どちらの音が先になっても、十秒以内に次の音が響いており、家具の位置を考えれば、簡単に答が出た。

「パソコンを打つ音ですね。部屋に入ってきて椅子に座り、引き出しからノートパソコンを出して打つ時と、取り出したパソコンを持って長椅子まで行き、そこで打つ時、あるいは長椅子でくつろいでいて、立ち上がって机の椅子に座って打つ時、その逆で、机で本などを見ていて長椅子に移動して打つ時、以上の四つのケースです」

自分で発したパソコンという言葉が、胸の中で微妙に変化していく。颯は、萩原の脱税を証明できるような帳簿類や、その他の書類を持ち出し、手元に保管していたはずだ。そういう証拠を持っていればこそ、強い態度で萩原と交渉できる。

会社の書類は、全てコンピュータ処理だろう。USBメモリを使えば、ほんの数秒でコピーできるし、ポケットに入れて簡単に持ち出せる。では、それは今どこにあるのか。決まっている、颯のパソコンの中だ。あるいは会社から直接、自分のパソコンにメール送信したのかも知れない。

「颯さんのパソコン、見せてください」

理咲子は唐突な要求と感じたらしく、呆気にとられたようだった。

「え、今度はパソコンなの。でも、まだこれが途中でしょ」

長々と時間をかけ、あるかどうかもわからない情報を探すより、颯のパソコンから脱税を証明するデータを見つけた方が早い。それは、この失踪に事件性を与えるだろう。警察を動かすには充分のはずだった。

「確か理咲子さんが隠していたんですよね」

その理由は、芽衣によれば、美少年に通ってきてほしいから、という他愛ないものだった。

「パソコンを、どうするつもりなの」

理咲子は慎重な表情になる。二つの目の中で底意が瞬き、こちらの様子をうかがっていた。それを見ていて、芽衣の説明は果たして正しかったのだろうかという気持ちになる。パソコンを隠した理由は、本当にそんな罪のないものだったのか。

「なぜ隠したんですか」

理咲子は、バネ仕掛けの人形のように横を向いた。

「私の質問の方が先でしょ」

しかたなく、警察に持っていくつもりだと話す。

「それじゃ絶対ダメ。見せない」

きっぱりとした返事で、揺らぐ様子はなかった。だが先ほどの奇妙な意気込みを思い出せば、警察の介入には大賛成のはずだ。圧力をかけてみる。

「それじゃ警察は、動いてくれませんよ。颯さんのパソコンの中には、おそらく萩原の犯罪の証拠となる脱税に関するデータが入っている。それを提出する必要があるんです。そしたら警察も捜査を始めるでしょう」

理咲子は、途方に暮れたようだった。じれったそうに身じろぎしていたものの、やがてどうにもならないと思ったらしく、渋々(しぶしぶ)口を開く。

「でも、あの中には、誰にも見せたくないものが入ってるのよ。あなたにはもうバレちゃったから言うけど、裏の家には父がいたでしょ」

深々とした溜め息には、長年隠し通してきた秘密の重みがこもっていた。

「前はよく縁側で日向ぼっこをさせてたのよ。三年前の春くらいだったかしら。颯さんが、垣根のイチイに枯れ始めてる部分があって気になるから写真を撮って加藤造園に相談するって、デジカメを持って家から出ていったの。初めは何気なく聞いてたんだけど、枯れてる部分というのは、この家のじゃなくて裏の家のかも知れない、そしたら背景に父が写り込むかもって思いついて、駆けつけたら、やっぱり裏から戻ってくるところだった。冷や汗が吹き出したわよ。でもへタに騒いだら逆に注意を引いてしまうから、そのまま見過ごしておいて、急いで父を家の中に入れたの。ただひたすら気づかない事を祈るばかりだったわ。午後になって加藤造園の社長が姿を見せて、カイガラムシだと思うから薬を持ってきたって話でね、颯さんの関心はすっかりカイガラムシに移って、写真の事はそれっきりになったの。それ以降、昼間は縁側に出さないようにしたんだけどね、ほんと寿命が縮んだわよ」

まるで今、起こったばかりの事のように身を震わせる。

「あなたが来るって聞いた時も、父が写り込んでる写真を見られたら困ると思ったから、パソコンを隠したの。同じものがUSBメモリにも入ってるかも知れないと思って、それも一緒に。データ自体を消せばよかったんだけど、パソコンに詳しくないからできなくって。でも警察に提出したら、きっと全部調べるでしょ。署には、この近所の人が勤めてるのよ。すぐ噂が立つわ。そんなこと絶対、嫌」

まぁ気持ちは、わからないでもない。

「だったら僕がパソコン内を探して、そのデジカメデータを削除しましょうか。そして颯さんが保管していると思われる脱税関係のデータを確認した後、パソコンを警察に持っていく。削除したデータは、復元しようと思えばできますが、今回の失踪には関係がありませんから、警察もそこまではしないでしょう」

理咲子の顔は、スポットライトでも浴びたかのように一気に明るくなった。

「ええなぁ。そら、ええわ。頼むで」

浮かされたような笑みを浮かべ、こちらに身を乗り出す。

「それを消してもろうて警察に持ってったら、警察は三代目を取り調べるやろ」

力のこもった神戸弁でまくし立てた。

「そうなったら、もう逃げられへんで。三代目が犯人で決まりや」

先ほどの違和感が再び戻ってくる。この家に取り残されたくないという思いからかも知れないと考えていたのだが、こうして改めて聞いてみると、萩原を犯人と決めつけようとする意志の強さが際立っていた。この強引さは、何だろう。

喉を通っていくエスプレッソの香気が鼻に抜けるのを感じながら、理咲子のその態度を何らかの事象の結果と見なす事にする。そこからさかのぼって原因となっている事象を見つければいいのだ。

理咲子は、萩原を犯人にしたい。それが必然となるための事象としては、何が考えられるのか。

萩原に恨みを持っているというのが一番わかりやすかった。だがこれまでの話からは、そんな様子はうかがえない。理咲子と萩原の間にトラブルがあったとは聞いていなかった。怨恨説で説明できなければ、どう展開するのか。何か新しい因子をプラスしてみるか。あるいは逆に、今ある因子のどれかを引いてみるか。

ノックの音がし、芽衣が再び姿を見せる。今度はスマートフォンほどのサイズの金トレーを持っていた。褐色がかった液体の入ったアミューズステムグラスが載っている。グラス自体も小さく、入っている量もわずかだった。理咲子は取りすました顔になり、軽く眉を上げる。

「どうもありがとう」

表情も言葉も、すっかり元に戻っていた。先ほどは、よほど我を忘れたのだろう。

芽衣は理咲子の前にグラスを置き、こちらを見ようともせずに出ていく。

「何ですか、それ」

「薬とか」

その姿を目で追い、ドアが閉まるのを見てから理咲子に視線を戻した。理咲子はワイングラスでも傾けるかのようにそれを斜めに持ち、光にかざす。

「リュウマチ性関節炎の鎮痛薬よ。颯さんが山から採ってきたトリカブトの根を干しておいて、煮出して毎日、この時間に飲んでるの。劇薬だけど、漢方医の指示通りにしてるから、今まで一度も事故はないわ」

初めてここに来た日、理咲子はトリカブトの株を持っていた。それを見て、裏の家には颯が監禁されているか、もしくはすでに死体になっているのでは、と危惧したのだった。全てが杞憂に終わった事に苦笑しかけ、ふと笑いを呑み込む。突然、全身の血管が縮み上がるような気がした。

あの家にいたのは、確かに颯ではなかった。だがそれは、この失踪に理咲子が関わっていないという事の証明になりうるだろうか。

理咲子が関わっていない事をAとし、颯が裏の家にいなかった事をBとすれば、Aであれば確かにBであり、十分条件は成り立つ。だがBであっても同時にAであるとは限らなかった。理咲子が、颯を別の場所に隠している可能性がある。必要十分条件は成立せず、そうなれば理咲子の関与は否定できなかった。

今までそれを見落としていた自分のうかつさに胸が焦げる。数学でいえば中学レベルで、どう考えてもお粗末すぎた。歯ぎしりせんばかりに奥歯を噛む。

颯はやはり、トリカブトの犠牲になっているのかも知れない。そう考えつつ、「理咲子は萩原を犯人にしたい」という命題について、改めて見直した。

理咲子と萩原の間にトラブルはなかったのだから、ここから萩原という因子を引く事は可能だろう。萩原を除けば、「理咲子は誰かを犯人としたい」となる。しかもかなり強引に、熱心にそう考えているのだ。

その意図は、ただ一つしかないように思えた。体の芯を、くり返し戦慄が走り抜ける。つまりそれがベストの方法だからだ、自分が犯人である事を隠すための。

萩原の脱税について話を聞いた時、おそらく理咲子は考えたのだ、萩原の犯罪の証拠を提出すれば、警察は颯の失踪について萩原に疑いを向けるだろう。彼を犯人にしてしまえば安心できるし、たとえ萩原の殺人が立証されなくても、事件は失踪に戻るだけで理咲子に不利益は生じない。こんな素晴らしい手が他にあるだろうか。それで、あれほどうれしそうにしていたのだ。

「パソコンとUSBメモリをお借りして、家で作業をしてきます」

そう言うのが、やっとだった。

「集中したいので」

颯が姿を消せば、理咲子は芽衣と暮らしていける。動機には充分だった。

2

自分がしなければならない事を整理しながら別荘への道をたどる。まずデジカメのデータ削除、次に颯が保管していたと思われる脱税の証拠の探索、そして今、再浮上してきた理咲子犯人説の検討。

山積する課題に気持ちが重くなったが、考えていても始まらない。とにかく端からチャッチャと片付けるしかなかった。

別荘に着くと、叔父はまだ帰ってきていなかった。部屋に入り、借りてきた颯のパソコンと、理咲子があわてて包ませた夕食の入ったピクニックボックスを机に置く。椅子を引きずり寄せ、パソコンを立ち上げて籐のボックスから夕食をつかみ出した。包み紙を破り、ソースのかかっているステーキに食いつきながら、もう一方の手でキーボードを動かす。

トップ画面に表示されているアイコンの中に、カメラマークがあった。開いてみれば、デジカメからの受信記録が日付別に整理されている。樹々や花、コケを始めとした植物の写真が大量に並んでいた。それと同じくらい芽衣の写真も多い。遠景やアップで、笑っていたり、首を傾げていたり、懸命に何かを説明していたり、真剣に書物を調べていたり、食事の最中やテレビを見ているところまで写してあった。芽衣のあらゆるシーンを撮る事で、その全部を心に刻み込もうとする情熱を感じる。

かわいくてたまらなかったのだろう。前にもそう感じたが、この大量の写真を見て、いっそう思いを強くした。確かに芽衣はかわいい。外見ではなく、存在そのものが愛らしいのだった。颯は、どれほど愛していた事だろう。

胸の底で突然、疑問が生まれ、泡のように浮き上がってきて脳裏ではじける。残っていたステーキを全部口に押し込み、手の中にあった包み紙を握りつぶした。

颯は、そんな芽衣から離れられなかったはずだ。芽衣のいない所に行く気にはならなかっただろう。鬱状態だったという点から考えてみても、普段より行動が鈍化していたはずで、家から出ていくより逆に閉じこもる方が自然のはずだ。姿を消したのは、颯自身の意思ではないだろう。

頭に理咲子の顔がちらつく。先ほどの疑念が強くなっていくのを感じながら垣根の写真を探した。三年前の春頃という情報を頼りに、インデックスをスクロールしていき、それにたどりつく。

十数枚が撮影されており、その内の数枚が加藤造園に送られていた。全部を拡大してみる。背景に縁側が写っているものもあったが、それ以上は見えていなかった。理咲子の取り越し苦労だろう。削除せず、そのままにする。

次に、萩原の脱税を証拠立てるようなデータを探しにかかった。トップ画面にはそれらしいアイコンはなく、どこにしまわれているのかわからない。まずシステムフォルダを開き、それに従って全てのファイルを開けてみた。

颯しか使わないパソコンであり、しかも家に置いてあるのだから、厳重なセキュリティ対策がしてあるとは思えず、すぐに見つかるとばかり考えていた。ところが、どこにもない。

OSのデフォルトでは表示されないような設定にしてあるのだろうか。いわゆる隠しファイルというヤツで、同級生たちがヤバい画像を保管する時によく使っていた。システムツールからエクスプローラーを選択し、表示をクリックする。見れば、隠しファイルの項目にチェックが入っていなかった。

「ああ、こいつか、見つけたぞ」

喜々として、そのチェックを入れる。かすかな音と共に颯がかけていた魔法は解け、一つのアイコンが浮かび上がってきた。ファイル名は、「眼中釘」。

そこに入っていたのは、いく冊かの帳票と、銀行振り込みの控えだった。最初は何が書かれているのかよくわからなかったが、見慣れない単語をにらみつつスマートフォンで意味を検索し、帳簿同士を比較しながら何度もくり返し見ていて、やがてなんとか理解した。

帳票類は、正規の帳簿と在庫表、そして裏帳簿と裏在庫表だった。照らし合わせてみると、不正がはっきりとわかるようになっている。それを意図して颯がそろえたのだろう。

建築資材千トンを買い、工事で全部使って在庫がゼロになっている時期に、裏帳簿には同資材五百トンが計上され、裏在庫表にもそれが記帳されていた。つまり実際には、現場で使ったとされている量の半分しか使っていないのだった。これによってその分は税金の対象にならなくなっている。また正規の帳簿や在庫表上からは消えているため、自由に処分する事もできた。

下請け会社に数百万の工事を依頼し、支払っているケースでは、裏帳簿によれば、売上割戻しという項目でその会社から半額が振り込まれている。これは事実上のキックバックだろう。その後、金は萩原と西谷の個人口座に流れていた。明らかな脱税と横領で、二年半ほど前から始まっている。

颯が決意すれば、これらはいつでも税務署に送れただろうし、その事について警告を受けていた萩原は、片時も落ち着けなかっただろう。それは颯を殺す動機になりうる。

だが同じ事は、理咲子にもいえるのだった。あの夜には引っ越しが予定されており、引き留めるとすれば最後の機会だった。申し出を颯に断られたら、理咲子はトリカブトを使うつもりだったのかも知れない。だが萩原からの電話で、颯は出かけてしまった。

理咲子が颯の後をつけていき、萩原が姿を消してから颯と接触、交渉がうまくいかずに激高し、殺害したという事はありうるだろうか。そうだとすれば、具体的にどうやったのか。

自分が着ているTシャツを見下ろす。颯はガタイがよかった。物理的に考えて、萩原の体型なら殺す事もできそうだったが、七十代の理咲子には難しいのではないか。

それができるとすれば、方法はただ一つ、颯を沼辺に誘い、突き落とす事だ。颯は滑落の後遺症を抱えていたし、あの沼の縁は滑りやすい。全体はすり鉢状で、入ったら出てこられないとも聞いている。しかし颯は四十代だった。老女の細腕で突き落とせるものだろうか。

それが不可能であるとはっきりすれば、理咲子の嫌疑は晴れる。そうなる事を願いながら、同時に、それでは先ほどの態度が説明できないとも思っていた。

とにかく理咲子にそれが可能だったかどうかをはっきりさせよう。それ次第では、容疑者が萩原一人にしぼられる。颯の体重と沼の傾斜度を調べれば、突き落とすのにどのくらいの力が必要かは、ほぼ見当がつくはずだった。

体重は芽衣に聞けば大体わかるだろうが、傾斜度を測るにはクリノメーターがいる。最近スマートフォンをクリノメーター代わりに使えるようなアプリが登場していたと思い出し、アプリストアを開いた。それを見つけてインストールする。

窓辺に寄り、カーテンを開けば、夜は明けかけていた。薄闇が霧のように残っているものの、宝沼に着く頃には作業に支障がないくらいの明るさになるだろう。

廊下に出て、轟（とどろ）き渡っている叔父の鼾（いびき）を聞きながら玄関から踏み出す。萩原に呼び出された颯の気持ちに思いをはせた。どう対処するつもりだったのだろう。

これまで聞いてきた颯のエピソードから察すれば、不正を見逃せない気質のようだったが、萩原は社長であり、颯はその会社から給料をもらっている。専業主婦である芽衣を養わねばならず、職を失う訳にはいかなかっただろう。二年半の間、萩原と口論をしながらも税務署に持ち込まず、また次第に鬱状態に陥っていったのも、そのせめぎ合いの間で身動きが取れなかったからに違いない。

萩原が忠告を聞き入れ、言動を改めてくれる事をどんなに願っていただろう。そうなったら過去には目をつぶるつもりだったのかも知れない。宝沼が糺沼と呼ばれ、神の裁きを求める場所であったと知っていただろうか。本当に沼で殺されたのだとしたら、加害者の自白以外に、それを実証する方法は存在するのか。

色々と考えながら歩き、宝沼の縁に立った。夜はまだ明け切らず、茂る立木の間に靄が立ち込めて相変わらず不気味な雰囲気が漂っている。吹く風も淀んで、朝だというのに生暖かかった。

水際に降りていき、浮草がわずかに動いている水面を見下ろす。現場が特定できず、周囲の何ヵ所かを測って平均を出すしかなかった。だいたいがわかればいいのだから、それでも問題はないと考えながら身をかがめ、計測にかかる。先日の二の舞は演じるまいと注意深く作業をした。

測定値をスマートフォンに記録させ、次の地点に移動する。そこでも同じ事を繰り返し、再び移動しようとして立ち上がった時だった。背後で足音が響く。振り返ろうとした瞬間、後ろからぶつかるように抱きつかれた。前に押され、危うく沼に踏み込みそうになる。

「ごめんなさい、そ」

振り返ると、肩の後方に芽衣の頭が見えた。背中に顔を押し当てていたが、間もなくこちらを仰ぎ、息を呑んで後退る。ぎこちない表情で何かつぶやいたようだったが、聞き取れなかった。

身をひるがえし、駆け去っていくのを呆然として見つめる。背中に、柔らかな温かさが残っていた。何を謝っていたのだろう。昨日の不可解な態度と、その後の突慳貪な対応をか。

それにしては、アクションがオーバー過ぎる気がした。驚いた様子で息を呑んでいたのも不自然だったし、抑々、自分がここに来ている事をどこで知ったのか。最後に口からもれた「そ」とは、何だ。

昇ってきた太陽が光を投げ降ろし、闇を追い散らす。沼面が鏡のように輝き始め、そこに映っている自分の姿に胸を突かれた。すっかり忘れていたが、昨日から颯の服を着ていたのだった。瞬時にすべてが理解できた。「そ」は、颯なのだ。沼のほとりを歩いていた芽衣は、颯の服を見て錯覚し、とっさに我を忘れて飛び付いたのだろう。颯の亡霊だと思い、引き留めようとしたのかも知れない。

颯は、愛されていたのだ。颯自身も、芽衣に対して同じ気持ちでいただろう。肩を並べ、話しながら歩いている二人を想像すると微笑ましく、それが突然に引き裂かれただけに何とも痛ましかった。自分の身に照らして考えても、好きになった人間に好かれるのは容易な事ではない。

彩の顔を思い浮かべる。メールや電話がほとんどの付き合いだったが、楽しかった。考えてみれば、これまで好きだと言った事が一度もない。別れた今頃になってそれに気付くのはボンクラと言うしかないが、今からでも言っておきたいような気にならないでもなかった。

いきなり実行に移すかも知れない自分を警戒し、手にしていたスマートフォンで黒木に電話をかける。気分を変えると同時に、男女交際のエキスパートの意見を聞いてみたかった。

「あのさぁ、おまえ、女に好きって言った事あるか」

沈黙の後、あきれたような声が返ってきた。

「朝っぱらから何を言うかと思えば、寝言に近いな。そこから入るんじゃないのか、普通は」

つまり自分は、普通ではなかったらしい。

「もしかして、おまえ、言ってなかったの」

肯定すれば、バカにされるに決まっていた。黙り込んでいると、からかうような笑いが鼓膜を揺する。

「マジか。フラれた原因ってそれだぜ、きっと」

好意を言葉で伝える事が付き合いのセオリーなら、おそらくそうなのだろう。なぜ言わなかったのか。そういう流れにならなかったとか、決まりが悪かったとか、好きの基準がわからなかったとか、そもそも言うべき事だと思っていなかったとか、原因はいくつも考えられた。だが今さらどうしようもない。

「あのさぁ、も一回チャレンジしたらどう。何回でもやり直せばいいじゃないか」

そうだろうか。彩にはもう美門がコンタクトしている可能性があり、いったんリタイヤした身でしゃしゃり出るのはルール違反のように思えた。

「できるよ、お互いに気持ちがあれば」

黒木の声を、遠くを吹き抜ける風のように聞く。お互いに気持ちがありながら、二度とやり直せなくなってしまった颯と芽衣を思った。フラれた自分より、相思相愛の仲を突然、断ち切られた彼らの方がよほど辛いだろう。特に芽衣は。

その心中に思いをはせたとたん、先ほどの言葉が脳裏をよぎった。芽衣は、颯に謝っていたのだった。詫(わ)びなければならないような何があったのだろう。よく考えてみれば、芽衣がここに来ていた事も不思議だった。地元の人間は近づかないのではなかったか。沼辺に茂るヨシやガマの間に沈む澱(おり)のような薄暗い空気が、ゆっくりと胸に広がった。

3

設定した測定点十数ヵ所の全部で傾斜度を測る。それらを終え、別荘に戻った。次の課題は、颯の体重を調べる事だった。先ほどの芽衣の様子を考えると、何となく躊躇われる。教えてくれるだろうか。訪問して顔を合わせるより電話の方がいいかも知れなかった。

月瀬家にかけようとしてスマートフォンを取り出す。とたんにヒツジが鳴き始めた。待ち受け画面に、小塚の名前が浮かんでいる。耳に当てると、ヒツジよりもさらにのんびりとした声が聞こえてきた。

「遅くなってごめん。宝沼の生物は、ヨコエビだったよ」

エビと言われれば、確かにそんな感じだった。

「でもエビって名前が付いてるだけで、エビの仲間じゃない。端脚目(たんきゃくもく)だよ。極端に種分化が進んでて、世界中に九千二百種以上が生息してる。日本でもかなり多くが確認されてるんだ。陸上にも、淡水にも海水にも棲む。それどころか水中動物の体表や体内にも棲む、深海魚の体表にすら棲む」

すげぇ、最強かも。

「食性は雑食で、何でも食べる。海藻、植物、動物や死骸なんかも食べるから水の掃除人と言われてるんだ。体長が三十センチ以上になる大型ヨコエビのダイダラボッチなんかは、好んで死骸を食べるよ。蛋白質の摂取量が多いから、それで大きくなるのかも。送ってもらった画像は、フロリダマミズヨコエビだった。外来種で繁殖力が強く、ダイダラボッチと同様に水中に落ちてきた動物や昆虫の死骸を食べてるんだ。あ、人間の遺体を食べるって報告もある」

それが、あの沼で死体が上がらない理由か。

「ついでに宝沼についても調べてみた。神戸大学で調査をやってるんじゃないかと思ってたけど、これはハズレだった。でも五十年ほど前、フランスのエーグ・モルト大学からガリオン教授率いる調査隊が来日してるんだ。エーグ・モルトって、プロヴァンスの古い街だよ。街の名前は溜まり水って意味で、あたりに湖沼地帯が広がってるんだ。僕も一度行った事がある。一二四〇年に造られた要塞が今もそのまま機能してて、第七回十字軍はその港から出陣したんだって。塩田や洞窟、独特の植物群が魅力的な土地だよ。ガリオン教授は水環境学、水理学、水域環境学の第一人者だ。もう亡くなったけどね。その教授の興味を引いたほど宝沼は、珍しい沼だった訳。調査報告書は、エーグ・モルト大学のアーカイヴにアクセスすれば、誰でも見られる。前に上杉が聞いてたけど、宝沼は汽水域かって質問にも答が出てるよ。その部分も存在するみたいだ」

その部分も存在するとは、そうでない場所もあるという事だった。沼の中で、水が層になっているのだろうか。

「宝沼は、二重底なんだ。水深は五メートル、上部二メートルまでは淡水で、それより深い部分は淡水と海水が混じり合っている汽水。しかもこの汽水部分は、硫化水素を含んだ無酸素の層だ。その二つの間には、地球上にほとんどいないとされている希少細菌クロマチウムが繁殖して、ほぼ一メートルの厚さの層を作っている。これは色素を生産するバクテリアで、このために宝沼の場合、この部分が赤い底のように見えるらしい」

　初めて見た時、確かに底の方に血のように赤いものが広がっていた。落人伝説があるだけに不気味で、自分の怖気（おぞけ）のせいだとばかり思っていたのだった。

「このバクテリアの層を越えて下に潜り込んでしまうと、硫化水素の餌食（えじき）だ。それだけならまだいいんだけど、クロマチウム属は硫化水素を酸化して硫酸にする性質を持ってるから、宝沼の湖底はひょっとして硫酸が溜まってる状態かも知れない。そうだとすれば、死体が上がらないって噂も当たり前だよ、溶けてるんだもの」

　では投げ込まれた平家の財宝も、それを探しに入った人間も、そしてもしかして颯も、同じ運命をたどったという事か。遺体でも上がれば、そこから何らかの手がかりが得られるかも知れなかったが、どうやら期待はできないらしい。

「でも結構面白そうだから、僕も機会があったら行ってみたいな。その時は、別荘に泊まらせてね」

約束して礼を言い、電話を切った。その場で月瀬家にかける。あのハウスキーパーが出た。

「あれ、上杉さん、どないしはりました」

芽衣を呼んでほしいと頼むと、しばらくしてまたもハウスキーパーの声がした。

「ご気分がお悪いとかで、出られへんって言ってはりますの。来ていただいてもお会いできへん、そう伝えてほしいって」

思ってもみない全面拒否だった。沼で会った時、雰囲気といい、口走った言葉といい、確かに尋常ではない感じがした。もっと言えばその前、月瀬家で別れた時から変だったのだ。理由を尋ねて力になりたかったが、電話にも出ず、面会も断られてしまっては手の打ちようもない。おまけに颯の体重を聞き出せなくなり、あと一歩のところまで来ていた調査も頓挫するしかなかった。

行き止まりになったこの道に、何とか迂回路を見つけたい。できるだろうか。あれこれ考えるものの、いい方策が見つからず内心いら立った。

「芽衣さんの代わりと言っちゃ、えろう口幅ったいですが、私でお役に立てませんやろか」

持ちかけられて初めて、ハウスキーパーが日常的に颯を見ていた事に気がつく。

「どないです」

おそらく体重を推定できるに違いなかった。

「実は、颯さんの体重を知りたかったんです。ご存じですか」

ハウスキーパーは一瞬、沈黙し、やがて今までと打って変わった余所余所しい声になった。

「いややわぁ。どないしてうちが、そんな事知ってるなんて思わはりますの。颯さんとは、そういう関係じゃありません」

話しながら次第に腹が立ってきたらしく、怒気を露わにする。

「この仕事は、そういう誤解を受けることもありますけど、私はえろう気ぃつけとるつもりや。そんな噂が立ったら、次に影響しますし。変な事、言わんといてください」

謝るしかなかった。単に体重を聞きたいだけだったのだが、こちらの意図以上に気を回したらしい。ひたすら謝罪し、電話を終える。

ベッドに体を投げ出し、両腕を枕にして天井を仰いだ。芽衣の他に颯を知っていて、その体重を想定できそうなのは理咲子か萩原だったが、どちらも疑惑の人物で、なぜその数値が必要なのかと聞かれると答に窮する。本人に向かって、実はあなたを疑っているなどとは言えたものではなかった。またそんな事を言って、真面な答が返ってくるとも思えない。

スマートフォンに保存した沼の傾斜度をながめる。この方法にこだわっていたら、もう一歩も進めそうもなかった。だが、どうにも放棄する気になれない。書き込んでは消した跡の残るお気に入りの座標軸のようなものだった。新しい座標を思いつかないために捨てられないのか、それとも捨てられないから新しいアイディアが出てこないのか。

振り切ろうとして一気に身を起こす。体の位置が変わり、目の前に異なる景色が広がった。その角度から部屋の中をながめていて、変形させてみようと思いつく。代数幾何学においては、フロベニウスの同型を一般的な同型に置き換える事がある。それをイメージしながら、どこを残し、どこを変えるのかを考えた。

颯が沼に落ちたという部分をそのまま生かし、要素を置き換えるのはどうだろう。これまでは突き落とすのに必要な力を算出しようとしていた。そこから離れ、突き落とした時に起こった現象が及ぼす影響を追う事で、加害者を特定できないか。

一人の人間が沼に落ちれば、相当な飛沫(しぶき)が上がる。突き落とした方は、全身に沼の水をかぶったはずだ。服は、かなり濡れただろう。その水分の中には当然、沼に生息していた微生物が含まれている。もちろんフロリダマミズヨコエビも、だ。

一年前の出来事であり、着ていた服はもちろん洗濯してしまっただろう。だが靴はどうだ。革製だったら、水だけ拭ってそのままの可能性がある。縫い目の間には、ヨコエビが一匹くらいは入っているのではないか。理咲子の靴を全部、調べたらどうだろう。

素晴らしい思い付きで、自画自賛しながらスマートフォンを取り上げる。今度は、必要十分条件を視野に入れる事を忘れなかった。靴の縫い目からヨコエビが出てきたからといって、犯人とは限らない。この間の和典のように、沼にはまりそうになっただけかも知れなかった。

ヨコエビが出てこない事をAとし、犯人ではない事をBとする。Aならば必ずBであり、BならばこれまたAだった。理咲子の靴からヨコエビが出てこなければ、疑いは完全に晴れる。

「上杉です。先ほどは失礼しました。理咲子さんに伝えてください。これからパソコンとUSB

メモリをお返しに上がりますと」

4

「パソコンの中に入っているデジカメデータに、あの人形は写り込んでいませんでした」

理咲子の肩の線が、ゆっくりと和らぐ。詰めていた息を吐く気配も感じられた。

「じゃ心配する事なかったのね。三代目の脱税の方は、どう」

答に躊躇する。事実を伝えれば、すぐ警察に届けると言い出すだろう。そうなると颯の失踪に関して事件性が出てくる。萩原に動機があるという事になり、任意同行、事情聴取になるのは必至だった。もし理咲子が犯人なら、その企みに手を貸す事になる。

「そっちの方は、まだ特定できていないんです」

理咲子の嫌疑が晴れるまでは、引き伸ばすしかなかった。

「これからやります。その前に、頑張った僕にご褒美をください」

理咲子は、孫に何かをねだられた祖母のように顔を崩す。

「意外にチャッカリさんね。いいわ、お望み次第よ。何がほしいの」

素直に承知してくれる事を願いながら、その顔色をうかがった。

「実は、理咲子さんの靴の手入れをさせてほしいんです」

部屋の中の空気が、いきなり凍り付く。そのまま動かない理咲子に、どう説明すればいいのかを考えた。最優先課題は、とにかく承知させる事だった。

「僕、女性の靴が好きなんです」

そういう趣味だと思ってもらうのが一番手っ取り早いだろう。沽券に関わるものの、この際やむを得なかった。

「理咲子さんの靴をきれいにしたい。ただそれだけです。靴の掃除以外よからぬ事はしません。もし気になるようでしたら、誰かに僕の作業を見張らせてください」

理咲子は、自分を吐き出すような溜め息をつく。

「まぁヨーロッパには、そういう趣味の男性も少なくないのよね。歴史上の有名人にも、何人かいるけれど」

つくづくとこちらを見つめ、無念そうにつぶやいた。

「あなたがそうだなんて意外。ああ残念だわ。私が好きなのは、ノーマルな男子なのよ。それ以外はごめんこうむるわ。オミットよ」

どうやら理咲子の想い人の対象から、外れたらしい。思ってもみなかった結果で、気分がすっかり軽くなった。

「じゃハウスキーパーを呼ぶわ。案内させます」

靴なら、玄関の靴箱に入っているのだろう。わざわざ案内してもらうまでもない。そう思ったのだが、やがて自分の間違いに気づいた。

「こちらへどうぞ」

やってきたハウスキーパーは、先に立って部屋を出ると、玄関を右手に見ながら通りすぎる。電話での遺恨をまだ抱えているらしく、理咲子の説明を聞いている間も旋毛(つむじ)を曲げている様子だった。昨日使ったヘラクレスの間の中を通過し、その奥の部屋の前で立ち止まる。

「ここです」

開けられたドアの向こうに広がっていたのは、靴屋の店頭の光景だった。隙間もないほど部屋中に棚が作られ、そこに靴が並んでいる。ハイヒールからスニーカーまであった。

「こないだ数えましたら、全部で千二百数足ありました」

いったい何本、足があるんだと言いたくなる。

「服やドレスをお作りになるたんびに、それに合わせて靴もお作りになるんで、増える一方です。作っただけで一度も下ろしてない靴も、たくさんございます」

これを全部点検するとなったら、どれほど時間がかかるだろう。まいったと思いながら、ちょうど目の前にあった銀色のピンヒールに釘付けになる。踵(かかと)の直径は、一センチもなかった。これで踏まれたらかなり深く刺さるだろう。ここまで鋭いと、凶器と呼んでもいい。

「理咲子さん、こんなんでちゃんと歩けるんですかね」

靴を手に取って振り返ると、ハウスキーパーは、そういう質問自体が信じられないというような目をこちらに向けた。

「そんなん履いたら、ズッコケるに決まってますやろ」

急に飛び出した神戸弁に、思わず笑いを漏らす。ハウスキーパーも笑い出し、それでようやく機嫌が直った。

「若い頃、履かれてたんとちゃいますか。ここ数年、ヒールのあるのには、もう見向きもされません」

歳を重ね、足元が不確かになってきているのだろう。

「履かれる靴は決まってきとるんで、あのあたりにまとめてあります」

出入り口近くにある片側の棚を指す。

「あそこに置いとけば、理咲子さんも私も奥まで入らずにすむし」

八段ほどの靴棚に、ブランド物のウォーキングシューズ、デッキシューズ、踵が二センチ前後の革靴が三十足ほど並んでいた。

数が絞られた事に、胸をなで下ろす。しかもほとんどシューレースのついた靴で、ヨコエビの繊細な触角や脚がよく引っかかりそうだった。それが見つからない事を願いながら靴に手を伸ばす。

「では、まずこの棚から」

ハウスキーパーは、またも不満気な様子を見せた。

「さっきからそない言わはりますが、いつも私がきれいにしとるんですよ。今更手入れの必要なんか、あらへんと思いますけど」

この家を実質管理しているハウスキーパーとしての自負を傷つけられたらしい。

「理咲子さんが靴を選ぶと、お召し替えしとる間に革や紐を点検して正面玄関に出し、お帰りになると、脱いだのを玄関から通用口に移動させて一日乾かし、その後、クリーナーで汚れを落として、防水したり磨いたりしてここに戻しとるんです。破れがある場合は、靴屋に出しますし」

思いがけない入念さが、先ほど立てた命題を崩していく。ヨコエビは、跡形もなく取り除かれているかも知れなかった。

「我ながら完璧な仕事やと思うとる」

悦に入るハウスキーパーに毒づきたい気持ちを噛みつぶす。せっかくたどり着いたアイディアが試しもしないうちから崩壊していくのは、無念な事この上なかった。とにかくここの棚にある靴だけでも点検しようと自分を励まし、作業を続ける。

「ちょっと上杉さん、私が今、何言うたか聞いてはりましたか」

その抗議を聞き流し、一足一足を取り上げて縫い目や靴底、シューレースの繊維の間にまで視線を走らせた。

「もちろんです。おっしゃる通り、きれいになってるなぁと思って感心してますよ」

ヨコエビは、見当たらない。

「そやろ、そのはずや」

すっかり拭い取られてしまったのか、元々付着していなかったのか、どちらとも判断がつかなかった。

「だから言いましたんや、必要あらへんって」

はっきりさせるためには、別の命題を立ててやり直す必要がある。歯がみしつつ、慣性の法則にのった球のように点検を続けた。

「まだやってはるんか。しつこいお人やな」

下の段の、あと数足で終了というところで靴を持つ手が止まる。手だけでなく体全体が一気に凝固したかのようだった。

持っていたのはベージュの革靴で、甲の部分に白革で編んだメッシュがはめ込まれている。その編み目の下に隠れるように、二、三ミリのヨコエビの頭部が挟まっていた。千切れたらしく他の部分はない。穴が開くほど見つめずにいられなかった。これだ、見つけた。

難しい証明が成功した時のような達成感を嚙みしめる。自分の力を誇る気持ちと、それが理咲子の疑惑を晴らすどころか逆に決定づけるものになった事への嘆きが入り混じり、胸で重い渦を描いた。

「理咲子さんは、この靴、よく履かれるんですか」

渦の底から上ってきた声は、かすれて響く。ハウスキーパーは、とんでもない災難にあったというように目を丸くした。

「ああ、それ、ぐしょ濡れやったヤツや。あん時は、ほんま、かなわんかったわ」

何かあったのだ。

「理咲子さんがお帰りにならはったんで、玄関に脱いであった靴をいつも通りに通用口に持っていきましたんや。そしたら、あたりには荷物がいっぱいで置けんかった。ああ、そういえば今夜は引っ越しやったって思い出して、しかたなく玄関に戻しといたんです」

あの日の事なのだと突然わかった。これまで背中を向けていたものが急にこちらに向き直り、全貌を露わにしていくのを見ているような気分になる。

「その日はそのまま帰って、明くる日来てみると、それがビッショリ濡れとってなぁ。誰や、こんな悪戯しよったんはって怒り心頭やったわ。革やし陽にも干せんし、しゃぁないから新聞紙に包んで、地味に乾かすことにしたんや。ところが通用口に、引っ越しの荷物が置きっぱなしになっとった。聞いてみると、昨日、颯さんが帰ってこんかったゆう話でな。夕方まで待って行方不明者届を出したんやけど、まぁ落ち着かん日やった」

颯は、萩原からの電話を受けて出かけた。それを見かけた理咲子が、急いで後を追おうとして玄関に出しっ放しになっていた靴を履いたという事か。

「けど、いまだに不思議な事があるねん。靴は何日もかけてようやく乾かしたんやけど、気が付いたら内側に汚れがついとった。何を使えば表の革にひびかんように取れるやろ思うて、あれこれ苦労したで。結局、加水で取れたんやから、あれは血やな。場所からして、革でこすれて靴擦れができたんやないか。けど、あの靴でいまさら理咲子さんが靴擦れするはずもないやろ。奇妙奇天烈でなぁ」

一年前、颯が出かけた後、ハウスキーパーは自宅に帰った。この家に残っていたのは、靴の持ち主である理咲子を除けば、芽衣だけだった。

終章　不在の存在

1

思い当たる様々な事が、突如として押し寄せてきて胸にあふれ返る。今まで見てきた芽衣が、いきなり凄まじいものに化けた気がした。

考えてみれば、芽衣はこれまで失踪という言葉を使った事がない。颯がいなくなった理由をわかっていたからだ。死体を思わせる人形におびえ、宝沼が神による真実究明の場所だったと聞いてすくみ、皮肉を言う余裕も失っていた。自分のした事に対する天の審判を恐れていたのだ。沼のほとりを彷徨い歩いて颯に謝り、そして何より、こう言っていた。

「十三夜が来るたびに思い出すの。揺れながら沈んでいく月を、一人で見ていた事」

空の月は揺れない。揺れるのは、沼面に映っていたからだ。あの夜、颯に手を下し、その体が沈み切った後、芽衣は一人で宝沼に映る月を見ていたのだ。静まり返る夜、皓々と照る月、沼辺に一人で立つ芽衣。その様子を想像すると、あまりの孤独さに胸が痛くなった。

なぜそんな事をしなければならなかったのだろう。その夜は、引っ越しだったはずだ。自由な世界に飛び立つ直前だったのだ。その道をどうして自分で閉ざしたのか。愛情は偽装だったのだろうか。なぜそんな思い切ったまねができたのだろう。自分の人生を棒に振るのが恐ろしくなかったのか。そんな事をして何の利益があったのだろう。いったい何を考えていたのか。

部屋の隅の小さなテーブルの上で、内線電話が鳴り出す。ハウスキーパーが出て、こちらに受話器を差し出した。

「芽衣さんからやで」

すっかり冷たくなった手でそれを受け取り、耳に当てる。

「シューズ・ルームにいるのね。あなたには、私、自分を見せすぎてしまったみたい。もう全部わかったんでしょう」

いくつもの疑問が喉に殺到した。だが干上がったような口から声が出てこない。

「もっと前にあなたと出会って、再就職したらって言ってもらえていたら、自分を止められたかも知れない」

一瞬、あざやかな光を浮かべた二つの目を思い出す。解き放たれたような喜びに満ちていた。

「一年前なら、あなたの言葉が私のサイクルを壊してくれた気がする。ずっと私が囚（とら）われてきたサイクル。たった一秒の間にも、体の奥から突き上げてくる肯定と否定の振動のような繰り返し。大声で叫び出したくなるような反復。そこから自由になるためには、それまで自分の世界に存在しなかった新しい発想が必要なんだってわかっていた。あなたの言葉の中に、そのヒントがあるように思えたから」

かすかな笑いが耳に触れる。

「でも、一年遅かったな」

あせりながら、目まぐるしく時間をさかのぼった。両手で時の流れを掻き分け、一年前の自分を捜す。何をしていたのだろうか。芽衣を止められたかもしれないその時、自分は。

「あなたとは会えず、そして私は間違えたの」

喉に力をこめ、詰まっていた疑問を何とか放り出した。

「何を間違えたんですか」

しばしの沈黙の後、あきらめたような声が耳を打つ。

「私の部屋にいらっしゃい」

静まり返った夜の草叢で鳴くコオロギに似て、はっきりとしていながら今にも消え入りそうな心許なさを含んだ声だった。

「颯の部屋の隣よ」

これが刑事ドラマなら、目撃者を呼び寄せて殺すパターンだろう。そうわかっていたが、芽衣の気持ちを聞きたいと思う自分を止められなかった。

「すみません、途中ですが芽衣さんに呼ばれたので行ってきます」

ハウスキーパーにそう告げ、自分の所在を明らかにしておいて靴の部屋を出る。階段を上り、颯の部屋を通り抜けた所にあるドアをノックした。

「上杉です」

表情のない芽衣の顔がのぞく。

「いらっしゃい。どうぞ」

後ろに身を引き、そのまま部屋の中に引き返していった。背中を追う。芽衣が口を開くのを待てず、性急に質問をぶつけた。

「あなたの気持ちがわかりません。なぜですか」

言葉は問い詰めるように、責めるように響いた。気持ちが煮詰まっていたからだろう。芽衣はソファに腰を下ろし、両指をくんで膝に置く。

「人間は、自由のためならどんな事もすると言ったのは、アベ・プレヴォね。イエズス会の放蕩家にして作家。『マノン・レスコー』の中の言葉よ」

颯を殺したのは、自由のためだったと言いたいのだろうか。

「とても好きだった。でも颯は、私を殺したの。私は殺されて、いなくなってしまったのよ」

何を言っているのかわからない。

「自分を取り戻したかった」

視線が宙に浮き上がり、ますます混沌とした世界に入っていってしまいそうだった。現実に戻ってきてほしくて、体をぶつけるようにしてすぐ隣に腰を下ろす。

「具体的に話してもらえますか」

芽衣は目を伏せ、組んでいた指が白くなるほど握りしめた。

「家族を失った後、私のような被害者を二度と出すまいって心に誓ったの。それで気象予報士になったのに、颯に出会ってその道を歩けなくなった。とても好きで、離れていられなくて、ずっとそばにいたくて予報士を辞めて、それでももっとそばに行きたくて、溶け合ってしまうくらいに近寄りたいと思っていた。そのうちにハッと気が付いたら、自分がなくなっていたの」

胸を突かれ、息を吞む。ピアノを弾きながら芽衣が語っていた颯への同化、あれを聞いた時、なぜ気付かなかったのだろう。それが愛の美談ではなく、自己崩壊の危機である事に。

「いつの間にか私の心の全部、私の魂の全部が颯で、本当の私自身は隅っこに追いやられて死んでいた。何の価値もないちっぽけな死体になって、自分が固く決意した事も忘れ果てて」

哀しげな光を浮かべた大きな目が、突き詰めるように鋭くなっていく。

「颯さえいなくなれば、自分を取り戻せると思った。颯が生きているうちは、絶対ダメだって。好きすぎて離れられない事は、はっきりしていたから」

それで、事件は引っ越しの夜に起こったのだ。芽衣は二人の生活を望む一方で、恐れもしていた。二人で暮らし始めれば、颯の中にいっそう深く埋もれていく。それは自己をさらに殺していく事だったろう。颯か自分か、愛か自己か。決断しなければならなかった夜、そして決断がなされた夜、それこそが引っ越しの夜だったのだ。

「でも、もしあなたと出会って、再就職したらって言ってもらえていたら、颯か自分かの二択のサイクルは壊れていたと思う」

役に立たなかった事が、もどかしかった。犯行を止められていたら、どんなにか良かったろう。落ちていこうとしていた芽衣を、その前に救えていたなら。

「あの夜、出かけた颯を追って、社長と別れるのを待って、沼の中に何かがいるって言って、のぞき込んだ颯の足元をすくったの。滑落の後遺症でバランスが悪かったから、想像していたより簡単だった。沼の中で颯は、何度か立ち上がったけれど、そのたびに滑って大きな飛沫を上げて、結局沈んでいった。水面はやがて静かになって、そこに十三夜の月が映っていたの。真珠みたいで、今までに見た月の中で一番きれいだったな。ああ自由になった、自分を取り戻したって感覚だった。ほんの少しも後悔していなかった。だって颯は、私を殺したのよ。それは死にふさわしい罪でしょう」

唇に笑みが浮かぶ。純度の高い水に似た透明感のある微笑だった。それを見ながら、颯に処方されていた薬を本当に必要としていたのは芽衣だったのではないかと思う。

「沼辺の草にたくさんの露が光っていて、まるで水晶の玉が転がっているみたいだった。それを見ながら夜の中を一人で家に帰ったの。こんな素敵な世界に生きている事がうれしかった」

ゆっくりと立ち上がり、窓辺に足を向ける。深刻な打ち明け話にまるでそぐわない、ステップを踏むかのような軽やかさだった。

「無月って知ってるかしら」

窓辺から振り返った芽衣に、返す言葉が見つからない。

「月が雲で隠れていた時に使うの。特に十五夜で、月を見ようとしてて見えないと、無月でしたねって言うのよ。見えなかった、月が出ていなかったって言い方をしないで、無の月が見えたって言う。無があるって感覚よ。前も言ったけど、ないものが存在するって感じね。人間も同じ。いなくなったのに存在してる、ここに」

そっと胸に手を当てた。

「もういない颯が住んでいるの。今までよりずっと近くに感じる。動かすことができないほど重い、重くてたまらない」

それにあえいでいるようでも、また喜んでいるようでもあった。その二つは、芽衣の胸の中で分かちがたく結びついているのだろう。

「私、これから」

急に頬をゆがめる。涙を浮かび上がらせ、片手で口をおおった。

「どこに行けばいいのかしら。警察、それとも、ああ、きっと泉下(せんか)ね。死にふさわしいもの」

手を伸ばして窓を開け、窓枠に上りかける。あわてて駆け寄り、後ろから抱き止めた。

「警察にしておきましょう。そうすれば、また会える」

芽衣は、手を振り切ろうとする。それを止めたくて口走った。

「また会いたい」

打たれたように背中が引きつり、驚きを浮かべた目がこちらを振り返る。その体から力が抜けていった。手を離しながら必死に頭の中を探し回り、何とか言葉を拾い上げる。

「気象の話、もっと聞きたい、です」

芽衣はまともに受け取らなかったようで、諭(さと)すような顔になりながら向き直った。

「他の人から聞いてちょうだい。私は人殺しよ。一番愛してる人を殺したのよ」

申し出を拒(こば)み、突き放していながら、すがりつかんばかりの眼差だった。命の綱を結べるものなら結びたいのだろう。その真剣さに、引き寄せられる。こんな時、生きる糧(かて)になるのは何なのか。様々な考えが目まぐるしく交錯し、結び付いては離れ、また合流し、やがて一つに集約していった。誰かに必要とされる事か。

「きっと理咲子さんもそう言うでしょう。理咲子さんにとって、あなたはとても大切な人なんです。あなたが何をしたとしても、絶対また二人で暮らしたいって思っていますよ。僕も会いに来たい」

芽衣はふっと緊張を解く。顔をやわらげ、涙をあふれさせた。

「ありがとう」

うなだれる細い首、震える小さな肩をただ見つめる、抱きしめてやりたいと思いながら。

2

「理咲子さんに伝えておいてください。芽衣さんと警察まで行って、パソコンを提出してきます、と」

ハウスキーパーに言い置き、芽衣に付き添って警察に向かう。坂道を下りながら、芽衣はあたりを見まわした。

「紅葉が山全体に広がるのも、もうすぐね。明度や彩度の違う様々な赤、シグナルレッドや茜色、洗朱、赤丹、それに色んな黄色、朽葉色、琥珀色、藤黄、山吹色、鬱金、深黄、そこに常緑樹の常盤色、青竹色、灰緑、青磁色が交じって、山にパッチワークを広げたみたいになるの。千紫万紅って感じ」

夢みるような眼差で話すのを聞きながら考える、もし自分が一年早く、去年の秋がくる前に芽衣と出会っていたら、あるいは芽衣が、いくつかの選択を間違う事なく進んできていたら、どうだっただろう。それは、ありえたかも知れないもう一つの芽衣の人生だった。

「それ、私が持っていく」

警察署の玄関で、芽衣は、菓子をねだる子供のように広げた両手を差し出した。

「どうもありがとう。ここからは、もう一人でいい」

渡したパソコンを抱え、ちょっとまぶしそうにこちらを見た。

「その服、よく似合ってる。良かったら、これからも着て。もう全裸にならないようにね」

秋の薄い光の中で浮かべた微笑みに、哀しみが入り混じる。心に染み入るような幽けない微笑だった。きっと生涯、忘れられないだろう。

「それじゃ」

しっかりとした足取りで、一度も振り返らないままドアの向こうに姿を消した。歩いていったその跡を、軌跡でも探すかのように見つめる。どうやら自分の心にも、芽衣という名前の空洞ができたらしかった。

「ちょっと、そこ、どいてくれへんか」

警察署の玄関前を横切って駐車場に入ろうとする車から、いらだたしげな声が飛ぶ。あわてて脇に寄り、道路に出た。

理咲子に詳しく報告し、説明するために月瀬家に足を向ける。玄関にハウスキーパーが所在なさそうに立っていて、こちらの姿を見つけるなり、飛びつかんばかりの勢いで話し出した。

「さっきまで理咲子さんもここにいはったんですけど、なんや急に素晴らしいコマ割りが閃いたとかで、仕事部屋に駆け込んでいかはって、そのまんまです。あ、お言付けを預かっとります。版元には自分で交渉するから、気にせんといてって言うてはりました。なんでも上杉さんより自分の方が、押しが強いに決まっとるから、って」

確かに言えるかも知れなかった。それに本人が行動するなら、それがベストだろう。

「わかりました。大成功をお祈りしていますとお伝えください」

玄関脇の電話が鳴り出す。ハウスキーパーが出て、言葉少なく話してから受話器をこちらに向けた。

「芽衣さんの事で、お礼を言いたいって言ってはります。今、ノッてるとこやから、手短にって」

受話器を受け取り、説明の手順を考えていて理咲子の言葉に引っかかる。礼を言うとは、どういう意味だ。受話口からしゃがれた笑いが流れ出した。

「私が、知らなかったとでも思ってるの。見てましたよ、あの夕方、颯さんの後を追っていく芽衣ちゃんをね。ずぶ濡れで帰ってきたところも。可哀想に、真っ直ぐ歩けないほど震えていたわ」

ひと言ひと言が、パスワードのようにこの事件にはまっていく。細部に漂っていた疑点を払い、全てをはっきりと照らし出した。

「私は、一人になるのが嫌だったの。芽衣ちゃんと二人で暮らしていきたかった。どんな形にしろ、どういう理由にしろ、芽衣ちゃんがここから消えるような事態は避けたいと思っていたのよ」

それで萩原を犯人にしたかったのだ。パソコンから犯罪の証拠が出た時点で全てを終わりにし、それ以上は突っ込まれたくなかったのに違いない。お礼を言いたいというのは、半ば皮肉だろう。それならばと考えて、こちらから触れてみた。

「程よいところで止めておいてほしかったと思っているんじゃないですか」

笑い声が大きくなる。

「察しがいいわね。そうよ。自分一人になるのが恐かったからね。あなたをたいそう恨んでるわよ。余計な事をして」

話している内容の割に、声は明るかった。

「私、弟夫妻と約束してたの。こんな世の中だから、誰がいつどうなるかわからない、もし先立つような事があったら、お互いに残された者の面倒を見合おうって。被災を聞いた時には、すっ飛んで行って現場の捜索に参加したわ。固まった泥の中から遺体を見つけたのは、私よ。手を合わせて祈ったわね、芽衣ちゃんの事は任せてって。すぐ引き取って、一緒に住んだの。そのままだったら、どんなにかよかったのに、ある日突然、私たちの間に颯さんが入ってきて、芽衣ちゃんを取られた気分だった。中学の時から育ててきたのに」

親の悲しみを味わったらしい。

「子供は、いつまでも子供じゃないですよ。成長して自立する」

深い溜め息がもれた。

「そんな事わかってますよ。でも子供のままでいてほしかったの。ネバーランドの住人みたいにね。それが私の幸せだったんだから」

勝手な言い分だが、それを躊躇(ためら)いもなく主張するのが理咲子なのだろう。

「でもまぁいいわ。裁判になったら優秀な弁護士を雇って、執行猶予を付けるから。そしたらすぐこの家に戻ってこられる。今度こそきっと私から離れられないわ。そう簡単には、仕事も伴侶(はんりょ)も見つからないでしょうからね。たぶん死ぬまで一緒よ」

何が何でも自分の思った方向に現実を引きずっていこうとしている。その活力に、何となく感嘆しないでもなかった。

「でもあなたの希望ばかり押し付けていたら、芽衣さんが可哀想ですよ」

理咲子は、愚痴るようにつぶやく。

「そんな心配はいらないわよ。なぜって愛情というバトルフィールドでは、より深く愛している方が負ける事になってるんですもの。いつも私よ」

確かに、身をかがめるようにして芽衣の許可を取ろうとしていた。芽衣の方は、よく憤慨し、それを遠慮なく理咲子にぶつけていたのだった。お互いに心の傷になっていないのだろう。他人が口を挟む余地はないのかも知れない。

「私が思ってるくらい、芽衣ちゃんが私を思ってくれるといいんだけどね。若い人は薄情だから」

いささか同情し、提案してみた。

「愛は、仕事に向けたらどうですか。それとも新しい趣味を見つけるとか」

理咲子は、秘密を打ち明けるかのように声をひそめる。

「趣味なら、もう最高のを見つけてあるわ。ト、リ、カ、ブ、ト」

区切った言葉が、小石のように胸を打った。

「あれは薬用以上に、私のおもちゃなのよ。誰にでも使えるから、キャスティングボートを握ってるのと同じで楽しめるの。気に入らない人にも、私の言う事を聞かない人にも、それから芽衣ちゃんを連れ去ろうとした颯さんにも、苦しんでいた芽衣ちゃんの解放にも、そして自分自身の人生の仕上げにもね。神になった気分で、トリカブトを見ながらあれこれと想像するの。今のところの一番の娯楽よ」

背筋が冷たくなるような趣味だったが、思うだけなら犯罪ではない。スマホゲームの中には猟奇殺人もあり、それをしたからといって罰せられる事もなかった。似たようなものだろう。

「あなたが、本当にそれを使わないように祈ってます」

理咲子は、取りすました声になる。

「時々、見張りに来たらどう。歓迎するわよ。全裸でもいいわ」

ちゃっかり自分の思う所につなげる要領のよさには、笑うしかなかった。

「取りあえずクリスマスに来ますよ」

満足げな答が返ってくる。

「プレゼントを用意しておきます。あなたも持ってくるのよ。私、クリスマスローズがいいわ。断らないでね、学生でも買えるくらいの価格だから」

芽衣にも花を送ろうか。そう思いながら、貼(は)り付くようにこちらを見ているハウスキーパーに気づき、約束した。

「あなたにもクリスマスローズを持ってきますね」

うれしそうに頷くハウスキーパーと別れ、別荘に戻る。借りていた颯の服を脱ぎ、洗濯した。洗濯機の蓋の向こうで、半転をくり返すドラムを見つめる。

あれほどひたむきに愛しながら自らそれに幕を引いた芽衣は、愛に躓(つまず)いたのだろうか。いや、もっと深刻かもしれない。芽衣は、おそらく愛に呑み込まれたのだ。家族三人を失ったという原点から人生の目標を定め、それを抱えてきたというのに、その心に芽生えた愛がいつの間にか成長し、芽衣自身を取り込み、原点を見失わせたのだった。

数学を愛するあまり、人生に破綻を招いた数学者は少なくない。自殺したり殺人に走ったり、あるいは世を捨てたりしている。

およそ全ての愛の中には、己以外を排除しようとする業火があるのだろう。その火は、愛にひそむ狂気といってもいいのかも知れない。それに囚われ、身を焼かせる事こそが、愛するという行為なのだ。

だが芽衣は、自分の宿命的原点を放棄できなかった。自己を取り戻そうとする戦いを始めたのだ。それは、心を二分するものであっただろう。日々くり広げられるその戦闘が芽衣を荒廃させ、圧倒的な力を誇る愛に対し、颯を抹殺するという方法を選ばせたのだ。

深い谷の底をのぞき見ているような気がした。人を好きになるという事、あるいは何かを愛するという事について、今までなんと浅くしか考えていなかったのだろう。恐ろしくて踏み込めない世界だとすら感じる。

「お、和典君、帰ってたのか。昼飯どうだ」

スーパーの紙袋を抱えて玄関から入ってきた叔父が、洗濯室をのぞき込んだ。

「昨日、明石焼き、食い損ねただろ。作ってやろうと思ってさ、材料買ってきた」

袋を持ち上げ、子供のように無邪気な笑顔を見せる。

「見よう見まねだけどな」

叔父と一緒に作るのも楽しそうだと思いながら頷いた。高校生の甥が昨夜から今までどこで何をしていたのか、まるで聞かないゆるさが快い。

「これ、終わったら、手伝います」

時間を短縮するために切りのいい所でコースを替え、乾燥までセットしてから台所に飛んで行った。明石焼きの作業があまり進んでいない事を願いながら踏み込む。

テーブルの上に鰹節の小袋や卵ケースが置かれ、買い物の一部はまだ紙袋に入ったままだった。叔父はワインの栓を開け、椅子に座って飲んでいる。

「あ、もう終わったの。こっちはこれからだ。ま、ゆっくりやろうや」

こういう所が、母は気に入らなかったのだろう。何かをやると決めたら一心不乱、一気呵成にやり遂げるのが母の一族の気質だった。和典もそのタイプに属する。そこから芽衣の心境までは、ほんの一歩であり、その運命は他人事ではなかった。叔父のようにゆったりとは、なかなか構えられない。

ポケットでヒツジが鳴き始め、待ち受け画面に美門の通話アイコンが浮かび上がる。耳に当てると、憂鬱そうな声が聞こえた。

「これって別に言わなくてもいい事だと思うけど、前に上杉が言ってたから、俺もいちお報告する」

持って回った言い方だった。

「俺、フラれたから」

それを言うためだけに、わざわざ電話をかけてきたのかと思うと、その律儀さが何だかおかしかった。

「おまえの事、まだ好きみたいだぜ」

言葉が鼓膜の上を通りすぎていく。脳裏に届かず、反応できなかった。

「別れたのは嫌いになったからじゃなくて、距離を置いて自分を見つめ直してみたかったからだって。どんどん好きになって依存度が上がって、自分自身がなくなっていく感じで、このままでいいとは思えなかったって」

芽衣の声が胸によみがえる。

「しばらく頭を冷やしてから結論を出すつもりらしいよ」

そういう方法もあったのだと気づかされた。いかにも彩らしい賢さで、尊敬の気持ちを抱く。同時に、その冷静さがいく分くやしかった。颯のようにひたむきに愛されるなら、その結果が破滅に通じたとしても、それはそれで納得がいくようにも思えてくる。

「で、俺がさ、それまで上杉に彼女ができないとでも思ってるのって聞いたら、それならそれでいい、運命だと思うからって。キッパリしててカッコよかったよ。じゃ」

切れたスマートフォンを握り締める。立ち上がった叔父がグラスを片手にレンジに向かっていた。熱いオリーブ油の香りが流れてくる。鼻歌も聞こえ出した。

ふっと気持ちがほぐれる。やり方は一つではない。道もいろいろある。食事をしながら叔父と、この話をしよう。あの植木屋や中里、女将の意見も聞いてみたい気がした。何と言うだろう。それが終わったら数学に戻ろうか。あるいは月瀬家に行き、『素数の美』の最終アップのUSBメモリを借り出そうか。時間はたっぷりある。それがうれしかった。

《完》

藤本ひとみの単行本リスト

ミステリー・歴史ミステリー小説

『数学者の夏』講談社
『密室を開ける手　KZ Upper File』講談社
『失楽園のイヴ　KZ Upper File』講談社
『青い真珠は知っている　KZ Deep File』講談社
『桜坂は罪をかかえる　KZ Deep File』講談社
『いつの日か伝説になる　KZ Deep File』講談社
『断層の森で見る夢は　KZ Deep File』講談社
『モンスター・シークレット』文藝春秋
『見知らぬ遊戯――鑑定医シャルル』集英社
『歓びの娘――鑑定医シャルル』集英社
『快楽の伏流――鑑定医シャルル』集英社
『令嬢たちの世にも恐ろしい物語』集英社
『大修院長ジュスティーヌ』文藝春秋
『貴腐　みだらな迷宮』文藝春秋
『聖ヨゼフの惨劇』講談社
『聖アントニウスの殺人』講談社

日本歴史小説

『火桜が根　幕末女志士　多勢子』中央公論新社
『会津孤剣　幕末京都守護職始末』中央公論新社
『壬生烈風　幕末京都守護職始末』中央公論新社
『士道残照　幕末京都守護職始末』中央公論新社
『幕末銃姫伝　京の風　会津の花』中央公論新社
『維新銃姫伝　会津の桜　京都の紅葉』中央公論新社

西洋歴史小説

『侯爵サド』文藝春秋
『侯爵サド夫人』文藝春秋
『バスティーユの陰謀』文藝春秋
『ハプスブルクの宝剣』［上・下］文藝春秋
『令嬢テレジアと華麗なる愛人たち』集英社
『マリー・アントワネットの恋人』集英社
『皇后ジョゼフィーヌの恋』集英社
『ブルボンの封印』［上・下］集英社
『ダ・ヴィンチの愛人』集英社
『ノストラダムスと王妃』［上・下］集英社
『暗殺者ロレンザッチョ』新潮社
『コキュ伯爵夫人の艶事』新潮社
『エルメス伯爵夫人の恋』新潮社

『聖女ジャンヌと娼婦ジャンヌ』新潮社
『マリー・アントワネットの遺言』朝日新聞出版
『ナポレオン千一夜物語』潮出版社
『ナポレオンの宝剣　愛と戦い』潮出版社
『聖戦ヴァンデ』［上・下］角川書店
『皇帝ナポレオン』［上・下］角川書店
『王妃マリー・アントワネット　青春の光と影』角川書店
『王妃マリー・アントワネット　華やかな悲劇』角川書店
『三銃士』講談社
『新・三銃士　ダルタニャンとミラディ』講談社
『皇妃エリザベート』講談社
『アンジェリク　緋色の旗』講談社

恋愛小説

『いい女』中央公論新社
『離婚美人』中央公論新社
『華麗なるオデパン』文藝春秋
『恋愛王国オデパン』文藝春秋
『快楽革命オデパン』文藝春秋
『鎌倉の秘めごと』文藝春秋
『恋する力』文藝春秋
『シャネル　ＣＨＡＮＥＬ』講談社
『離婚まで』集英社
『綺羅星』角川書店
『マリリン・モンローという女』角川書店

ユーモア小説

『隣りの若草さん』白泉社

エッセイ

『マリー・アントワネットの生涯』中央公論新社
『マリー・アントワネットの娘』中央公論新社
『天使と呼ばれた悪女』中央公論新社
『ジャンヌ・ダルクの生涯』中央公論新社
『華麗なる古都と古城を訪ねて』中央公論新社
『パンドラの娘』講談社
『時にはロマンティク』講談社
『ナポレオンに選ばれた男たち』新潮社
『皇帝を惑わせた女たち』角川書店
『ナポレオンに学ぶ成功のための20の仕事力』日経ＢＰ社

新書

『人はなぜ裏切るのか　ナポレオン帝国の組織心理学』朝日新聞出版

藤本ひとみ（ふじもと　ひとみ）

長野県生まれ。

西洋史への深い造詣と綿密な取材に基づく歴史小説で脚光を浴びる。

フランス政府観光局親善大使を務め、現在ＡＦ（フランス観光開発機構）名誉委員。パリに本部を置くフランス・ナポレオン史研究学会の日本人初会員。

著書に、『皇妃エリザベート』『シャネル』『アンジェリク　緋色の旗』『ハプスブルクの宝剣』『皇帝ナポレオン』『幕末銃姫伝』『失楽園のイヴ』『密室を開ける手』『数学者の夏』など多数。


本書は書き下ろしです。

死にふさわしい罪

二〇二一年十月二五日　第一刷発行

著者　藤本ひとみ
発行者　鈴木章一
発行所　株式会社講談社　〒一一二—八〇〇一
東京都文京区音羽二—一二—二一
電話　編集　〇三（五三九五）三五〇六
販売　〇三（五三九五）五八一七
業務　〇三（五三九五）三六一五
印刷所　豊国印刷株式会社
製本所　株式会社若林製本工場
本文データ制作　講談社デジタル製作
N.D.C.913　308p　22cm　ISBN978-4-06-525785-2

KODANSHA

藤本ひとみ
失楽園のイヴ
KZU
KZ Upper File
講談社

パンドラの匣をあける、
覚悟はあるか!

密室を開ける手

医者であった祖父が死んだ—— 96歳の大往生だったとはいえ、肉親の死にショックも悲しさも感じない自分を嫌悪する和典は、同じく医者である父親が最近頻繁に長崎に通っていることを母親から聞かされる。長崎が祖父の出身地であることに気が付いた和典は、調査にのりだす。記憶の奥底に沈んでいた少女の存在、そこから祖父が戦時中叶えられなかったある想いを知ることになる。

終わらない計算、そして推理。
真実はどこに?

数学者の夏

高校の理数工学部に所属している和典。今年の夏は部員皆で合宿し、リーマン予想の証明に取り組むというが、議論しながら進めるスタイルになじめないため、ひとりで証明に挑戦するべく長野の山奥で夏休みを過ごすことにした。ステイ先でさっそく問題に取り組みはじめた和典は、不注意により書き込みをしていた紙を飛ばしてしまう。しかしその紙が思わぬ出会いをもたらす——。